娼姐的流年

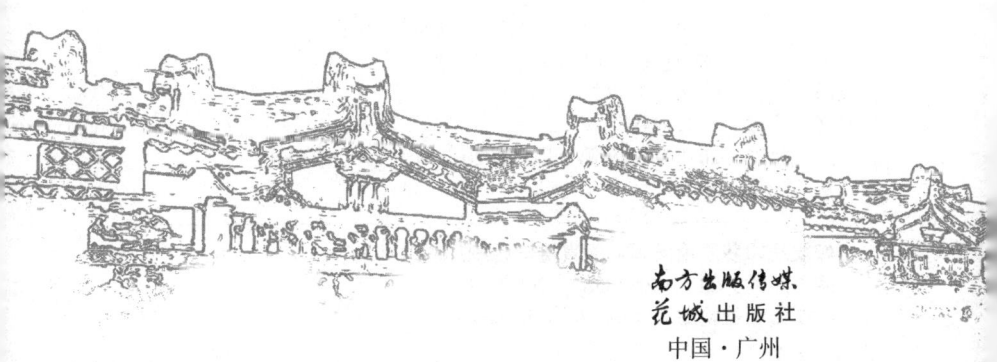

王哲珠 著

南方出版传媒
花城出版社
中国·广州

图书在版编目（CIP）数据

姐姐的流年 / 王哲珠著. -- 广州：花城出版社，2020.9
　　ISBN 978-7-5360-9139-9

　　Ⅰ．①姐… Ⅱ．①王… Ⅲ．①长篇小说－中国－当代 Ⅳ．①I247.5

中国版本图书馆CIP数据核字(2020)第130537号

出　版　人：	肖延兵
责任编辑：	李　谓　曹玛丽
技术编辑：	凌春梅
封面设计：	吴建功

书　　名	姐姐的流年
	JIEJIE DE LIUNIAN
出版发行	花城出版社
	（广州市环市东路水荫路11号）
经　　销	全国新华书店
印　　刷	佛山市迎高彩印有限公司
	（佛山市顺德区陈村镇广隆工业区兴业七路9号）
开　　本	880毫米×1230毫米　32开
印　　张	9.375　1插页
字　　数	230,000字
版　　次	2020年9月第1版　2020年9月第1次印刷
定　　价	39.00元

如发现印装质量问题，请直接与印刷厂联系调换。
购书热线：020-37604658　37602954
花城出版社网站：http://www.fcph.com.cn

目录

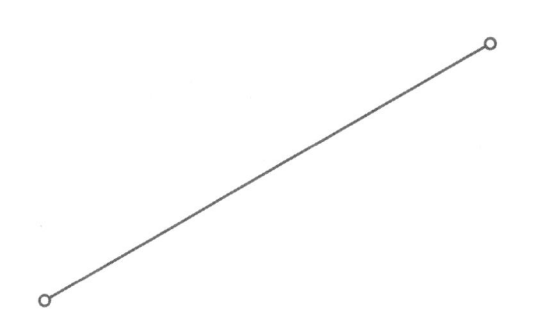

001　满身绽放

053　姐姐的流年

109　神灯

175　暗光

207　绕枝三匝

253　往事的可能性

看到我那篇小说，宿舍里那几个声称看到文学作品就头疼的家伙哎哎地怪叫一阵，把小说仔仔细细读完了，他们说，我会写小说在他们的想象范围之外。读完小说后，他们认为这小说跟我的人一样荒唐，哪有这样的病人这样的事，我只是笑笑，他们只看到那些不真实的，看来我把真实掩藏得很好，就像姐姐将她的行踪掩藏得毫无痕迹。他们不知道，我把姐姐藏在这部小说里，我想通过藏起她，寻找更真实的她。

满身绽放

一

男人夹着烟，手指在门槛石上划来划去，烟头燃痛了手指，他抖了一下，发现自己一直划拉着那朵花的形状，他又抖了一下，扔掉烟头，望着那朵不存在的花发呆。那是花吗？男人反驳自己，对自己生气，就是样子像花。他指甲用力抠着门槛石，像要把划拉下的无形的形状抠掉。

刚才回到家，妻子拉开领口向男人露出左肩，静静看着他，他双眼猛地撑大，凝视良久，半侧着脸，手在身上摸烟。几天前，女儿发现了那朵花。妻子和女儿都称之为花，他不习惯这个称呼，但不得不承认极像——女儿像往常那样，给妻子擦身子，擦到左肩时，女儿呀地叫了一声，妻子左肩偏后处出现一个浅蓝色的印，铜钱大小，形状像极了梅花，但有六个瓣，中心处有几丝浅黄色的痕，跟花蕊一样。妻子让女儿拿两个镜子，将那个印痕反射给她看。第一天，颜色极淡，第二天蓝色和黄色深了些，第三天更深，蓝色成了湖蓝，中间花蕊的部分成了鹅黄，之后颜色没有再转深，印痕固定了。

妻子努力伸着手，想触碰那个印痕，触碰不到。

男人起身，踩了踩那个灭掉的烟头，出了院门。

夏咬着唇上的笑意把男人迎进屋，转身去了灶间，端来几个软饼，捏了一双筷子，说刚煎好的，正想给他端过去。男人夹起一个软饼，嘴塞得鼓起来。夏坐在男人对面，看他，男人半侧了身，半垂了头。

男人嚼着软饼，提起妻子肩上那个蓝色印痕，口齿含含糊糊的。夏等他吞下软饼，让他再说一次，男人又咬下一个软饼，喝了大半杯水，像终于积攒够了勇气，细细谈了那个印痕。

夏细小的眼睛用力瞪开，厚实的嘴唇张着，半天后，两只手一拍，问，真是这样？

男人不出声。

长在左肩上？

男人点点头。

她有没有嚷嚷痒还是痛？

男人摇头。

你还是照之前那样给她擦身子？

还是那样。

你之前怎样给她擦身子的？夏看了男人一眼，黑褐的脸颊晕出一层热红。

男人又拿起筷子，把剩下的三个软饼都吃了，抬起脸，夏仍在等答案，他抹了下脸，说孩子还是那样擦，我两年不干这事了。夏张了张嘴要说什么，男人挥挥手，不耐烦了。鬼知道怎么回事，夏爱问这个。

男人起身要走。

三哥。夏唤住男人，这个时段，还是再坐一会儿。她向男人分析了"这个时段"。

男人过来时正是晚饭时段，寨里人大都在饭桌边，巷里没什么人，一路上没有眼睛盯他，这时出去，晚饭刚过，寨里人或蹲在家门口剔牙,或在巷子里逛荡,男人从这里出门到进自己家里,至少得和半寨人招呼。干脆再坐一坐,天色晚些,寨里人都回了屋,那时就清静了。

男人不出声,但回屋坐下了,掏出烟丝。

夏柔和的表情转为冷笑,到我这屋就那样怕寨里人知道?

男人卷着烟,没抬眼皮。夏褐黑的脸愈黑,站了一会儿,说去煮面。男人晃了下手,几个软饼下肚了。

几个软饼顶什么,外面干了一天重活,家里孩子能做什么像样的饭菜,现在家都是你撑着,你这身体再不养好……

夏进了灶间,半晌,端出满满一碗面,上面卧着一个荷包蛋,放着一撮瘦肉。夏说,肉原本就是给你备的。

男人埋头吃面,直到碗吃空,没再抬脸,夏立在他对面,半倚着柜子,说,一碗面也吃得不情不愿。男人点烟,半垂着头,抽烟,烟尽,再点烟,抽烟,好像意识里只做这一件事。夜色一层层爬进屋子,从门口,从窗户,渐渐把两个人浸没,夏拉亮了灯泡,亮黄的光从两人头顶浇洒下来,地上印了两个巨大的、沉默的影子,一个线条分明、紧绷绷,一个圆润丰满。

半晌,那个线条分明的影子立起,先贴在墙上,接着被天花板压成两截,往门外移去,那个丰满的影子起身随着:出门抬了头吧,到干妹家吃个饭怎么了,我这干妹不算辱没你吧。

线条分明的影子在门边顿了一顿,挥了下手,动作烦躁仓促,一脚迈出门槛。

夏追出门,在院子里对男人说,还是请个医生。

不是没请过。

现在都这样了,不请医生怎么成。请大城市那种新派医生,这种奇奇怪怪的病,也是新式的,老传统的中医怎么医得好。

男人说，我明天出门。

男人望着那扇门，呆呆地看了很久，好像认不出这户人家。是陌生了，男人用力想了想，上次来是两年前，那时是灰色的铁门，这次是发亮的钢门。不锈钢的光亮刺痛了男人，也让男人涌起某种希望，有能力请好医生的。按了门铃，屋里叮当一声，男人往后缩了缩，他一直很不习惯按门铃。

似乎坐了半天，喝了两大杯水，屋子到处是亮得发光的东西，男人的烟摸不出来。他很庆幸，只有丈母娘一人在家，事情将由她转达。

男人告诉丈母娘，她女儿身上长了一块斑——在那一瞬间，男人突然找到称呼妻子肩上那块印痕的称呼——蓝色的，桃花那么大。他的口气显示出那块斑的可怕。

丈母娘捂住嘴，喉咙上下滑动，肩膀一耸一耸的，男人半垂下脖子，喝水，直到听见丈母娘长长地舒了一口气，终于缓过神的样子。

痛吗？丈母娘问，声音带哑，眼眶红湿：她近来怎样？

男人摇摇头，又点点头。

当初那样拉了人就出门，才不到二十岁的孩子，懂得什么，日子没过像样，人也弄得不像个样……

男人手伸在裤兜里，手指攥在手心，指甲刺着掌肉，丈母娘将再次重复当年的抱怨，声音会渐渐带出哽咽，带出责怪。男人胸口一突一突的，但坐得很稳，他不会再像多年前那样夺门而出，当然，丈母娘也不会像当年那样激烈了。

但丈母娘停住抱怨，转身去厨房端了几个蛋糕，一盘水果，放在茶几上，示意男人吃。男人拿起一个蛋糕，看了丈母娘一眼，有配合的意思，经过这么些年，双方都柔软了。

和妻子结婚后，男人没踏进过这个门，直到妻子躺倒在床上，中间整整五年空白。五年里，妻子的娘家人怨气累积成炽热的火焰，也冻结成冰冷的硬块。

妻子躺倒后，丈母娘开始频繁地踏入男人家的院门，她曾发誓一辈子不会进这个门。那个傍晚，男人为妻子擦洗身子，丈母娘坐在屋子外半截，隔着布帘，听着并想象着男人为女儿擦身的全过程。每天干完活回家，男人就端一盆水，拿毛巾为妻子细细擦身。那次男人端着水盆出来时，丈母娘为他立起身，看他的眼神像落在花瓣上的春日。

我收拾一下东西就走。丈母娘将蛋糕盘往男人面前推了推，又指指水果盘。

请医生。男人说。

丈母娘愣了一下，两只手搓在一起：对，得请医生，她肯吗？不能说，先瞒着。我今晚跟她大哥说。

男人说，之前那个中医不成。

不请那个中医了。丈母娘绕了两圈，立在男人面前：这次试试西医，让她大哥请个教授。

男人起身，他要说的已说过，他想的丈母娘帮他考虑好了。

这就走？丈母娘连忙提了些蛋糕水果给他，她知道留不住男人。

请医生的钱我出。开门时，男人说。

就你有骨气。丈母娘冷笑：她好歹是我女儿，说这些有意思？

今天活儿很多？男人掀开帘子，妻子问。

男人潦草地点点头，嗯了一声，不接妻子的目光。但他知道妻子目光不对了，平时干活晚回是常有的，除了催他吃饭，问累不累，其他妻子是不多过问的。

妻子仍盯着他，目光有了力度，拍打得男人每个动作都不自在。他觉得，自妻子躺倒后，身体里的力气全跑到目光里了，那光变得像他干活用的凿子，锋利闪亮，能穿透一切。

男人抿紧嘴，小心着，不露出医生这两个字，妻子赶走那个中医的事似乎只是不久前的事。

当年，妻子躺倒后，请了乡里的赤脚医生，请了邻乡出名的中医，送到镇医院，送到县医院，到县医院时，妻子说再往外送就是让她送死了，于是回家。妻子的哥哥求来了中医，名中医，在大城市的大医院的，要请他看病得排很长很长的队。妻舅肯定花了很多钱，男人没问，他不知道问了以后该怎么做，他想象过，那想象让他脑袋发痛。

著名中医带来一种晒干的花和一种晒干的草，让煮了水泡澡，中医说那是极罕见的灵花仙草，花长在极寒之地，草生在极热之地，一方面除掉体内的毒物，一方面补充元气，他给的前景是，用这种花草泡过后，身体将像新生的一样干净，有生命力。

男人照中医的交代，每晚煮了大锅水，倒于床前的大木桶里，让妻子泡在花水里。他给妻子脱衣，那身体一层层露出来，那么白，男人的目光每次触碰都要敛一敛，他感觉妻子的身体有一种月光的亮色，晃得他心神不安。鹅一样长软的脖子，圆圆的肩膀，小巧端正的胸，腰好像被什么束过，又平又细，圆实的大腿，难以相信这双腿撑不起身子。男人每次看妻子都像看一个陌生女人，他抱着她，滑得发腻的皮肤，弹性的肉感都让他手心发烫。

这身体不能碰。中医反复交代男人，碰了所有的医治将失效，甚至可能伤害男人。每次将妻子抱进木桶时，男人的脖子和目光都奇怪地扭着，手尽量伸长，尽量减少与妻子身体的接触。放下妻子后，男人走到布帘外，听妻子轻轻撩水的声音，他抽烟，抽得屋里烟雾缭绕。等妻子在布帘里面喊，好了。男人便进去，帮妻子擦干身体，穿上衣服，脸和眼睛仍然尽量侧开。

妻子语气变得很差，我这身子都是毒，会毒死人，碰都碰不得，最好都离我远点。男人不出声，收拾着木桶。

对泡花水，妻子愈来愈不耐烦，有时，花水已备好，女人不肯泡澡，男人硬将她抱进木桶。中医来查看病情进展，给妻子把脉，妻子盯住中医："医生，你把我封在罐里，发酵一下，说不定能长出别的什么东西。"医生手指愣在妻子手腕上，妻子笑笑，也可以把我埋进土里，浇浇水，施点肥，让我长个新身子，新的身子你们割走，像收菜一样，这个旧的身子还给我，别再折腾我了。医生转头看男人，看丈母娘，看妻舅，所有的人看妻子。

妻子说："我好好的，不用什么医生，放过我吧。"

著名中医走了，妻子再不让医生进门。仍有无数热心人，寨里人、亲戚、朋友、朋友的朋友，向男人介绍某神奇医生，某传世秘方，都是治好过什么怪病的。妻子目光变尖变硬，怪病？我没病，就是没力气，过日子不一样，他们不会知道我的身子。

晚饭后，妻子把男人喊到床前，问，今天没别的事？

男人低头掏烟，妻子感觉到什么了？今天找丈母娘的事没跟女儿提，夏不会跟妻子说这个。匆匆分析一番后，男人点烟的动作自如了，说手头这个活到尾声了，那家主人觉着他活好，将他介绍给朋友，又得一份大活，谈得久了。

是，你活好。妻子微微点头：名声一向好得很，早就传开了。

男人烟捏在手里，仔细看着妻子，她想说什么？他想问，张了张嘴，含上烟，深吸一口，眼睛也闭上了，他希望妻子不说，他越来越没有力气听了。

你手艺好，一向就好，那年说过不单单用来干活，还要做出点事情，只跟手艺有关的。妻子说下去，目光垂着，好像念着一件只有她自己知道的事。

男人被烟雾呛了一下，咳起来，咳得脖子脸面发红。

那件事你早忘了吧？妻子抬起目光，看男人一眼，然后看阁楼。

男人不知妻子怎么突然提这个，他随着妻子的目光，匆匆扫了阁楼一眼，咬住烟，烟头的火星迅速爬近嘴唇，他用烟雾把声音蒙住，把脸蒙住。

确定女人睡着了，男人掀开被，一条腿一条腿地挪下床，放好帐子。他打开手电搬了木梯，爬上阁楼。他关掉手电，在黑暗里立了很长时间，不记得多久没上阁楼了，他的脸微微痒着，不知是蛛丝还是灰尘。它在阁楼一角，他分不清是看到的还是感觉到的。

打开手电，遮着的蓝色粗布成了深灰色，男人凑近，指头触摸了一下，鼻子瞬间呛得难以喘气，满头满脸笼罩在迷漫的灰尘里。

男人拉下遮盖布，从衣袋摸出另一个手电，两个手电同时亮起，从两个角度照向它——是她，直接面对的时候，男人没法当成它。

还是那张脸，男人凑近，凝神半天，往后缩，垂下脖子，这么多年，这张脸没什么变化，现实的脸比这木头留住的更有灵气，但这些年什么都变了，男人再无法将这张脸跟妻子的脸联系在一起。

第一次看到妻子的脸时，男人有种发麻的感觉，他费了很大力气才让五官重新找到表情，冲她笑了笑。

后来，妻子跟他说，他看她的眼神，跟别的男人不一样，所以她回了他一个微笑,给他端了一杯茶。男人惊讶妻子感觉得到这个,涌起晕乎乎的悬浮感,他只能点点头,显得呆呆愣愣。他无法描述那一刻,有种类似于理想的东西,弄得他的胸口一突一突的,他想做点什么事,却不知该做些什么。

男人十几岁跟外乡一个老木匠学手艺,对木头很有感情,用老木匠的话说,你跟木头有缘,木头愿意听你的话。二十岁,男人成了真正的木匠,独立接活,很快在四乡八寨小有名气。因为这名气,他接到妻子家的活,妻子的家在另一个镇子。

认识两个月后,男人向妻子展示了一个秘密的盒子。在一片山坡一棵橄榄树下,男人打开那个盒子,妻子呀的一声后,好久没说话,从盒子里拿出一朵木雕荷花,看男人的目光顿时蓄了水,有盈盈的光。盒子里都是木雕品,除了木雕荷花,还有木雕的牛,木雕石磨,木雕的二郎神。男人告诉妻子,木匠活是讨生活的,他真正喜爱的是木雕,挤空偷偷雕着,做这事费时间费精神,也挣不来什么,除了她,这些东西从没让外人看过。妻子的神情鼓励男人说出这些话,他决定向她展示这些东西时的忐忑烟消云散。

妻子把他雕刻的东西当宝贝,鼓动他继续雕。她说,哪能什么都想有用没用的,愿意做就做,我也想找到这样愿意做的事。这句话让男人想奔跑,他双手握在一起,体内有股热乎乎的气窜动,弄得他站立不安。他确信,除了她,世上不会有别人跟他这样说话。这话有什么特别,他不知道,但落进他心里,像池边那棵柳树落进池塘的影子,模模糊糊,好看极了。

男人觉得该做点什么,不是之前那样雕点牛呀花呀之类的小玩意儿,做什么,男人不知道,他觉得那件事情就在不远处,可眼前蒙了雾,他抓摸不着,直到他遇到那段黄杨木。

黄杨木有男人半截高,一抱粗,男人摸着那段木头,俯身跟木头喃喃说着什么。男人长久地坐在木头对面,最终,他看见妻子从木头中出现,她坐着,双手轻搭于双膝上,安安静静,很轻很轻地笑着,男人想,她应该坐在早晨的日光里。

男人买下那段木头,用掉做木匠以来所有的积蓄,还借了债。他没让父母发现木头,对他用掉的那笔钱,费尽心思才想出勉勉强强的解释,父母始终疑疑惑惑,连续好几年,一直陷在男人变坏的猜测里。

男人在妻子面前揭开那块蓝色粗布,将自己的打算告诉她,妻子双手捂着嘴,接着又捂住脸,似乎找不到合适的反应,最后,她冲男人弯下腰。男人说不必这样,他是想雕她的样子,但又不是雕她……男人抓着头皮,为无法准确表达而懊恼。他说想把一辈子的手艺放在上面,做一件自己的东西,跟讨生活无关,跟过日子无关,以后,他没了,这件东西还在……他又卡住了。

我明白的。她截住他的话。

那时,她已成为他的妻子,两人借住在大队杂物间里,正攒着钱准备建屋子,他说,我没先买屋地。

屋地总是有的,木头可能一辈子碰上一次。妻子说。

我很怪,你也怪。男人对妻子说。

那两年,男人拼命挤时间,干木匠活,干田里的活,之后会有那么一点属于他的闲时,他先是盯木头,一段时间后在纸上画,又很长时间,他拿起了刻刀。拿起刻刀时,妻子开玩笑问她用不用坐在面前让他照着。男人摇头,手指点点脑袋,都在这里。

男人先雕坐姿的人概轮廓,接着雕那张脸。脸在男人脑子里,他没想到从脑子流到刻刀那么难,有时,几个月就停留在一只眼睛上,长时间琢磨,在其他木料边角上先练习,进度极慢,他不急,享受那种慢,几年中看着那张脸渐渐成形,跟妻子说像看着一个人长成。他终于开始雕刻头发和脖颈。

妻子躺倒了,男人为妻子擦洗身子,家外家里的活,时间更少,但仍雕刻着。完全停止雕刻是什么时候?男人凝神立在半成品面前,苦苦思索。

想起来了,给妻子擦身子的事由女儿负责那天,深夜,男人像今晚这样,爬上阁楼,用蓝色粗布盖上这雕了一半的雕像,将大大小小的雕刻刀收进木制盒子。

从那时起,男人再没有雕刻过,这时,他记起自己忘记了很多东西,他身子内什么地方一扯一扯地痛,痛得他蹲下身,蜷成一团。

男人准备去菜园看看,女儿说园里草多了,听见夏的声音,他在门槛边停住了。夏高声喊女儿开篱笆门,端了一个大盆,叠放着竹箩,布盖着。她进屋时侧了下身,男人闪了闪,拉出矮桌,夏把东西摆放在桌子上,半盆淘洗好的糯米,拌了花生,竹箩中放了一碗腌过的五花肉,一碗切成块的香菇,上面盖着洗好的粽叶。男人猛地闻到端午的味道,他转脸看妻子。屋子中间的布帘拉开着,屋子是通的,妻子看着夏在忙,不出声,目光不动,男人不知道妻子的心思,她习惯了吧,每年端午,都是夏准备了东西来包粽子。

小姑又费这个心做什么,我妈每年总归要送来。妻子微微笑着。

几个粽子让亲家母送,不好意思。夏整理着扎粽子的麻线,说,寨里人都看着。

男人低头掏烟。

我的亲妈,送几个粽子,不讲究那么多。妻子说,我习惯我妈的粽子。

我手拙，包的粽子不像样，只好将就了。夏抽了一片粽叶，在手心弯出倒圆锥，往里装米，说，我干妈包的粽子也是没得说的，可你四婶家走不开，两个吃奶的娃娃，只能先顾小的，她倒是要来帮忙，我拦住了，这样两头跑，一个老人，免得寨里人说闲话。

寨里人倒真闲，过节还操心别人。妻子说，怕我家没粽子吃。

夏用麻线专心扎粽子，没回声。

男人坐在门槛边，听两个女人对话，缓缓吸烟。

寨里人都相互顾着的。扎好一个粽子，夏说，我是多事的，我不来包粽子，寨里人都会送来的，寨里哪间屋的大梁不是三哥上的。夏望了男人一眼，笑了笑。

男人侧过脸。

妻子挣了挣脖子，想坐直身子，没坐好。

小姑端着这些东西，从寨东走到寨西，寨里人都有好眼色，知这个家有个废女人，但也有粽子吃，是能过个像样节的。妻子说。

男人嘴角抽了一下，烟头烫了指。

你躺躺，这样靠了半天，别累了。三哥帮你扶一扶。

我再靠靠，躺腻了。妻子摇摇下巴，都知道小姑对这家尽力，有小姑是我们的福气，比亲姑姑还费心些。

妻子说最后一句话时，男人看了妻子一眼，妻子正盯着他。

夏低头包粽子，动作有些急促。

男人没想到夏会认母亲为干妈，她成了他的干妹。夏和男人的母亲走得近，近得母亲不停对男人叨叨她，因为这种叨叨，男人和母亲很早有了隔阂，男人成家几个月后，母亲把夏收为干女儿，理由很充足，她一辈子生了四个男孩，都是讨债的，没半个贴心的，夏周到极了，比亲生的暖心。夏有一个姐姐，两个哥哥，都比男人年长，男人成了夏的三哥。

男人开始以为是两个女人间的儿戏，但母亲和夏到寨外土地庙拜了土地爷，这事当真了。拜过土地爷那个晚上，夏提了肉到男人家，帮忙做晚餐，和男人一家吃了晚饭。

那天晚饭后，夏聊了半天终于走了，妻子对男人说，没想到有了个干小姑，你有了干妹。妻子看着男人笑，有调侃的意思，男人摇摇头，她是跟我妈好。

妈和大伯住一块，小姑可不去大伯家，偏跑进我们家。妻子说的是实话，但话里带了玩笑的语气。

男人急了，我没让她来。

妻子又笑。

夏来得勤了，以干妹的身份，但还是有些顾忌的，其他几个干哥哥的家她去得极少，且总是和干妈一块去。

妻子躺倒后，夏更经常地进出这个院子，理由充足，三哥在外干活，干妈又得给其他儿子带孙子，她这个小姑不来帮忙说不过去。

妻子对男人说，我们好福气，小姑来得比妈勤。妻子说这话时不笑了。开始几年，妻子提到这意思，男人便找话扯开。后来，男人不应声了，只是找烟，动作毛毛躁躁的。

祭祖，男人把八仙桌拉到屋子正中，母亲和夏摆供品。成习惯了，这些年，过年过节家里祭祖的事，夏都过来一起操办。她大姐早出嫁，两个哥哥成家了，和大哥家靠着住，但独门独院，男人听母亲对夏说难为她过节来帮忙，夏开玩笑说要不来她都无处可去了。

供品摆得差不多，母亲上过香后走了，四儿子一对双胞胎正等着她。夏还在往桌上摆供品，男人发现有些供品是夏自己准备的，妻子一定也会发现，果然，她认真看着供桌。

男人问夏，备这么多东西？

我多备了一些。夏说，请祖宗保佑，嫂子身体好起来，那个斑快些消去……

男人要阻止已来不及，妻子挺了下脖子，朝左肩偏了偏脸，清晰地告诉夏，是一朵花，不是斑。

夏抿紧嘴，抿住医生两个字，脸涨得赤红，半晌，讪讪说，我不是那意思，嫂子。

夏点了香，分四根给男人，男人跪下，夏也跪下，和男人并着肩，男人匆匆弯弯脖子，起身插香。夏举香，垂眼，喃喃了半天，才起身插香，并对男人说，三哥拜祖要用心些。

不知为什么，男人又去看妻子，妻子的目光一直在他身上，那目光像镜子，静极了，男人看不明白。

妻子坐在木制轮椅上，对着供桌，好像她是另一个供像。轮椅是男人做的，妻子躺倒几个月后做出来的，用晚上的时间。男人傍晚干完活回家，将妻子抱上轮椅，推向寨后田间，迎着余晖走进稻田，把妻子扶下轮椅，帮她脱了鞋，半个肩膀撑住她，半抱着慢慢走，妻子喜欢脚底踩青草的感觉。后来，妻子身体愈差，没力气再走，轮椅推到池塘边，她让男人从池塘里捧水，她伸手去接，鼻子凑近去闻，说水里有日头的味，有泥土的味，说闻了这味身子有活力，像花花草草吃日光沾了泥。

不知从什么时候起，男人不再推女人出门。女儿接男人的班，给妻子擦身子的第二天傍晚，妻子提出想出去。那天，两个人从黄昏走到入夜，从入夜走到夜深。那次回家后再没出门。

从那以后，轮椅只在过年过节搬出，男人把女人抱上轮椅，让她给神明和祖宗上个香，靠到桌边吃顿饭，女人撑着坐的时间愈来愈短。

男人走到轮椅后背，避开妻子的目光，将妻子推到供桌边，帮她燃了香。妻子微闭眼，举了举香。轮椅推开时，妻子伸长脖子凑近男人，男人微微弯下腰，妻子用极低的声音问，前几天跟你说的事，想得怎样。

男人猛地直了身子，绷住眉眼，怒视妻子。

几天前的那个晚上，男人再次看了妻子的左肩，半天没出声。妻子拉好衣服，突然提起夏，夏是个好女人，身体结实，里里外外的活都是一把好手，最要紧的对你是真好。

男人瞪着女人，不知该做什么反应。

夏的意思我们都明白，这么多年了，我心都软了。妻子碰碰男人的胳膊肘，你和她凑一家吧，我下半辈子也就这样躺一躺了。

男人扶妻子躺下，动作很毛躁。

我回娘家住，那边总归有我一个屋一碗饭。妻子目光黏着他，继续说，孩子我带回去，我离不了她，我哥会找合适的学校。

男人下床，摔了下帐子。

妻子的声音跟着他：这次我是当真的，以前是有些刺，现在想通了，过日子的路多了，我没必要……

以前妻子常拿夏和男人开玩笑，说夏是真正过日子的女人，适合男人。妻子现在说，以前话是带了刺，可也是实话。

男人低吼，够了。

不用管寨里人，夏是妹妹，可那是干妹，之前没半点亲戚关系，我可以闹起来，让寨里人知道我要回娘家。女人继续说，过日子是各人的事，你的日子刚开始，下半辈子不能就这么毁了。

妻子又静又平的语调让男人发抖，她的话在他脑子里缠来绕去，像根极长的线，抽也抽不完，最后搅成团。他抽烟，甩脑袋，揪头发，到院里往脸上泼摇井水，声音仍撞着他。

现在，那些话又长成线搅着他，他忍不住去看夏一眼，却一阵反感。昨晚，夏过来准备供品，在灶间，夏突然让他再描述一下妻子肩上那个斑，竟摸出铅笔和纸给他。

男人画起来，画着画着手抖得握不住笔。

夜，满是黏稠的黑，男人抽烟，烟雾被黑胶住。他扔了烟头，掀帐上床，摸索着解妻子的衣扣。妻子问，你确定吗？她稍稍动了一下，他感觉到她耸了耸左肩。男人顿了一下，继续解扣子，手微微抽搐，手心有点火苗在烧，他想起第一次拉妻子的手，就是这种感觉。

男人拉着妻子的手奔跑，一路跑回寨子，进寨门时一脚踩进成片的目光，寨里人站着倚着蹲着坐着，寨墙边巷头巷尾门槛旁老树下，不整齐的姿势，整齐的表情。妻子望望男人，他们还没有举行仪式，没有那个仪式，他们再想做夫妻也得不到承认，就这样进寨，是某种挑战。男人握妻子的手用了力，冲她微微一笑。后来，妻子对男人说，那一刻，她真正认定了他。有好几年，男人一想到这句话，想到妻子说这话时的表情，胸口就蒸腾起一团热乎乎的东西。

他们穿过巷子，穿过成片的目光和表情，走向男人的破屋子，男人说，屋子以前是大队杂物间。妻子笑了笑，意思是男人这话多余了。

踏进门槛，两人周围瞬间安静，妻子对男人说，他们都看着，心里都在笑吧，我们名不正言不顺。

他们没见过你这样好看的女人。男人凝视着妻子。他们不习惯，你长得像日光，我们的日子里没有这样亮眼的光。事后，男人

017

一直很惊讶自己会说出那样的话，他弄不明白那话从身体哪个角落出来的，像女人一样，是他一辈子最大的意外。

妻子立直腰背，男人感觉她的身体和脸在那句话里闪出光，那个身子那张脸支撑着男人，就像他给无数屋子上过的大梁，那瞬间，男人坚信自己成了大梁，支撑起日子，日子像一把伞，女人藏在伞下，撑着这把伞，可以不看人世任何眼色。

妻子碰了一下男人的手，男人回过神，他不知道那把伞什么时候没了。已经解到最底下的扣子，周围的黑稀薄了，窗户透进稀稀一层月光，妻子的身体亮在眼前，白，笼着朦朦的月影，曲线仍然紧致玲珑，男人呼吸急促了，他对自己呼吸的节奏又欣喜又羞耻。他翻到女人身上，轻轻盖上去。

男人以为身体会像手心一样发烫，没有，等了很久，他的身子平静极了，慢慢地，呼吸也变得平静，他腰背发僵了，脖子发硬，双手不知该放在哪儿，绝望感游丝一样从脚底向上蔓延。妻子很安静，这种安静让他无措。

看看我肩上那朵花。妻子说。

男人看着妻子的眼睛，不动。

妻子说，我从镜子里看过，真好看，蓝得清清的，黄色的花蕊，好像画上去的。

男人不应声，保持原来的姿势，闭上了眼睛。他感觉得到妻子在冷笑，笑得肩膀微微颤抖。

睡吧。妻子说。

男人愣了一下，身体像被什么片刻抽空。

妻子说，嘴巴能骗人，身子没法骗人。

男人滑下去，躺在妻子一边，周围的黑暗又浓稠起来，他把自己蒙在黑暗深处。

你承不住这件事。妻子说。她的语调里带着掩饰不住的失望。

这句话变成棍子，对男人当头一敲，他变得昏昏沉沉。莫名其妙的，他脑子里浮出夏的脸，又浮出一个声音，正常的日子。恶心感再次涌上喉头，他用力捂住嘴，免得控制不住大喊大叫。

白天，夏说，肩上那个斑她不会讲出去，不能让外人知道。她的意思是让男人放心。妻子笑，知道又怎样，长在我身上，我不怕别人知道——噢，那是朵花。

二

像往常一样，女孩备好温水，给母亲垫高枕头，扶她侧身躺着，开始解她的衣服。和往常不一样，女孩帮母亲擦过脸后，不从脖子擦起，而是先擦左肩。她再次细细看那朵花，六个花瓣，整整齐齐，开始颜色很浅，渐渐变深，几天后就长成了，比春天的桃花还好看。女孩指头轻轻触碰，问母亲：妈，痛不痛？母亲摇摇头，女孩放心了，凑得更近，睫毛几乎扫着母亲的皮肤，她想看看这朵花从哪开出来的，有没有根。看不出来，花像画在皮肤上，摸起来又平又滑。

女孩握着毛巾，顺母亲的脖颈、胸侧、腰窝、大腿侧、小腿侧走下去，一直擦向母亲的脚趾，她极喜欢感受这曲线的柔软起伏，像经过一段美妙的旅程，每次握着毛巾在母亲身上游走，女孩胸口都怦怦跳，她不知道上天怎么长出这样的身子，没人告诉她怎样是美的，但她知道这身子很美。母亲的身子美得令她很困惑，也很无措。

寨里人都说母亲是好看的，女孩知道他们说的是母亲的脸，就算说母亲身段好,也是穿了衣服的,女孩觉得他们说的跟她感觉的不一样。给母亲擦了两年多身子,她想了两年多,还不知该怎么说。很怪,寨里人说母亲美,可不喜欢母亲的美,寨里也有其他好看的女人,那种好看和母亲不一样,可寨里人喜欢,女孩弄不明白,难不成母亲的好看是一把刀,会弄痛别人吗?

两年多以前,女孩开始给母亲擦身子。原来一直是父亲做这事,母亲说父亲干重活太累,说她长大了。那时,母亲身子也美,可只是样子美、线条美,皮肤很暗,像乌云,她第一次解开母亲的衣服时吓了一跳,母亲说是因为她整日缩在屋里,整日盖着被,被窝的黑渗到皮肉里了。女孩凝视着母亲的身体发呆,女的长大了身子都是这样的吗?寨里很多女人好像不是这样,她们穿着衣服,也看得出很多女人的肚子鼓起那么大一圈,有些肉没精神地垂着,有些女人像竿竹子,长不出肉,也有些不胖不瘦的,可身上的线条和母亲不一样,她不明白,为什么母亲那样长就很好看。

寨里人说母亲好看是好看,但不中用,母亲病了,身子就是个壳,还是个累人的壳。听到别人这样说母亲,女孩两只手就捏在一起,她想反驳,甚至想骂人,但她什么都做不了。她看母亲的身子,一切都好好的,怎么就没了力气。

妈的身子好好的。女孩对母亲说。她相信自己有办法。

女孩拉出木制轮椅,擦干净了,拉到床前,扶起母亲,肩膀顶着她,将她半扶半顶到轮椅上。母亲说她很累,但女孩的固执让她配合了。女孩把轮椅推到八仙桌边,再次将母亲半扶半顶起,指挥母亲一只胳膊扶住八仙桌,她扛着母亲另一边胳膊,鼓励母亲挪步,一点点挪。大多数时候,以母亲瘫坐在地上,把她压倒而告终。

女孩想别的办法。她每天天不亮起床,跑到寨后田间,蹲在路边草丛里,拿小瓶子从草叶上、野花花瓣上收集露水,两手指宽、一手指长的瓶子,每天收集小半瓶,让母亲喝下去。听老人说,露水是白天日光从地上收到天上,晚上在天上吸了月光,重新回到叶子上的,集了地的力气,收了天的灵性。看着露水进入母亲柔软的唇,女孩就想象露水渗到母亲身体每个角落,她的骨头皮肉喝了露水,一点点长出力气,母亲将一天天变壮。

喝了大半年露水,母亲依然没法久坐,依然在将她好容易扶起时摔倒,女孩哭了,很丧气,说寨里的老人骗人。母亲抚她的脸,笑,说露水有用,她的身子不是越来越干净了嘛。

女孩又笑,母亲身子的暗色是一层层淡了,母亲真的在慢慢变好?她问母亲是不是感觉越来越好,母亲没直接回答,只说女孩的毛巾和露水把她身上的丧气弄干净了。

于是,女孩更早起床,希望收集更多的露水。母亲不让,问女孩,为什么一定得长出力气,你也觉得我没力气的身子是废物?女孩拼命摇头。

烦给我擦身子了吗?母亲问。

女孩急了。

母亲拉女孩的手,为什么一定得有力气?

女孩愣了愣,说怕母亲躺着不好受。

顺其自然。母亲说,不定有力气就是好,没力气就是不好。

女孩觉得她明白母亲了,又觉得一点也不明白。

两天后,女孩发现母亲右肩后又开了一朵花,仍是六个蓝色花瓣,黄色的花蕊,开始是极淡的颜色,女孩知道颜色会慢慢变深,直到和左肩那朵一样。母亲身上开第一朵花时,女孩在最初的惊讶后很快觉得合理,在她眼中,母亲的身体是不一样的,开出一朵花正是证明，她是很高兴的。但又开出一朵，女孩迷惑了，母亲身体里有什么东西吗？

女孩停住擦拭，凝视着新开的花，母亲问，又有一朵花？

女孩嗯了一声。

母亲说有点烫，女孩用指肚子碰了一下，果然烫。女孩手指不动，感觉着那朵花柔软的温度，她觉得母亲身体内有种力量，开成了花。她忽然想起，这种力量其实很久前她就感觉到了，但和当时一样，女孩仍然无法描述它。

那时，女孩五岁，某一天，她撒娇要母亲抱，母亲蹲下身揽着她，说她以后就是姐姐了，很快会有弟弟或妹妹。母亲手放在肚子上，微微笑着。女孩想起寨里那些抱在怀里的娃娃，不久后，母亲怀里也会有一个孩子吗？怎么长在她肚子里的？

她问过母亲，母亲说是老天的恩赐，所有活着的都是老天赐的。那段时间，女孩经常看天，那遥远的上方充满神秘，奶奶说过，上面住着很多神仙，管着人的事，为什么人就在地上，为什么得让神仙管着，因为神仙本事大吗？她下意识地觉得母亲说的上天不是这个天，母亲说的是什么？这些疑惑像拍起的小球，在女孩脑子里弹跳，弄得她呆呆愣愣，她甚至不知该怎么问出口。

母亲的肚子一天天显出来，不爱笑的父亲脸上的笑意也越来越浓，早晨和黄昏，母亲经常搬把椅子，坐在院子一角晒太阳，母亲说身子吃了日光会发光。女孩不信，她从来没看见过母亲发光。但她喜欢搬把矮凳坐在母亲膝边，趴在母亲肚子上，她听见某种声音，和外面的声音不一样，母亲身体里有种力量，有什么吸着这种力量，在长。

听久了，女孩恍惚起来，她成了母亲肚里的孩子，被一种胶状物裹着，又柔软又温暖，她动一动，胶状物就随她的动作变形，她什么也看不到，什么也做不了，可是很放松。奇怪的是，有另一个自己，没有脸面脑袋，没有手脚身子，只是一团烟样的东西，但女孩知道是自己。那团烟自己看得见也听得到，看得见母亲肚子里的她在长，眼睛、鼻子、手脚……一点点长成，像树在长叶，像花在开。由烟做的她等着，等肚子里的她长成，两个她就合在一起，变成一个孩子。

弟弟在一个深夜出生了，父亲母亲的屋子闹起来，女孩趴着门缝，看到人影晃来晃去，从惊喜的声音里听出是个弟弟。女孩想，弟弟在母亲身体内吸够了力气，能到外边活了。

在女孩看来，母亲身上开花跟肚子里长了弟弟是一样的，都是母亲身子内的力气。她想跟父亲说说，她感觉得到，但父亲不喜欢母亲身上的花，所以她不敢，也不知怎么说。

给母亲擦完身子，女孩走出屋，立在篱笆边，不远是竹林，日光在竹叶上闪闪烁烁，把女孩的思绪弄得闪烁不定。一种陌生的情绪攫住了女孩，好些年后，女孩才知道那种情绪叫忧伤，那是女孩第一次感觉到忧伤。

端午节第二天，父亲很早就打算出门了，说有活要赶，女孩立在门口，想让父亲留下，父亲原本说端午节要在家里歇几天的，女孩希望这几天父亲母亲能说说话。出门前父亲一句话也没有，之前父亲出门会跟母亲说两句什么的。当父亲一只脚迈出门槛时，母亲喊住了他，前两天说的事要放在心上。父亲脸一绷，黑了一层，好像母亲那句话是个巴掌，拍中了他的脸。父亲头都没扭，另一只脚抽出门槛，很快走出院子。

父亲走了，母亲喊女孩，说要吃粽子。

粽子？女孩凑到床前，说家里只有一种粽子。

小孩怎么那么多话。母亲下巴往灶间的方向示意，就吃家里的粽子。

女孩拿粽子到锅里温，她仍怀疑听错了，夏姑姑每年来包粽子，可母亲从不吃她包的粽子，外婆或寨里人送的粽子，母亲是吃的。热好的粽端到床前，女孩小心地说，这是昨天夏姑姑包的。

这粽子模样很好。母亲说。让女孩解一个。

母亲呵着气吃粽子，边夸，夏姑姑手艺不错，是会过日子的女人，再解一个。

女孩愣在床前，捏着粽子叶。

呆什么，去拔点艾草来煮水，昨天祭祖，忘了这事。

女孩没忘，昨天傍晚已经拔好艾草，洗好晾干了。

几年前，舅舅请了个中医给母亲调理身子，他弄一种草和一种花让母亲煮水泡身子，草和花都是晒干的，母亲不喜欢，说是药，把皮肉都泡臭了，把身子泡难看了，她赶走了中医。让女孩摘新鲜的花和草，碰到什么花摘什么花，草只要鲜嫩干净就可以，泡在水里给她擦身子。开始，奶奶和父亲不许，说不知那些花花草草有没有毒，会不会弄坏身子，母亲不睬，擦身子时一看水里没花草，就督促女孩去摘。女孩为难，怕真把母亲的身子弄坏了，母亲说，那些鲜鲜的花草是从地上长出来，吃了日光吃了月光，会让我的身子长力气。

女孩相信了，照母亲的话做。她给母亲擦身子时，奶奶总是不在，父亲总在外面干活，没有人再拦着，慢慢成了习惯，女孩出门看见花会摘，看到喜人的草会摘，奶奶和父亲不管了，因为母亲说泡了花和草的水擦着很舒服，她的身体那层暗色在女孩的擦拭下慢慢褪去。

艾草水煮好，母亲已经吃完粽子，交代女儿去告诉夏姑姑，粽子很好吃。

女孩疑惑愈深，长了花，母亲性子也变了吗？不过，母亲和夏姑姑好总归是好事。她突然想，夏姑姑的力气要能分一些给妈就好了，夏姑姑的身子像蓄了太多力气，鼓得那么壮，走路那么快那么用力，说话那么硬那么响。女孩不太喜欢夏姑姑那样的身子，可寨里人喜欢。

今天，女孩故意当着母亲的面把摘来的花洒进水盆，那是半捧蓝紫色的小花。母亲头抬了抬，眼睛笑起来，今天的花好看。

和妈身上的花好像。女孩说。

母亲伸出手，女孩拿一朵放在她那只手的手心，母亲托着花凑近鼻子，微微闭上眼，嘴角那抹笑意让女孩胸口一颤。帮母亲解衣服时，女孩决定拿一朵花和母亲肩上那朵比比。

女孩双手愣住了，母亲胸口又开出一朵花，在双乳之间，花瓣似乎比肩上的花更嫩，看着很美，也很怪。有什么东西在女孩的指头窜，弄得她手指怦怦跳，这东西从手指窜到身子里，一突一突地游走，最后汇聚到胸口，胸口烫起来，女孩突然觉得自己的胸口也长出了一朵花，她腿脚发软，额头冒出汗，悄悄捂住胸口，努力克制想解开扣子看一看的冲动。

吃过午饭，女孩把床帐挽好，窗户打开了，每天这个时候，母亲要自己呆一呆的，女孩在母亲腰后垫了枕头棉被，扶母亲半坐半靠着，这个角度可以看到窗外，母亲看窗外的天，穿到窗边的竹梢，可以看大半天。

安置好母亲，女孩戴上草帽，关好屋门，向寨外去。一出寨子，女孩跑起来，往寨后的方向，跑得草帽后翻，扣在肩背上。跑过成片的田野，跑过成片的竹林，女孩跑上一座山。在半山腰往回望，寨子变得很小，她跑远了。女孩翻过山，看到山脚下那个湖，日光在湖面上一跳一跳的，又活跃又安静。

中午，四周只有日光和风，女孩慢慢走向湖边，像怕惊动了湖水。湖边有树，树影把湖水染成深绿色，影子很清晰，这让女孩很高兴，她一点点走进湖水，湖水接近膝盖时停住了，慢慢解衣服，脱了上衣，脱了挽起裤腿的裤子，把所有衣物脱干净，扔在湖边草丛里。

女孩立着，等脚下的水一纹一纹平静下去，微风在她身上一圈一圈绕。水面平了，女孩看到一个影子，很纤细，平平板板，很陌生。她弯下上半身，那张脸模模糊糊，好像是别人的脸。

凝视着水里的影子，女孩失神了，她看到细瘦的身体慢慢长，一点一点高，脖子长了，胸鼓起，腰陷下去，有了柔软的线，到时会像妈的身体一样吗？女孩呼吸急促了，她感觉照在身上的日光进了皮肉，在身子内烧起来，噼噼啪啪地响，女孩不害怕，说不清地高兴。

邻居上初中的加健兄讲过，稻子花草树木吃了日光，长出叶开出花结出果，似乎叫什么作用。人呢？妈说过人也要吃日光，吃了日光长出的皮肉是暖的。

女孩伸展双手，仰起脸，让皮肉大口大口吃日光，她想长成母亲那样好看，然后呢？女孩困惑了，她不知道拿那样的好看怎么办。

好热，从皮肉里热出来，吃了太多日光吗？女孩向湖深处走去，水漫上大腿，到腰，到胸口，最后到了肩，女孩有些晃，她停下来。没想到水吃了那么多日光还是冰，冰得她皮肤发烫，她一个激灵，用力稳住身子，去感觉水。水很软，从皮肤上滑过有种微醉感，水也很硬，撞得骨头发僵，站立不稳。

女孩上岸，在草丛躺下，草很高，半掩住女孩，草叶撩着皮肤，微微发痒又微微发痛，很奇妙，她不想穿衣服，不知为什么，这两年女孩是极害羞的，袖子如果太短都不肯穿，现在那种羞怯突然没了，她想起妈的话，身子是老天的恩赐。

以后，老天会赐给她什么样的身子？那个身子会发生什么？兴奋和期待将女孩从草丛里拉起来，她绕着湖奔跑，光着身子，风和湖面氤氲出的水汽绕着她。

父亲晚饭后出门了，不久夏姑姑来了，端着半盘炒花生——父亲爱吃炒花生，每天早上要几碗粥配着炒花生吃，家里没工夫种花生，夏姑姑年年种，隔几天炒半盘送来，母亲不吃，女孩也吃得少，大都是父亲吃了。母亲看看那盘花生，跟夏姑姑说父亲出去了，到外寨谈个活儿，可能很晚才回。夏姑姑笑了笑，说她没事就不能来坐坐？今晚她是来找母亲的。

要出屋的女孩在门边停住了，夏姑姑找母亲？母亲的肩上长出那朵花后，夏姑姑几次把她拉到院子一角，打听母亲身上那朵花——夏姑姑叫斑，女孩每次说了，夏姑姑都咬着嘴唇想半天，想不明白的样子。可有时，夏姑姑碰到女孩给母亲擦身子，立即躲出去，在院里站着，等女孩给母亲擦完身子再进屋。女孩很想问问夏姑姑，为什么不自己看看母亲身上的花。

夏姑姑有时会坐在床前和母亲说话，但她不像专门说话的样子，或手里横着毛衣针织毛衣，或端着花绷子绣花，嘴里和母亲说话，眼睛不看母亲。母亲看夏姑姑，定定地看，好像她每次都忘记夏姑姑长什么样，要重新认一认，母亲盯得越紧，夏姑姑脖子垂得越低。

妈，夏姑姑为什么不看你？女孩问。她经常看夏姑姑跟父亲说话，是盯着父亲的，她比父亲矮许多，仰着脸，好像怕漏掉父亲哪句话，和寨里人说话也是看着别人的。

夏姑姑不想看我这张脸。

女孩皱着鼻子，手指扭来扭去，她不明白。

不单夏姑姑，很多人不喜欢，他们觉得我的脸过分了。母亲笑笑：看了我的脸，他们就不爱看自己的脸了。

女孩更加迷惑。

母亲很久没说话，女孩拧干毛巾，端着水盆要走，听见母亲喃喃：他们看身子和我看身子不一样，他们把脸和身子看歪了。

女孩转过身，母亲眼睛直直的，被什么事勾住了，女孩悄悄离开。

今天，夏姑姑拉了椅子坐到床前，手上没有毛衣也没有花绷子，从衣袋里摸出一条毛巾，说是镇上买的，绵软得很，给母亲擦身子最好不过了。她双手搓弄着毛巾，说话的时候看着母亲，虽然看一眼就低下头看毛巾。

女孩起了强烈的好奇，布帘拉开着，她立在门边看两个大人说话，忘了自己的事。

我最近脸色不好吧。母亲伸手摸了下脸。

夏姑姑挥了下毛巾：别乱想，整天没见日光，谁能有好脸色，多往宽处想，多到外面透透气就好。

脸色不好，人就没精神，很难看吧。母亲看着夏姑姑问。

好好养着，会养回来的。夏姑姑拍拍母亲的手背。

身子伤了元气，怎么养也养不出好精神。母亲轻轻摇头。

女孩不明白，自己看母亲，母亲一点不像伤心的样子，她甚至看到夏姑姑低头时，母亲在微笑，半歪着脸看夏姑姑，好像要看到她骨头里去。

母亲为什么这样说，女孩不懂。但很奇怪，这一幕清晰地印在她的脑子里，多年某天回想起来，她突然隐隐明白一些什么。

夏姑姑把毛巾叠成方块状，拆开，再叠，好像那是最要紧的事。妈看着夏姑姑。女孩觉得屋里静得太久了。

这两天身上没事吧。夏姑姑先开口了，抬头看着母亲。

嗯？母亲用眼睛问夏姑姑。

我是说这里。夏姑姑声音低低的，比画了左肩下的位置。

母亲笑起来，问这个呀，没事。

不痛？不痒？

不痛，不痒。

突然长出这样一种斑，从来没听说过。夏姑姑声音怪怪的：终究是不太好，身子没有跟以前不一样的感觉？

是花，不是斑。母亲笑着：我的身子开出了朵花，很好看的花。

夏姑姑不说话。

母亲从枕头边摸出一张纸，塞给夏姑姑：我画的。

胸口开出花那天，母亲半坐半靠，盯着胸口老半天，跟女孩要了纸、铅笔和水彩笔，又要了一小块木板。指挥女孩搬了两条被子两个枕头，在床的角落围成圈，把她圈住，木板放在膝盖上，画那朵花。铅笔描出花的样子，彩色笔上色，她手没有力气，画得极慢，画一阵歇一阵，很仔细，整整一天，把那朵花画出来。女孩举着那朵花，张了嘴张了眼瞪着母亲，母亲笑，我小时候会绣花，画过很多花样的，这朵花算什么。

和妈身上的一模一样。女孩叹。

不一样。母亲说：身上的花是活的。

夏姑姑托着那张纸，凑近了看，拿开了看，半天，说，身上哪能长出这样的花。

你自己看。母亲示意夏姑姑为她解衣扣。

夏姑姑起身，后退两步，急急摆手，别，解了衣你要受凉的。女孩很疑惑，她感觉得到，夏姑姑不太敢看母亲的脸，也不敢看母亲的身子，夏姑姑不是女的吗？因为母亲的病吗？

事后，女孩问过母亲，母亲抚着她的额，你长大就懂了——你不要变成那样，把身子和日子都弄得没意思了。

母亲朝夏姑姑招手，丑是丑些，可我跟小姑这么熟，我也不怕丑了。

夏姑姑脖子要弯软到胸口了，用力扭着毛巾。

好，不看。母亲笑笑：别吓着小姑。

刚一路来，寨里人都托借问一声。夏姑姑的声音好像恢复了力气：知道你这些天身子不太好，又怕都过来人太多会扰你。

小姑帮我谢他们费心，我身子还成。

女孩有些急，父亲交代过，母亲身上长花的事别让寨里人知晓，会有闲话的，父亲不交代女孩也知道，他不喜欢寨里人谈母亲的样子。寨里人怎么知道？父亲不会说，奶奶不知道母亲身上开花，一定是夏姑姑说的，父亲做什么都会告诉夏姑姑，女孩不明白。

果然，夏姑姑说，我也没提什么，就说近几天你身子倦些。

知道也没事。母亲笑笑，身上长花，寨里人是没听说过，大概连信都不敢信，可花开在我身上，他们不用担心的。

夏姑姑又不出声了，母亲看着她，上上下下地看。女孩真想知道，母亲在看什么，在想些什么。

母亲的目光把女孩的目光引到夏姑姑身上，这个身子和母亲那么不一样，女孩脑里浮出母亲解开衣服后侧躺的身体，她努力想象夏姑姑解开衣服侧躺的样子，却发现想象别扭极了。对身子，看到夏姑姑的感觉会和母亲一样吗？如果发生了什么，夏姑姑不得不让别人给她擦身子，会和母亲一样，让人解开衣服，像露出脸一样露出身子吗？洗澡的时候，夏姑姑会好好看看身子吗？

母亲说过，她还没躺倒时，洗澡会细看身子，她说整日看别人，看人世，操心日子，操心吃喝，要留点心思看看自己，操心一下自己，这是很要紧的。母亲每次洗澡都要花很长时间，她躺倒后，寨里有些女人猜测母亲是洗澡太久，把身体洗坏了。

女孩相信，夏姑姑不会像母亲那样看自己的身子，就是看，也是不一样地看。她从小听寨里人谈论母亲，他们觉得母亲可怜，只能那么躺在床上，日子都废了。他们压低了声音，说人也是废的。有孩子嘲笑女孩，有一个废人母亲。母亲很久没出门，寨里的孩子或忘了她的样子，或不记得见过她，他们眼中，母亲是很怪异很神秘的存在。废人的说法打击了女孩，她跑回去对母亲哭诉。

他们怎么过日子？母亲问。

女孩呆望着母亲。

他们走来走去，干活，串门，走亲戚，吃东西。母亲说，这是日子，活儿轻一点，东西吃得好一点，亲戚看得上眼一点，他们说是好日子。妈没这样过日子，可妈是有日子的，他们不觉得是日子。别睬他们。

女孩不懂，好几年了，她从未弄明白，但她相信母亲过得好，从母亲的眼睛就能看出来。她就是迷惑，哪种日子好？

这问题又在女孩脑里缠上了，夏姑姑的日子，母亲的日子。她想问问夏姑姑，终不敢开口，夏姑姑不会像母亲那样跟她说话，会把她当小孩，什么都不懂的小孩。

谈了半天，夏姑姑要走了，女孩还没听见她提医生，她前两天听见父亲和夏姑姑谈到请医生的事，但他们不让母亲知道这事。女孩隐隐觉得这样不好。

听说这次要请的是厉害医生，和以前的中医不一样，他会把母亲身上的花治掉吗？女孩知道，母亲喜欢那些花，她要知道把花治掉，会不高兴的。可别人不相信。母亲的身子，做什么不让母亲自己说了算。女孩向母亲透露了将要来医生这件事。

没事。母亲竟很平静，医生也没法的。她抚着胸口那朵花。

明天医生要来了，母亲让女孩多摘些花，准备大木桶，她要泡澡，把身上的花都泡香泡水嫩。

女孩很早出门，摘了一篮野花，带着露痕，红的黄的粉的白的玫的紫的，准备大半桶水，把花瓣摘了撒进去，女孩扒着桶沿发呆，水里的花瓣好看得像做梦。

帮母亲脱了衣，女孩将她两条腿扶下床，用肩把母亲半顶半撑起来，经过两年的锻炼，女孩已经很有力气很有经验，她顺利地将母亲扶进木桶，水没到母亲胸口，刚刚好。母亲肚子一侧又开出一朵花，女孩久久地盯着那朵花，水一漾一漾的，花好像在动。

外面有声音，是夏姑姑，进了屋在布帘外问，擦身子吗？

母亲说，洗澡。

寨东丽芳老婶去世了。夏姑姑说，要安排一下帛金。

丽芳老婶？女孩脑门一跳，记得几天前丽芳老婶还好好的，她当即要去看看。

小孩看那个做什么。夏姑姑在布帘外说，人刚走，这个时候不要去凑，不干净，过几天送丧再去。

女孩看看母亲，母亲说，去吧，给我加点热水，我今天多泡一会儿。

夏姑姑扬高声调，这种事……

这种事孩子该知道的。母亲说，遮了眼事还是在，她该懂得。

女孩到的时候，丽芳老婶已被送去祠堂，院里挤了好些人，谈着丽芳老婶的事，好像这样才对丽芳老婶有所交代。女孩挤过去，她从未像现在这样想了解丽芳老婶。听了很久,谈的多是丽芳老婶做人怎样,几十年把家照顾得多好,儿孙多全多孝顺,都是平日寨里人谈过的,他们都认识丽芳老婶,很熟悉,可如果不提丽芳老婶的名,那些话谈的也是寨里很多老人,那一刻,丽芳老婶变得陌生了,女孩对这种陌生又困惑又恐慌。

在退出丽芳老婶院子前,女孩听到了寨里人总结性的评论:丽芳老婶是有福气的人,一辈子日子安好,去得也容易,昨晚就那么睡过去了。

回去的路上,福气两个字在女孩脑里跳跃,她从小看丽芳老婶带孙子,做饭,这两年,丽芳老婶孙子大了,她老了,干活少了,就呆坐。她坐在巷里,晒着日头,有时和寨里老人拉话,没人时就看天。丽芳老婶那样坐着过日子,寨里人觉得是好的,母亲躺着过日子是不好的,她很想问问寨里人,可要是问了,以后寨里人会老盯着她吧,会拉着她的手问很多话吧,她不喜欢这样,打消了询问的念头。女孩突然想起丽芳老婶的样子,脸上和手上爬满黑色的斑,指头大的,米粒小的,还有皱纹,横着的竖着的,女孩尝试过想象丽芳老婶年轻时的样子,以失败告终。她不明白,长斑长皱纹是对的,母亲身上开花是不对的。

晚饭后,女孩忍不住了,问母亲,福气是什么?

母亲反问她怎么想起这个,女孩说了在丽芳老婶院里听的话,说得很凌乱。

福气?母亲愣了一会儿,说,以前我也很想知道,也想不透,这两年有时候像明白了一点,再细想又不明白了,福气像云,明明是有形有状的,近了又看不见,抓不着。我没法说。

女孩趴在床沿,表情迷茫,母亲把她绕得发晕。

各人有各人想要的福气。母亲抚着女孩的额,你长大后就知道了。很怪,女孩觉得母亲不是在跟她说话。

丽芳老婶的侄女来了,请父亲帮忙办丧事,母亲替父亲答应了。女孩知道,过两天会有饭席吃。女孩坐在门槛上,目光化在夜色里,她又想不明白了,人死了要吃一顿,人出生满月也要吃一顿。人死了是白色的,人出生了是红色的,为什么白是不好的,红是好的?为什么身子长出斑是岁数,长出花是病?

三

早饭吃过,丈夫一直待在屋里,交代女儿收拾屋子,婆婆也来了,女人让女儿给她换身整齐衣服,丈夫时不时看她一眼,目光闪闪烁烁,女人一直微微笑着,什么也不问。

夏突然进屋,跟女人丈夫低声说了句什么,丈夫点着头出了门,夏把手里的肉和豆腐塞给女儿,跟出去。

女人听到很多人进了院子,接着人一个一个进屋,再接着,目光一片一片拍在她身上。女人想,果然是大医生的排场。中间戴眼镜的瘦高男子是医生,衣服整齐得发光,半仰着脸,听周围人说话,偶尔点点头。他迎上女人的目光,半弯下脖子。女人的哥哥将医生让到椅子上,从袋里摸出一包茶叶递给丈夫,丈夫接了,开始洗茶杯。

女人的母亲拉了窗帘,把一群人拉在窗帘外,窗帘内剩下女人和母亲。母亲坐到床沿,拉起女人的手。

妈,不用说了。女人说。女人知道,母亲又要提那个中医,中医被她气走后,母亲每次来必提,她的意思,如果女人听中医的话，好好调理，恐怕这两年病早好了。女人每次用冷笑回答母亲。

母亲眉眼揪紧了，拍拍女人的手背，声音压在喉头：这是大城市请来的教授，有大名气的，请的人多了，你哥哥约了很久，托了大人物才请来的，欠人家很大人情。

是我拖累人了。女人说，我想不拖累的，可我自个当不了家。

母亲瞪了女人一眼，好好看病。

女人冲母亲笑笑。

别这么笑，要气死我吗？

医生会把我当人看吗？女人问。

你脑子躺坏了吗？母亲狠狠瞪女人。

会把我当人看吗？女人继续问。

医生是给你看病的。母亲握着女人的手用了力，把你这身子治好，活了这几十年，怎么没活明白。

是你们不明白。女人把手从母亲手里抽出来，我就是日子跟别人不一样，那么可怕？我身子跟你们不一样，但没病。

好，没病。母亲重新握住女人的手，让医生看看，好好调理，至少能坐起身能走路，能过日子。

别说了，又绕回去了。

默了一会儿，母亲说，医生让你怎样就怎样，别让大家作难。

我喜欢我这身子。女人说。

母亲起身，喊了丈夫。丈夫掀帘进来，和母亲立在一起，两人一同退到角落，头凑近，想说什么，一起看女人一眼，退出布帘外，走到隔间去。女人胸口腾地燃起来，怒得眼睛发痛。她气母亲对丈夫的态度，气丈夫对母亲的态度，多年前，她曾那么渴望母亲和丈夫的关系能缓和，现在，他们之间的缓和却给她一种耻辱感。

母亲忘了曾搁下的狠话。

十年前那个夏天，女人拉了丈夫的手从家里跑掉，跑到丈夫的寨子，进了丈夫家门。没有提亲，没有接亲，没有嫁妆，婆婆凑了点钱，丈夫把杂物间收拾一番，摆了两桌酒席，几个亲友吃了顿饭，女人就算这家的人了。丈夫怕女人委屈，成家后带女人回了娘家，提着借钱买来的大礼，要还女人一个名声。女人不在意，但领了丈夫的好意。

父亲目光从他们头顶滑过，转身出门。母亲将他们拦在门边，把丈夫递过的礼袋扫掉，转达了父亲的话，说丈夫配不上女人。女人看见丈夫的嘴角抽动着，抓紧女人的手，女人冲丈夫笑笑，把丈夫的表情笑缓了。母亲让他们走，立刻。丈夫拉着女人转身，母亲在他们身后撂下那句话，这辈子不想再看见你，别再跟我说半句话。这话是冲丈夫说的，女人感觉丈夫顿了一下，她胸口一抽。

几年前女人躺倒后，丈夫去了女人娘家，去之前，丈夫在门槛上坐了一夜，盯着篱笆外竹梢尖的月，凌晨，他扫掉脚边一堆烟头，对女人点点头出门了。看着丈夫闪出屋的背影，女人笑了，她想起当年母亲撂下那话后，丈夫低低回了句话，我也不会再来。女人想象着丈夫怎么走进她娘家，低下声跟父亲母亲说话。那是她的男人，女人疲软的身子里长出一股气，那股气变成坚硬的条状，支撑着她。

后来，女人得知，那次丈夫进了她娘家门，父亲母亲和丈夫说话了，准确地说，是质问他，怎么把他们的女儿弄生病了，她身体向来好好的。父亲母亲怀疑丈夫给的日子，怀疑丈夫的人品，怀疑丈夫的本事，尖硬的质问和怀疑再次把丈夫赶出那扇门。丈夫回来后，稍稍说了几句，女人猜到了一切，她将手放在丈夫手背上，丈夫冲她笑笑，女人知道，丈夫不需要这个安慰，他是她的男人。

几天后，母亲来了，待了几天。那时，丈夫从乡里请了一个中医，正给女人调治着。

半年后，女人从县医院回到家里床上。

一年后，女人的哥哥引着一个中医进门，那天，丈夫的脖子一直垂着。

女人再没离开过床，母亲对丈夫的态度越来越好了，有些话，母亲甚至不跟女人说而跟丈夫说，丈夫也是，关于女人的事情跟母亲商量。女人生气了，有一次，她问母亲，现在觉得我配不上人家了？

母亲愣了一下，骂女人胡说，一家人谈什么配不配的。

别丢我的脸。女人对母亲说。

你只看中我的身子？女人对丈夫说，我也看中，可你看的和我看的不一样——我没病。

丈夫和母亲谈话开始避着她，女人就是从那时开始有了屈辱感。

女人仍沉在胡思乱想中，母亲和丈夫从隔壁屋回来，立在床前，目光双双网住女人。母亲说，都挂心着你的身子，这么多人，你爸原本也要来的，我拦住了。

这段时间我会推掉一些活儿。丈夫说。

要我的身子配得上你们的日子吧。女人说，身子是我的，哪个问过我的意思。

你身子都成这样了。母亲语调急了。

我身子怎样？女人掀开身上的被单。

母亲拉开布帘，请医生看病吧。

哥哥起身，冲医生做了个请的姿势，一群人朝女人床前涌来，以那个医生为首。

女人看见医生的眼睛，在镜片后半眯起来，眼神黏腻，浮着一层怪异的光，她将火气集中在眼睛里，想把医生的目光灼痛。医生看着女人，但不接女人的目光。女人的皮肤浮起恶心感。医生侧脸示意，人一个一个退出去，夏、哥哥、母亲，丈夫看了医生一眼，也退出，顺手拉上布帘。丈夫退出去那一刻，女人张张嘴，最终咬住舌头，咬掉想喊住他的那句话。

医生看女人的脸，有那么一瞬间，他的目光讪讪的，眨了下眼皮，目光即刻变得规矩、生冷，女人闻到几年前医院那种医药味。他操着城市的口音询问女人，身体感觉怎样，有没有特别痛的地方，吃得怎样，睡得怎样……女人以极简短的话回答了。医生要看看女人身上的斑。女人还口，是开了花。医生眼睛睁了一下，扶了扶眼镜，微笑着点头，开花的身体。

女人喊女儿进去。

女儿帮她解开两颗衣扣，拉开衣领，露出肩膀。女人看到医生的目光发红，烫乎乎的，但很快转为公事公办。女人微微耸了下肩，笑，医生真是大地方来的，又不太像。

嗯？医生莫名其妙。

这朵花是最先开的。女人稍侧下身子，展示左肩上那朵花。

真是一朵花。医生的语调和目光一齐抖了抖。他凑近了，镜片后的眼眶用力瞪着，像要把那朵花装进眼里，这样的颜色，还有花蕊。他伸出手指，细细触摸那朵花，从随身的包里摸出放大镜，细探那朵花。女人的肩膀发痒，皮肤浮起一层鸡皮疙瘩，她紧紧抓着被单，终于抑制住自己，没把医生的手指和放大镜扫掉。

有没有什么异样感，比如痛或麻或痒，怎么长出来的，身体内有没有反应，是否影响精神状态……医生问女人，还问女儿，在一个本子上飞快记录着，女人很想指挥女儿将那个本子抢来撕掉。

得抽些血样，我带到医院彻底查清。医生终于收起本子和放大镜，总结性地拍拍手。

布帘拉开，所有人涌过来。

这是医学史上的特例。医生晃着头，声音里带着发现新大陆的兴奋。他询问女人生病前的身体状况。

没问题。丈夫回答了医生，和别人一样。

从小身体不错的。母亲说，瘦是瘦，可很少感冒发烧。

突然劳累过吗？医生提示，比如出嫁后生活习惯发生改变，活干得比以前多，比以前重。医生看看哥哥，环顾了下简陋的屋子，女人知道他的意思，鼻子哼了一声。

丈夫想了想，手掌抹了下脸，说，几年前没了一个孩子。

医生猛地抬起脸。

丈夫讲了那件事，这是丈夫第一次对外人讲起这事，他的声音微微发颤。

五年前，女人怀了第二胎，生下一个男孩。男孩看起来挺壮实，满月时婆婆抱到院里，院里挤满寨里人，这是寨里人见过的长得最好看的孩子。男孩五个月时生一场病，夭折了。男孩夭折后，女人病了，发烧，吃不下喝不下，躺了半个月。半个月后她身体慢慢恢复，胃口也恢复了，但开始拼命干活，田里的活，家里的活，重的轻的，除了睡觉吃饭，几乎不让自己有一刻闲下，还跑到很远的地方摘麻芽，不摘满两大袋不回家。有一天，她在摘麻叶回来的路上扭了脚，回家后躺倒了，再没有起床。

床前一片静寂。医生低头沉吟半天，说，估计劳累过度，内脏受到压迫，肌体受损，造成某种变异……

我是个人，不是肌体。女人截断医生的话。

所有人都是肌体。医生冷冷地说。

你不懂我的身子。女人冷冷地回应。

我研究人体近三十年了。医生挥着手，至少比很多人懂身体。

你自己说的,你是研究。女人伸直脖子,努力要把上半身也拉直,你研究的是皮肉,跟屠夫研究猪的骨肉一样。

哥哥要阻止已来不及,女人的话清晰地出口了。

这是科学。医生手插在衣袋里,手指和声调含了怒意。

哥哥瞪住女人,女人目光从哥哥的目光里抽出,说,我不是科学。

丈夫用揪着的眉眼阻止女人。

哥哥要把医生拉出去,女人说,发生过一件事。

医生立住,转脸看女人。

女人突然很想讲那件事了,她从未对任何人讲过。

医生,你见过坟吗?女人问,很多很多的坟,整个山成了坟山。

医生看看女人,看看其他人,莫名其妙。

肯定见过。女人微笑。

我们叫墓。医生纠正,城市里的公墓,密密麻麻,比你说的坟山的坟肯定多得多。

对,你们是科学的,我在电影里看过,整整齐齐,连去的人也安排得条条理理的。

城里用火化,不污染环境,也节省空间。医生口气带了教导的味道,提这个做什么,身体积极配合治疗,会恢复很快,现在医疗技术已经很发达……

你和坟一起待过吗?女人问,不是清明上坟那种,是一个人和那些坟待在一起,待一段时间。

医生再次环顾四周,众人脸上的迷惑比他更浓重。

坟里的身子坏掉了,皮肉一块一块坏掉,还有虫子……

胡说什么。母亲喝断女人的话,胸口一抖一抖的。

城里干脆得多,人就那么送进炉子,一会儿的事,皮呀肉呀骨头呀都成了灰。

女人看见丈夫把女儿喊出去，交代她买什么东西，支开了。

医生对女人说，我们谈点别的话题。

身子就是皮肉和骨头这些东西吗？女人盯住医生：你们大教授研究的就是这个吧，盯紧某块肉某块骨头某根血管某个器官——你们叫器官吧，我不喜欢这个叫法。你们用扩大镜看，用铁钳子铁钩子挑挑拣拣，你们看见人了吗？

是研究，不是挑拣，怎么没看见人，我们的研究就是为了人。

我说的人和你说的人不一样，我们说不到一块。女人叹气。

医生掀帘出去，众人跟出去。女人直起脖子，耳朵尽力收集布帘外刻意压低的声音，在床上躺的这些年，她听屋前屋后院里院外，说话声脚步声狗吠声鸡叫声风吹竹子声虫鸣声日光炽着大地的声音，她用耳朵对话外面的世界。

医生建议对女人身体进行全面的检查，还要进行心理测试，最好去大医院，彻底查清是怎么回事。

医生，请别出坏主意。女人扬高声，我不会让那些机器折腾我。

布帘外的声音消失，好像人都走了。

那些机器不会知道。女人说，那件事我还没讲。

女人不看任何人，盯着某点空白处，声音飘飘的，话好像是讲给她自己听的：

那天，我到隔乡摘麻芽。那地方很远，要翻两座山，也很偏，可有大片的麻田，知道的人少，麻芽长得很好。我摘得兴起，装满两大袋，出麻田才知日落了。经过坟山时天快黑了，平时我走坟山脚下那条路，绕坟山走一大圈，那天我想从坟山过去，坟山是很低的山坡，翻过山近很多，主要是我想起走掉的孩子，他一个人在坟山上待那么久了，我没去看过他。我爬上坟山，还没走到孩子的坟前，我扭了脚，试着走几步，脚腕里像扎了刺，挪不动。天转眼就黑了，我把两袋麻芽拉在身边，挡着自己，坐下了。我在坟山上待了一夜，抬头看天上的星，脖子酸了低下头就看到坟。我不敢睡，不敢喊，第二天中午寨里人才找到我。

女人静下来，所有人静着。

医生捏着下巴发呆。

女人问，这事有没有关系？

哥哥把母亲和医生带到镇上吃晚饭，安排在镇旅馆。其他人离开后，从晚饭到入夜，屋里一直处于静默状态。女儿在隔壁屋里睡着了，丈夫半合上屋门，在灯下抽烟，女人看着丈夫，突然很想让他再给自己擦擦身子，话出口却成这样，今天，那件事我还没说完。

丈夫看了女人一眼，匆匆收回目光，弄不清他想不想听，女人顾自开口了：

那天晚上，我四周全是坟，半夜，坟里那些人都出来了——别这么看我，我脑子没发昏，他们还是人的样子，鼻子眼睛手脚身子都好好的，可变得很薄，很轻，晃晃荡荡的，好像皮肉骨血被过滤掉了。看见我，他们围过来，说坟山的晚上不知多久没见过人了，见到我他们想起以前的日子。我问他们想起以前有没有难受有没有高兴有没有后悔有没有得意……他们飘了一阵，说没有难受没有高兴没有后悔没有得意，什么都没有，想起就是想起。听他们这样说，我很冷，可也放心了。他们讲起以前的日子，讨生活成家生孩死去吵架和好挂心死心……那些日子像雨，哗哗啦啦淋到我身上，我听不过来，可听着听着，我知道不用再听了，没有半点新鲜东西，他们的日子和我们一模一样，他们的想法和现在寨里人没什么两样。我怕起来，不是怕他们，是怕日子，怕人世，我不知日子和人世还有什么意思。我跟他们说了这想法，他们说既然没意思就跟他们走，我不甘心就那么进了泥变成坟，我还没好好活过。那天晚上，我才明白过来，快半辈子了，我一直是蒙着头闭着眼迷着心。我没发疯，我只说那时想的，哎，不知是我没说明白还是你没听明白。

女人深深呼口气，身子动了动，丈夫扶她躺下。

那天你抱我回来，我还记得。女人说。在坟山上被找到时，女人脚肿得动不了，丈夫把她一路抱到家里。

丈夫不开口。

那天，丈夫把女人抱回家放到床上后，女人再没有自己起身过，丈夫开始照顾她。她喜欢干净，丈夫每天给她擦洗身子，换衣服。他擦得极细心，从头脸到脚趾，每隔四天给女人洗长发，准备一大木桶水给女人泡澡。擦拭女人的身体他像擦拭一件稀罕宝贝，从为女人解衣到为女人穿衣，像一项庄重的仪式。丈夫为女人擦身时，女人看着丈夫，时不时说，累了你了。丈夫瞪她一眼，嘴角隐着笑意。

一年多的擦拭，女人仍无法起床，但身体越来越白，白得发亮，透着艳丽的粉色。

女人不知丈夫记不记得这些。

后来，有些东西变了。女人说不清是什么，丈夫仍按时给她擦身子，抱她进木桶泡澡，但不一样了。女人刚开始觉得是从自己气走中医后改变的，后又觉得跟中医没关系。

女人的身体渐渐变得暗淡，第三年，女人的皮肤起了一层暗色，好像皮肤下堆积了乌云。某一天，女人说女儿大了，以后让女儿给她擦身，丈夫愣了一下。第二天，女儿端着水盆走到女人的床前。

女人不知这个过程中丈夫有过什么想法。

今晚，女人想跟丈夫好好谈谈。

丈夫掐灭了烟头，说，那个教授医生会和城里的专家教授通电话，商量你的病情，他们叫专家初步会诊，明天再来，你好好配合。

丈夫说过这话就出门了，没告诉女人这么晚了要去哪儿。

第二天医生很早就来了，提着一个小箱子，他再次细看了女人的左肩右肩，女人说胸口肚子都有，女儿昨天傍晚给她擦身子时，发现后背也开了一朵。

病情在恶化。医生沉吟着。

是我的身子活着。女人说。

我们几个专家得出相同的结论，应该是血液问题。

血液什么问题？女人冷冷问。

得抽血细查。医生目光凝注着肩上那朵花，最好去医院全面检查，很有可能也是器官或基因的问题。

这些跟我的身子没有关系。女人说，你们就是忘掉了我这个人。

这是治病。母亲强调，你哥哥交代了，要是不让医生抽血，扛也要把你扛到医院。抽血检查出问题，如果得住医院，到时还要把你扛去。今天女人的哥哥没有陪着来，他到县上看朋友。

女人拉上衣领盖住肩上的花，让其他人出去，只留下医生，说有话要说，关于病的。

丈夫看着她，母亲扯了扯他的胳膊，两人退开，拉上布帘。

医生，对我的身子，专家就想出这么些话？

抽血检查了才知道。医生打开那个箱子，先初步查一查。

我不会让你们抽我的血。

医生走近床，女人微笑了，一只胳膊伸到身后，摸出一把剪刀，刀尖抵着医生的胸口。医生想喊，他看到女人的目光，张开的嘴唇合上了。女人说，我没什么力气，但这刀很利。

你应该冷静，我是给你治病的。医生低声说。

你想拿我的血和器官怎么样，像你们说的，洗洗我的血？给我换某个器官？让那些怪模怪样的机器再把我的身子扒拉个遍？女人目光勾住医生的目光。

为了治病。医生将目光放在女人的目光里，显得无比真诚。

你们没见过开花的身子，你们不相信身子会开花。女人冷笑，但你们想研究，一定要揪出什么问题，查出你们说的"问题"你们就满意了。

是有问题。医生说，正常人的身体不会这样，从没有人……

女人的剪刀在医生胸口游走起来，游到医生脖颈上，照皮肤拉过去，医生一个激灵，尖叫着后退几步。布帘外的人涌进来。

你的身体是极好的样本，我不会放弃研究。医生说，不单你的身体有病，心理也有问题。

我可以死。女人冲医生微笑，到时你就是帮凶。

女人看到医生又退两步，抓住哥哥的手：定车票，我下午就走，我还有很多预约。

哥哥给医生赔了很多好话，先把医生送到镇上。下午，哥哥和母亲回来，所有人围到床前，女人半坐半靠着，嘴边挂了一丝笑意。

哥哥张开嘴，女人说，我随时可以死，我有很多法子，不是胡说。

哥哥怕冷似的缩缩肩，其他人随着他缩起身子。

女人垂下眼皮，默了一会儿，说，我舍不得这身子，你们放过我吧。女人举起右手，她的手背上又开了一朵花，艳艳地蓝着。

丈夫坐在床边，直到夜深。月光很好，女人看到丈夫弯软的脖子，满头密发的脑袋又无措又悲伤。女人解扣子，慢慢拉下上衣，欣赏身上的花，胸口的，肚子一侧的，腰间的，手背上的，一朵又一朵，在月光下蓝莹莹的。她举起手，让手背那朵花对着月光，对丈夫说，如果我到田野去，会不会把蝴蝶惹来？

没回声，丈夫垂着头，手在袋里摸烟。

会的，这些花这么好看。女人说。

丈夫点烟，深吸一口，烟燃去一截。

把衣服脱掉。女人碰碰丈夫的手背。

丈夫猛地抬起眼睛，顿了顿，问，出汗了？想再擦擦身子？

你的衣服，脱掉。女人冲丈夫边点点下巴，边把自己的衣服拉好。

丈夫慢慢起身，目光呆愣，好像女人身上除了开花，现在又长出角来。

在我面前你怕什么。女人催促。

丈夫退到梳妆台边，在梳妆桌角的碟子里掐灭烟头，又伸手摸烟，脑袋转来转去的，像找不到可以面对的方向。

我就想看看你的身子。女人说，很久没看了。

丈夫没摸到烟，凑到床前扶女人，想让她躺好，要她休息的意思。

连这个也做不了了？女人冷笑。

丈夫转身。

真的不肯？女人语气很硬了，我现在只求你这点事。

丈夫四下看了看。

这是半夜，屋子门关着，布帘拉着，我们是夫妻。女人冷笑。

丈夫开始脱衣。

丈夫的身体现在月光中，女人直起脖子，睁大眼睛。剩下短裤，丈夫停止脱衣。女人说，这样我何必让你脱，这是全寨人都能看的。女人说得对，夏天时，只要愿意，整个寨子的男人都可以这样穿,丈夫干活时也总这么穿。

沉默,坚硬的沉默。女人始终盯着丈夫。

丈夫仰脸,吐出长长一口气,像把身体内所有的杂物和杂念都清理掉。他脱下身上最后一件衣服,极慢。身子稍偏向布帘,女人只看到他的后侧身。女人咬着嘴唇,把要出口的话咬住,丈夫的羞耻让她又羞耻又绝望。

长胳膊长腿,从头到脚,肌肉结实,壮而不拙,月光朦朦的,可还是看得清浅棕的皮肤,有油色的棕。女人目光在月光里发亮,这么多年,丈夫的身子没变,样子没变。

女人那天进大门时听到陌生的敲打声,她刚去堂姐家住了三天。天井放着一些木头,母亲说请了木工师傅做衣橱。女人朝偏房跑去,母亲喊住她,问她做什么,她伸伸舌头,说看看怎么做木橱。想了想,回客厅倒了杯水。

女人的脚步顿在门槛边,那个男人——很长时间内,女人没法将那个男人跟木工师傅联系在一起——着短裤背心,一手扶木头一手挥斧,身子站成一竿竹,又修又直,随着斧头起落,手臂上的肌肉一鼓一鼓,腰身像装了弹簧,一俯身一直立,棕色的皮肤爬了一层汗。他半侧着身,半背对女人,没发现她。母亲看她立在门边,喊她,口气里的意思很明显,女人不像样。听到声音,那个男人转过脸,女人看到一张和身子很相配的脸,她凌乱了。

那个男人也凌乱了,提着斧头呆立了半天,女人水碗端到他面前,他不记得接,女人笑问,这水不能喝?

那个男人将水一饮而尽,目光抖了一下,像被水烫着了。

那时,女人认定这个男人的身体内有种芽一样的东西,突突地长。她梦见过他身体内的芽,是彩色的,越长越长,顺着他肌肉的纹理爬蔓,蔓遍他的全身,最终结出一种果实,坚硬极了。后来,女人跟他谈过这个梦，他笑了。他的笑让女人止不住失望，但他随后拥抱了她，拥抱融解了她的失望。

一个傍晚，他收工回家时女人跟出去，在寨外山坡下追上了他。他随女人往山坡上走，走到半山坡，女人站下，转过身面对他，也让自己面对落日，满脸余晖，男人目光发直，女人抿了嘴笑。

我想看看你的胳膊。女人说。

他眉毛疑惑地挑起。

胳膊伸出来。女人笑。

女人看见力气在他的胳膊游走，变成线状的东西，在余晖里闪闪发光。之后的几年，这胳膊一直在女人脑子里，让她的日子也发出光。

那个傍晚，女人立在余晖中目送他，他回了下头，目光一下子被女人抓住了。

那个晚上，女人半夜起床，锁好屋门，打开窗，脱去所有衣服，身子浸在月光里。她半眯上眼，他的目光成了种子，种进她的皮肉里，慢慢发芽，长出月光一样银亮色的眼睛，她用这眼睛看得到很远很远的地方，看得透人心里的东西，女人认定，有这样的眼睛，可以走得很远，走到人世最深处……

不久之后，男人成了女人的丈夫。

我穿衣服了。丈夫说。

女人猛回过神，丈夫已经开始穿衣，羞耻感淹没了女人，他的身子没变，但女人恶心起来。她努力朝里转着身子，穿好衣服的丈夫扶了扶她，帮她躺下并侧身向里。

她感觉到丈夫在椅子上坐下，再次去摸烟。

楼上那个雕像怎样了？女人突然问，嘴巴边像被捂住了，声音很沉闷，我死之前能不能完成？

沉默良久。

女人听到丈夫说，别乱想，什么死不死的。

你没答我话。女人说。

没有声音。

女人说，记得你说只雕了张脸，接下来雕身体时，能不能不雕衣服，只雕我的身子，现在的身子，雕上这些花。

女人听见椅子吱地响了一声。

算了吧，不难为你了。女人叹了口气。

屋子陷入沉默，直到天亮。

一坐进木桶，女人就交代女儿，数数，有没有多。擦身子时翻身不方便，女人只能等泡澡的日子。女儿数女人身上的花，从脖子开始，到肩，到胸背，到大腿，到脚，数得极细，最后把数目报给女人。女人满意地点点头，和她记的一样，女儿果然数得用心。女儿给女人擦身子时，每发现一朵新开的花就告诉女人，女人记着数字。后来，花开得越来越多，女儿有时会乱，女人需要泡澡时确认一次。

当女人泡澡，女儿数花时，丈夫总在院里或杂物间忙着。

女人全身都开了花，每巴掌大的地方开一朵，开得匀匀的。夜里，丈夫再没有解过她的衣扣，没有掀过她的衣服，目光都尽量闪开。但夜深时，会拥抱女人，隔着衣服，有时轻轻拥着，久久不动，有时突然用力，把女人的身子圈在怀里。拥抱女人时，丈夫总是求她，求她看看医生，那个教授还在联系女人的哥哥，想研究她这个病人。丈夫的意思，研究就研究，没见过的病当然要研究，研究了肯定用心，会好好治的。

女人叹气，但立即忍住了。她觉得没必要叹，两年前她就知道不一样了。那时，丈夫给她擦了三年身子，前面一年半她的身子渐渐艳白夺目，后面一年半转为暗淡发黑，女人就明白了。

可能根本没变，丈夫原来就是那样，她和丈夫间一直这样，只是一开始她只看自己想看的。女人突然涌起说不清的绝望。

天晚了，丈夫掐灭烟，当准备上床时，女人说，在床前打个地铺吧。

丈夫木在床边，像被浓稠的黑暗胶住。

你身上烟味重，我闻着难受。女人说，记得家里有几块木板，还有床老被，垫在席子下，能铺个好床了，早上再把东西收起——算我自私，想一个人睡舒坦点。

丈夫帮女人掖掖被子，女人感觉到丈夫的放松，从动作到呼吸，无法抑制的松弛和淡淡的喜悦。丈夫照女人说的，在床前地上铺床，从床上拿下自己的枕被。

从这个晚上起，丈夫就一直打地铺睡。

女人生日前三天，凌晨醒来感觉额心发烫，她喊起丈夫，丈夫看了一眼，抿紧了嘴，女人要过镜子，看见额头中间开了朵花，浅浅的蓝色，她呀的一声，真好看。丈夫远远站着，满脸惊恐。

额上的花一天天变蓝，在女人生日那天蓝得发亮，带着那么一点妖艳，女人久久抚着那朵花。那是开得最美的一朵。

早饭后，她留住要出门的丈夫，让女儿把夏喊来，再支开女儿。她让丈夫和夏齐立在床前，要夏把她扶起来坐着，夏扶着她，脖子往后伸，尽量和她拉开距离，动作怯极了。女人微笑，我这花不传染的。

女人朝丈夫伸出手，拍拍丈夫的手背，对夏微笑，你能照顾他。

夏脖子伸了一下，像要咳出什么话。

你们是配的。女人冲丈夫挥手，示意他先别开口，说，过日子，顾好孩子。

丈夫在发抖，愤怒和羞愧弄得他五官变形。女人垂下眼皮，变形的五官让她感到陌生。

夏背转身，肩背缩成一团，双手抱着肩，像被冻坏了。

女人说，扶我躺下，我想好好睡一觉。

女人一直睡到黄昏，让丈夫推出木轮椅，请夏擦洗一遍。

女人叫女儿帮她换上新衣——前段日子从城里带回来的——理好头发，长刘海梳起，露出额头。要丈夫将她抱上轮椅，推出门，一直走到寨场。

女人出门了，露着额头和手背上的蓝花，寨里有人知道了，跟着，消息传开去，跟随着的人越来越多。到寨场时，女人背后跟了一片嘤嘤嗡嗡的人群，她要丈夫将轮椅转过去。她听见丈夫双手抓挠轮椅背的声音，听到他犹豫的喘息声，重复一句，把椅子转过去。

轮椅转过去，女人面对寨里的人群，人群起了小小的骚动，有种躲闪不及的慌张。女人冲人群笑了笑，算是打招呼。

女人稍稍侧了脸，低声叫丈夫退开。她双手撑住轮椅把手，慢慢拉起身子，丈夫和女儿凑过来，她冲他们急摇头。她一阵昏眩，闭了下眼睛，身子晃了晃，立住了。额上的花发烫了，身上的花一朵一朵散出热气，热气笼住她，她的皮肉一丝丝长出力气，把她的身子撑住了。女人立得很好了，用目光几次阻止了想凑上来的丈夫。

女人开始脱衣服，外衣，内衫，上衣，裙子……身上的花一朵一朵地开，当鞋子也脱掉时，女人轻轻伸展双手，半仰起脸，任满身的蓝花绽放在日光中，绽放在一片一片的目光里，额心那朵绽放得最为妖娆。

从小，姐姐就是我的天，在我的童年中，姐姐占据了母亲的位置，也是与姐姐一起的那段时光，我才是有点把握的，那段时光是我岁月里的珍珠，我的生命也因之变得有光彩。

姐姐的流年

前章

姐姐不见了。我回到家绕了一圈,再次出门到屋后去,朝通往竹林的小道远处望,这个结论清晰起来,小道被夜吞没了,竹林变成浓黑的一片。

姐姐不见了。我被这结论弄得无措又疑惑。

姐姐不可能在外面过夜,除了家,她还能去哪儿。招呼也没打,不祥的预感和乱七八糟的想象淹没了我,关门时把脚夹痛了,握手电的手止不住发抖。

我要去找姐姐。

早上,我比姐姐先一步出门,去长湖乡找同学,姐姐去镇上买东西,主要是为我买,我考上满意的大学,还有一个月才开学,姐姐已经开始为我准备东西了,北方需要的厚衣物、生活用品、常用药、腌菜……我担心到时去学校会比搬家更夸张,姐姐不理睬我的担心,一会儿想起我缺这个,一会儿想起我缺那个。

接近小镇了,镇子的灯火又明亮又安静,我一只脚支住自行车,擦擦额头的汗,稍稍冷静下来,我们这个地方穷是穷,但人都是爱过日子的,大都正正经经地过活,类似拐卖偷抢伤人的事极少听说,姐姐定是好好的。我脚一踩,自行车滑进镇子,风迎面而来,很清爽。

我骑着车,把镇子两条横街两条竖街过了一遍,到镇上的远房婶子家里问过,还找了刘明德,他是我未来的姐夫,住在镇上。

姐夫比我更着急,骑了车一起出来找,可除了在街上乱绕,一点头绪也没有,对镇子,姐姐就像对寨子一样熟,走丢是不可能的,她会去哪?她有同学在镇上,但我不认为她这时候会在同学家。

我们在街上打听,卖汤面饺子的刘婶说姐姐上午吃了碗汤面,没觉得她有什么奇怪的。沿街往下走,到了李大伯的剃头铺,李大伯剃了几十年头,是有名的一把剪,但近些年街上的新式发廊一间又一间,他生意突然清淡了,他在铺面门口置了张桌子,摆些饮料矿泉水之类的卖,李大伯早上看见姐姐了,两人还点了点头。李大伯说,若在以前,街上走过哪些人,他一清二楚,偶尔有个生面孔,有点什么怪异,他会知道的,近些年来了很多陌生人,他弄不清了,有人浑水摸鱼他也是不知道的。李大伯啐了一口,这些外地生人把歪风邪气都带来了,拐跑这里的人,看看多少年轻人被拐到大城市去了……我和姐夫不想听下去,匆匆离开李大伯的铺头。李大伯言下之意,姐姐有可能被拐走,我们虽然不相信,但这个猜想像暗色的影子,黏在我们背后,让我们一路凉飕飕的。

我回家,想象着一推院门,姐姐迎出屋,怪我这么晚才回。姐夫也回家,想象着姐姐在他家吃着晚饭,笑着说她给姐夫的奶奶带了糖糕。

院门关着,屋子黑着,我在黑暗里坐了半天,才记起去开灯,隔壁少卓婶来了,啊呀呀拍着手,下午出门了,刚才记起你姐姐给你留了话,锅里有肉包子,还说有什么要紧东西在柜子暗格里——她要出门?走这么急?

还有什么话?我揪住少卓婶的胳膊。

出什么事了?少卓婶吓了一跳。

没事,我去热包子。我支走少卓婶。我需要整理一下头绪,暗格?家里一点钱,家里的地契、户口本都在暗格里。都提到这个了，姐姐是自己打算要走的？放下家里这么多事——对，怎么想不到奶奶！姐姐管着奶奶的事，她怎么安排。我夺门而出，往奶奶的老屋跑去。

对奶奶，我不敢明着问，旁敲侧击地提，奶奶没半点疑惑，没提到姐姐，只说大伯母送过饭了，还说以后大伯母管她的饭，奶奶没探问过？这么多年，一向是姐姐照料她。

我去找大伯母。

以后我照顾你奶奶。大伯母说。大伯母说这事她前两年就提出来了，我姐姐直到前些日子才同意。大伯在外地工作，大伯母三十多岁才生了孩子，一生三胞胎，大伯母的日子绕着三个堂弟转，还得顾家里田里的活，奶奶的事全由姐姐包了。现在，三个堂弟大了，大伯母轻松许多。我该顾顾你奶奶啦。大伯母说，让你姐姐以后专心忙厂里的事。

没别的了？我望着大伯母。

别的？

我知道问不出什么了。

回家的路上，我拐到寨外山坡边的三山国王庙，守庙人那里也许会有什么消息，守庙人是姐姐最好的朋友，四乡八寨中，姐姐是守庙人唯一的朋友。

到庙里，我已经控制不住情绪了，担心姐姐真出了什么事，在姐姐给各个人留的话里猜测迷茫，生气姐姐没给我半点暗示，她不睬我？不把我当回事？

守庙人往粥里放着花生米，说，别担心你姐姐。他冷静得怪模怪样的。

嗯？

你姐姐自有安排。

你一定知道她去哪儿了？我已断定姐姐是自己走的。

我不知道。守庙人呼了一口稀粥，嚼着花生米，再问什么，他只是摇头。

我要把姐姐找回来，她不在，家也不在了，虽然现在这个家只有姐姐和我两个人，但姐姐在，我就觉得家是完整的，她甚至维系着父亲母亲的感觉，只要她在，我就能将悲伤和孤单落在身后，伸展双臂，感受迎面而来的阳光。

对姐姐，我突然疑惑起来，变得不明白她，我的姐姐我没底了，即使用我从小到大和姐姐在一起的所有日子自我安慰也没用，我被失落感和内疚感包围。

我是姐姐带大的，自记事起，母亲是躺在床上过日子的，她生下我时落下病根，我从来到世上那天起，她再没有出过门。

姐姐把我带到母亲床前，教我喊母亲，我扭捏着，床上的母亲与我太疏离了，她用那样的目光看我，朝我伸手，我又迷惑又惊慌，姐姐拉住我的手，一手半推我的腰，在我耳边轻声鼓励，这是阿妈。

阿妈。我终于怯生生喊一句，像喊一个偶尔走动的亲戚，我丝毫不理解这两个字的意义，感觉不到它们应该包含的一切。喊完以后，我极快地转身，扑在姐姐怀里，对我来说，喊出姐姐时，包括了母亲所有的意义和感觉。

春

春天，一向早起的姐姐比平日更早起，她常跟我感叹，什么都精神了，多好。小时候我不懂，大一点后我懂了一些，但总没有姐姐那样浓的欣喜。南方的四季不明显，冬天没有雪，连霜都很少，秋天树叶不一定黄，葱翠的叶子和行人的短袖会让人分不清夏季和秋季。

姐姐起床我是不知道的，我醒来时粥已熬好，地已扫干净，猪菜也备得差不多了。我偶尔被尿憋醒，黑咕隆咚的，对铺的姐姐摸索着起身了，她把迷迷糊糊的我扯住，让我套上鞋子，地上冷，湿气要入身的。

煮好粥熬好猪菜，姐姐挎着篮子要出门了，我坐在门槛上，抠着眼屎，呵欠连连，她曲起一只手指，敲敲我的脑门，记得喂鸡。从我四岁开始，喂鸡是姐姐分配给我的大事，把鸡放出笼，或搅糠饭，或撒秕谷，五岁时，多了打扫院子的活，扫去鸡屎和落叶。姐姐洗衣服在寨里出名的快，我磨磨蹭蹭做完两件事，她挎着篮子回来了，一篮衣服滴着水，双手和腮边通红。

晾好衣服，姐姐该去摘菜了，这事她定要扯着我一块去的，说让我精神精神。菜园在屋后不远，父亲垦好地，种下菜，由姐姐打理，浇水拔草撒火灰。饭桌上的菜几乎都来自这里。

到了菜园，寨子里的烟囱才一个个冒烟，都在煮早粥，我得意了，指住那些烟囱喊，我家粥熟了，我家最早。

夏，快看，现在露水重，菜是最好看的。每次都这样，姐姐好像第一次看到，半跑进菜园，弯下腰，脸要凑到菜叶上去了。我扮鬼脸，皱鼻子，菜有什么好看的，都看烦了，园里有什么菜就吃什么，有时十天半个月都不换菜，我多想吃点肉，或一些咸鱼，像巷尾大头家那样。但我知道大头家南洋有亲戚，他阿妈两个月或三个月就能到镇上领到一笔钱，因此，我就算再不想吃菜，也不敢开口，就是这园里的菜，天天吃，每次也摘不了太多，菜出锅后，先盛一小碟端到母亲床前，另夹一碟给父亲，这一碟分量多些，父亲要干重活,剩下的是我和姐姐的,等我长大一点,才知道姐姐总让我多吃。

姐姐举起一棵菜,在我面前摇来摇去,你看,多绿多嫩。露水溅了我一脸,我拔一棵菜,往姐姐脸上拍,姐姐又笑又骂,却不躲闪,说喜欢露水打在脸上。

摘了菜,姐姐还要摘花,路边田头,各种野花,大多很小,样子也普通,行人一路踩过去毫不注意,我至今不知它们的名字,姐姐却看见一种叹一声,每种连叶带花摘一些,握成一把,加上几根柔长的草,竟然有一种缤纷的意思。那时候,我惊讶于姐姐能把丑丑的小花弄出这种效果,接过那束花,一支一支散开看,还是普普通通的样子,我失望地扔掉它们,姐姐细细捡起,一手拎着菜篮,一手握着花回家了。

姐姐把花插在酱油瓶里,瓶上的商标撕掉了,瓶身缠着姐姐用破布条编成的花式绳子,那束花插在那瓶子里,突然感觉可以上大头家那些漂亮的挂历了。姐姐把花瓶放在母亲床边矮柜上,让母亲看,说看着花就知道外边什么样子。姐姐还让我坐在母亲床边,唱奶奶教我的歌谣,等我上学了,要我读书给母亲听。我不太耐烦,可我不敢不听姐姐的话。

我出生的第三天,就睡到姐姐的小铺上,母亲没有奶水,又病得严重,怕对我不好,父亲白天要干重活,不能缺觉。姐姐用小炉子熬米汤,熬得黏黏稠稠,一点点喂我。

母亲喜欢给我讲这些,讲得极细。那时,姐姐竟敢到村干部家借保温瓶,温着米汤,给我半夜喝。这件事的前前后后,母亲也是听别人说的,事情已在寨里传遍了。随着母亲的描述,我想象着姐姐去借保温瓶的情形。姐姐走进村干部刘正强家,对刘正强的女人讲起我,讲我没奶水吃,半夜饿得怎样哭,她要怎么养我,讲得刘正强的女人眼皮红红。姐姐站起身,冲刘正强夫妇弯下腰:正强伯,丽华姆(伯母),我想借你家保温瓶,我阿弟半夜要喝暖米汤。姐姐第二次弯下腰,刘正强夫妇才反应过来,但他们没开口。据说那个保温瓶是很稀罕的东西,寨里独他家有一个,他家很宝贵的,以至整个寨子都知道那个浅绿色的瓶子,并一起宝贵着。

寨里人都说正强伯管寨子是好的,操心着寨里的大事小事。姐姐说。我想,那一定是她这辈子第一次拍马屁。

刘正强笑了笑,莫名的有点羞涩。

陈丽华说她当时奇怪地想抱抱姐姐。跟我谈这个时,陈丽华已经老了,她还记着那件事,说,你姐姐那么小个人儿,立在我家厅里,一点也不怯。

我大姆①说过,有难事都找正强伯的。姐姐又说。

姐姐抱着保温瓶走出刘正强家大门时,据说身后跟随了大半个寨子的孩子,长长的一串,勾头伸脖地,都想摸摸那个保温瓶。

等我再大一点,姐姐把米碾成粉,煮成米糊喂我。每次多煮一些,大半装在保温瓶里,备我随时吃。

后来,姐姐还保温瓶时,带去了两件毛衣,刘正强的女人一件,刘正强的儿子一件,陈丽华说,那两件毛衣让她和儿子新潮了两年。那天,寨里很多女人跑到刘正强家,将陈丽华那件水蓝色的毛衣摸摸捏捏,拿在身上比比画画,对姐姐又骂又叹,有这样的手艺竟藏着掖着,寨里没人知晓,叹姐姐有一双鬼手。私底下说姐姐败家,那样软的毛线,天知道花费了多少,也不想想家里有个躺着的,还有个小的。

她们不知道,那些好毛线是姐姐两个月的绣花钱换来的。平日

---

① 大姆:大伯母。

姐姐绣花的活领得极少，里里外外的活，床上的母亲，老屋的奶奶，她见缝插针绣一点。母亲总提那两个月，姐姐怎样熬夜绣花。哄我睡着后，抱着花绷子坐在油灯下——那时家里还没有灯泡。母亲躺在床上，看到姐姐贴在墙上的影子，又大又薄，低着头颈，拉针的手一起一落一起一落，看得母亲眼皮发酸，迷迷糊糊睡着，不知多久惊醒过来，那个影子仍拉着线。母亲唤了姐姐一声，影子顿了一下，答应一声，继续拉线。

后来我问起这事，姐姐呵呵笑，说熬两个月后，走路轻飘飘，好像风鼓一鼓就能浮起来，怪好玩的，就是脑子有些迷糊，干活提不起精神。

那时，寨里有点钱的人家买麦乳精给孩子吃，说吃了对小孩脑子好，姐姐也要给我买麦乳精，多年后，她跟我说，我们家夏应该聪明到能想地上的事，也能想天上的事。说这话时是夏夜，她没看我，望着天上的星星发呆。

那时，三个堂弟未出世，大伯家宽裕些，时不时寄些钱给我买东西，但很多添补到母亲的药费里了。姐姐说她立在鸡笼前，冲着几只鸡说，靠你们了。

那时，人缺食，鸡更缺，要给我麦乳精，得先给鸡补营养。姐姐想到的办法是抓虫子。听母亲讲这个我开始是不信的，天知道姐姐多么害怕虫子，突然看到虫子会尖叫甚至发抖的姐姐，我印象那样深，我很喜欢把虫子捏开，用很强大的口气安慰姐姐，别怕，我处理掉了。

姐姐不喜欢看着虫子被鸡吃掉，总是远远扔出去，任鸡去吃。她养的猪被杀掉卖出那天，她跑到奶奶老屋，水也不肯烧，那时候，父亲就自己烧水，随姐姐去。卖猪后会留下些杂七杂八的东西，大伯母帮着安排，四邻送上一点，家里留一点，我大饱口福，姐姐是一点也不吃的。

　　姐姐抓虫是真的，在我需要麦乳精那段时间，这事甚至成了她日子里最要紧的事，她手套着塑料袋，食指和拇指缠着破布，以免感觉到虫子软绵绵的身子。姐姐在田头路边草丛中找，趴得低低的。那时候，家里的活姐姐多半已经忙到一段落，若能哄我睡最好，若不能，找虫子时我就趴在她背上，背带绷得紧紧的，姐姐蹲下站起，全不用睬我。

　　能生蛋的鸡留着。鸡蛋很少，用处很多，母亲病着，炖鸡蛋对身子是最好的，父亲干重活，早上吃些炒鸡蛋能补力气，我要长身子，还馋嘴，没有比蒸鸡蛋加酱油更好的了，奶奶年纪大，偶尔也该吃点鸡蛋，鸡蛋还能换钱，买麦乳精……不能生蛋的鸡养到一定大小，托父亲的好友再利叔到镇上卖掉。

　　长大后，姐姐喜欢拍拍我的肩——她已没法轻易摸到我的头，在我胳膊上捶几拳，赞叹，高，壮，好后生，麦乳精还是好。我不满，问姐姐夸的是我还是麦乳精。姐姐笑，你有什么可夸的。这时，我总忍不住想象麦乳精的味道，对那让我又高又壮的东西，我一丝记忆也捞不到，什么小店大店统统看不到了，几乎要怀疑麦乳精这种东西的真实性，故意嘲笑姐姐，什么东西，这么容易过时，早在世上消失了。

　　姐姐说，消失的东西多得很，反正总有一些人记得。

　　要是记得的人也死了，就什么也没了。我故意跟姐姐抬杠。

　　反正是有过的，有过就好了。姐姐看我的目光安安静静，表情却有点怪。那时，我没想到，以后长长的岁月，我会一直有意无意地问麦乳精，强烈地想买一瓶老牌子的来尝尝。

　　自我记忆起——按姐姐的说法是从我会走路开始，姐姐喜欢带我去田野，早晨黄昏去菜园摘菜浇菜，星期天到田里看稻子，摸田草,甚至饭后上学前也会带我到屋后绕转一圈。

特别是春天。

春天,姐姐喊我早起,连拉带扯把我弄到屋外。出门前,仔细地给我套上鞋袜,多是大伯从外省带回来的塑料鞋和深蓝色袜子,说春天湿气重,花花草草长得猛,人不能让湿气进身子。我扭着身子,说人比花草麻烦。姐姐拍拍我的膝盖,正正经经地说,人比花草金贵。

姐姐拿手指在草叶菜叶上抹,抬起手,指尖沾着露珠,轻轻举到我面前,另一只手示意我别吹气,要我用手指接那几颗露珠。我偶尔会凑近前,用心接那几颗露珠,再由姐姐接过去,这样来回几次,像玩什么神秘游戏。大多数时候,我假装伸手要接,凑近了猛一吹气,把露水吹到姐姐脸上。

姐姐假装要打我,追着我闹,但她很快停下,记起要干的活。

我喜欢姐姐有闲的时候,那时,姐姐会用心地跟我耍,有姐姐,很多事会变得好玩。长大之后,我发现当年那些好玩的都显得太幼稚,在别人面前都不好意思说,但奇怪的是,我很想讲给某个人听听,但一直找不到那个人。多年后,我碰到一个女孩,极想跟她讲讲那些事,当我终于找到适当的时机时,女孩静静地听,甚至很神往的样子,一点也不嫌琐碎,不觉得我没男子气,我认定了那女孩。

姐姐教我看蚂蚁,星期天,春雨绵绵的午后,寨子像在飘落的雨丝里迷糊了,日子缓缓,又均匀又安静,猪喂过,地扫好,菜园不用浇水,母亲睡着了,我拿一枚橄榄核在屋檐下磨哨子。姐姐扯线穿针时突然呀地喊了一声,放下花绷子,迭声叫我,夏,快来看。

我凑过去,失望了,又是蚂蚁。鼻子哼着,却仍是被吸引住,一行蚂蚁从门后爬出，弯弯曲曲翻过门槛，顺墙边爬到远处，整整齐齐。姐姐弯下身，看得出神，夏，蚂蚁也是懂事的，走得这样有模有样，这是一大家子蚂蚁。

是一寨子蚂蚁，这么多。我说。

蚂蚁的日子是怎样的？每次姐姐都要说这话，好像在问我，又好像自言自语。

小时候，我总是被问住，也苦苦地想，并有过无数种猜想。长大一点后，我再不屑这种问题，不耐烦时一句也不说，耐烦了应付一句，还不是找吃的找住的。姐姐很把这话当回事，点头，半天不出声，然后突然说，是这样。我们也是这样，也是蚂蚁了，夏，你说是不是？我不明白姐姐的话，只管看蚂蚁。姐姐也没有要我答的意思。

我不会像姐姐一样静静看，我会找颗小石子堵住蚂蚁的去路，蚂蚁乱了一阵，绕着石子走，很快重新找到方向，再次接成一列。我拿长形竹棍挡住，蚂蚁绕不过去，爬上竹棍，姐姐敲敲我的额头，蚂蚁会想法子。拿饭粒试，蚂蚁在饭粒边聚成一小群，绕了一会，像在商量，终于扛起饭粒走了。

玩过所有花样，我失去兴致。

夏，你猜这些蚂蚁会去哪儿？它们出门做什么？姐姐拍拍我的胳膊。我曾找过蚂蚁的去处，最后总不了了之。

夏，你觉得我们说话蚂蚁能不能听见？有没有像我们在猜它们一样，也在猜我们的意思？

夏，你看，蚂蚁把饭粒扛回去，好像没有偷吃的，猜猜蚂蚁回去怎么分吃的？

夏，要是有蚂蚁死了，其他蚂蚁会怎样？它们在哪里死掉？

…………

姐姐问题一个又一个，这么问时她一直凑得很近地看着蚂蚁，我不知道姐姐是不是真在问我，但我被那些问题迷住了，又趴下去看，绕在那些问题里。好半天，脖子酸了，直起身，屋外的雨仍不紧不慢，我有些恍恍惚惚，好像刚过去一会儿，又好像过去许久许久了。

有时，姐姐兴致来了，会忘记那个让我烦的花绷子，去母亲的床底板拿她那个宝贝盒子。我兴奋起来，仰着头立在床边等，姐姐的盒子里有很多好东西，不随便拿下来的。这个盒子是我童年最垂涎的东西之一，我无数次趁母亲睡着时，从床一侧爬上去拿那个盒子，但只敢看看，东西不敢动，我怕姐姐生气。

姐姐双手扒着床底，踮着脚，极小心，不时转头示意我别出声，怕惊醒母亲。

盒子一打开，我眼花了，珠子、彩色线编的手带、铜铃铛、图片、糖纸、烟壳纸、塑料小瓶子……姐姐说，不是不给你，给了你半天就没了，白白糟蹋掉。我无话可说，这些东西姐姐每样都分给我过，但我完全想不起都散到哪里去了。

姐姐拿了两张烟壳纸，叠成两只小船。又拿一张让我割成细长条，准备折星星，这是细活，我总把烟壳弄得零零碎碎，好在姐姐总有办法折出饱满的五角星。姐姐还会费上几张宝贝糖纸，叠成指头大的小花，每只小船里放几颗星星，两朵花。

出门。姐姐朝外面点下巴，我蹦了一下，做出大喊的口形。

轻合上门，姐姐给我和她自己头上顶了斗笠，奔向寨外田边的小溪。

午后，除了雨丝和雨丝里的柳条轻轻动着，其他东西好像都静止了。姐姐拉着我，我们空出来的手托着小船，走得又着急又小心。

姐姐和我约好同时放手,让小船顺溪水流去,我总有些不舍,小船叠得好,最主要是船里那几颗星星和两朵小花,我希望将它们收进口袋,试图说服姐姐,只放小船,星星和小花别浪费。我知道,姐姐最不爱浪费的。

不是浪费。姐姐摇头,她相信小船会一直这么漂下去——为防止小船被浸坏,她从父亲工具柜里拿了大大的透明胶纸,封了小船外层——她认为会被某个人捡去。

夏,捡船的肯定是小孩,他看到星星和小花会多么高兴。姐姐说。

我不认识那个小孩,很不情愿,也不明白那小孩高兴跟我什么关系。

为什么要认识,那个小孩高兴就好,夏,要是你捡到也会高兴的,对吧?

我高兴。我老实点头。

小溪下游很远的地方也有夏这样的小孩。姐姐说。

我没捡过。我有些委屈。

回家给你折很多星星和糖纸花。有姐姐的许诺,我总算甘心些,两只小船终于下水,顺溪流而去。我们站了很久,看着小船慢慢远去,直到什么也看不见。这期间,我浮想联翩,关于那个捡到我们小船的孩子,关于那些星星和小花,关于小孩捡到船以后的种种。

姐姐拉我回去时,我变得特别满足,忘掉了失去星星和小花的遗憾,我很高兴,但是不明白自己高兴什么,反正想跳着走路,想唱歌。

多年后,这些下午时不时从我脑里翻卷出来,越翻越清晰。当我在日子里走着走着,突然有些迷糊,不知怎样迈步的时候,便将自己缩进类似的回忆之后,静静待上一段,莫名地有了重新行走的力气。

到家时,母亲早就醒了,记忆里,母亲的睡眠总是断成一截一截的。姐姐要我把蚂蚁呀,小船呀,柳树呀,所有的事讲给母亲听,这是姐姐最喜欢交代我做的事,我不耐烦,但姐姐会奖我几张画片或一颗玻璃珠子。

姐姐自己去篱笆边摘茉莉。

新屋开始建的时候,姐姐就到竹林里找干掉的细竹,上学前、放学后,到田里、去菜园,挤出一点时间进竹林,找到一根两根,拉回家,收集在老屋门外。等新屋建成,那堆竹子已经很像样,足够姐姐将新屋外面的空地竖起一圈篱笆,围成一个小院。稍稍得闲,她就打理这个院子——搬进新屋一个月后,父亲母亲就随了姐姐的习惯,把那块竹子围出的空地叫院子了。

新屋的地基是典型的潮汕下山虎[①]格局,因为在寨子最边沿,又靠着矮山坡,是没人要的地,于是倒贴了一小块长条形的荒草地,说是当猪栏,因此,我家虽然很偏,新建时是寨里最冷清的房子,但地基很大。家里建不起整座下山虎,只建了两间后屋,又在侧面的荒草地上搭了灶间和猪栏。大厅、天井、两间伸手房的地都空着,连成空荡荡的一片,姐姐就将这一片用竹篱圈起。

院子一角种了棵玉兰树,现在已高过屋子,篱笆一半蔓了牵牛花,一半蔓了金银花,姐姐说牵牛花好玩好看,金银花好看又好用,记忆中,家里人的头痛脑热都靠这金银花的花和叶。

篱笆边种的东西多了,茉莉、百合、月季、午时花、仙草、富贵竹、万年青、含羞草、葱、蒜……每天黄昏,煮过饭喂过猪,等

[①] 下山虎:潮汕传统建筑,其状如虎如狮,两个前房就是虎和狮的两只前脚,建筑界称这种格局"三合院"。

父亲回家那段时间，姐姐便蹲在篱笆边，该浇水的、该松土的、该撒火灰的，她心里有数，我每每也会得一点小活，端水或松土，随姐姐跑来跑去。

我家的院子是寨里最好看的，寨里人偶尔来坐，说姐姐种太多没用的花花草草，白费力气，但这么说的时候，他们在篱笆边站住了，看那一排花花绿绿，一看老半天，把正事——借问母亲的病，或找父亲交代活忘掉了。

不知是因为有篱笆，还是因为屋前一侧有矮山坡，姐姐说花草在新屋这边好多了，有点风风雨雨经得住，折点枝叶、烂点花后也大都能活，在老屋太操心了。

姐姐在老屋时就种了不少花草，老屋是乡大队以前的杂物间，屋外是砂石地，堆满各家的杂物，姐姐的花草种在各种破罐破瓶里，种得小心翼翼，时不时得挪挪，给邻里的杂物腾地方。每有风雨之夜，姐姐必爬起来看顾花草。

姐姐披了雨衣跑出去，想把那些花草搬进屋，父亲母亲不肯。听母亲讲了老屋的样子后，我知道确实是没法，那间长条形的杂物间隔成几截，包含了睡房、客厅、灶间、猪栏，和所有破破烂烂的家当，不可能给姐姐的花草挪地方。

姐姐把花草搬到墙边，拿塑料袋、破草帽盖，父亲母亲终于也跑出去——那时，姐姐六七岁，我还没出生，母亲身体还是好的。这事寨里人知道了，很久以后还在论，说父亲母亲太娇孩子，大半夜帮姐姐到雨里搬没用的花花草草，寨里哪有人这样惯孩子的。

花草还是被打死很多，姐姐得了教训，靠屋外墙边，用竹枝破席搭了个小棚，遮挡她的花草。

后来，姐姐认为，种在篱笆边的花草有根，在风雨里活得了，罐子里的花草是假根，抵不住。她拍着我的额头强调，就是这样，夏，没有根怎么活。

我问姐姐为什么那样喜欢花花草草，姐姐很惊讶我的问题，傻，花草好看呀。

是挺好看，但我觉得没姐姐认为的那样好看，我们谁也没说服谁。不过我认为找到了姐姐长得好看的原因，因为她太喜欢好看的东西了。姐姐说过，老看好看的东西，老想着好的事情，人也会变好看。

闻见香味，我跳下床，姐姐果然又捧了茉莉花进来，晾干，撒在母亲枕边，姐姐相信，闻着茉莉的香，母亲精神会变好。她留两朵放在自己枕头边，晚上睡觉时，我鼻子凑近茉莉花，拼命吸，要把香气都吸进肚里。

剩下的茉莉花用凉开水洗了，挑一点茶叶泡了茶，扔进几朵茉莉，端给母亲，母亲喝几小口，说醒醒神，给嘴里留点香，其他的我都喝了。那时，茶叶金贵，姐姐只挑一点点。晚饭后，姐姐会再泡一杯茶，仍是一点茶，几朵茉莉，给父亲。父亲坐在竹椅上，端着那杯茶，慢慢喝，持续半个晚上。

姐姐一进门，我就没心思给母亲讲事情了，好像这事原先是姐姐的，我只是暂时替她顶着。姐姐把茉莉花茶端给母亲，母亲睡得恍恍惚惚，姐姐让她闻茉莉花香，讲院子里的花多好，寨外池边柳树多惹人疼。母亲静静听着，偶尔点点头，我看不出她有多欢喜，但眉眼清醒了些。

母亲讨厌春天，整日唠叨太潮，被子湿冷，她躺着不舒服，坐着也不舒服。夏天秋天的早晨或傍晚，姐姐有时还在院子摆了竹靠椅，垫了被单，扶母亲出去坐一坐，晒晒太阳。

春天，母亲还不能常换衣服，衣服在屋檐下连挂几天，越挂越湿重，父亲在屋里牵了绳子挂，横横竖竖，屋子又乱又挤，衣服柜子空了，没衣服换洗了。

姐姐煮水或煮饭时，把衣服搭在大锅盖上烘。衣服冒出水汽，姐姐招手，让我看那水汽，说飘来飘去的多好玩，她教我去抓那些水汽，把水汽抓得四散飘飞。这个游戏我喜欢，在灶边一耍半天。

那样的时节，母亲不让我出门，说外面都是水，转一圈回来，又是雨又是泥，没衣服换。母亲一这样说，我就深感无趣，这样的日子，会被雨拉得很长很长，那种沉闷让我害怕，我望着姐姐，姐姐使了个眼色，我的心情立即灿烂起来，知道她有好主意。

母亲一睡，姐姐就打手势，我侧身弯腰，溜到门槛边，戴上姐姐递来的斗笠。几步跑到院里，才敢大口呼吸，只怕母亲突然醒来，把我喊回去。

出我们家院子就是矮山坡，家门口一条小泥路缓缓爬上矮山坡，往左一拐，从屋子一侧通到屋后。春雨绵绵时，泥路的缓坡上常有泉眼，咕咕往外冒水，把缓坡的泥弄得稀烂，难以下脚，过路的人骂骂咧咧，我和姐姐却很喜欢。

姐姐把我的鞋和她的鞋装进塑料袋，拉着我慢慢走上坡，看着稀泥从脚趾缝弯弯软软冒出来，弄得脚痒痒的，两人大笑起来。走近泉眼，我们站住了，让泉水一点点漫过脚面。过足瘾后，姐姐拉我上山坡，不知从哪摸出一块破布，把我的脚擦干擦净，让我穿鞋。

姐姐选一棵树，我们爬上去。

夏，你看看，像不像图画？像不像电影？姐姐指点着雨中的田地、房屋、竹林，指点一次，惊叹一声，她很得意，夏，这些别人是不知道的，寨里没人看到，这游戏我是喜欢的，我跟着姐姐惊叹，夸张地大呼小叫，那时我并不真觉得姐姐指点的那些有多美，但雨里爬在树上的感觉很好。

回家时，衣服湿了，姐姐总有办法弄一些给我换上，有时是她将我两件窄小的旧衣拼成一件外衣，有时是她的旧衣。晚上，我脚趾缝又痛了，每到春天，脚趾缝必烂，姐姐拿土烟丝让我夹着，烟丝辣得趾缝火烧一样，我咧着嘴哈着气，却仍想着踩稀泥和泉水多么好玩，上树看雨里的田地和寨子多么有趣。

夏

夏天白天长，父亲会更早出门更晚回家，争早晨傍晚的凉意多干点活。那段日子，早上姐姐尽量给父亲准备一个鸡蛋。天擦黑时让我到寨外去守，只要看父亲远远从细埔寨那边拐来——我看不清父亲的样子，但能认他的身影，他走路的样子，大草帽的形状，我转身跑回家，没进院子便喊，阿爸回了。姐姐在灶间听见，立即开始炒菜，等父亲进门，喝口水，稍喘一喘气，菜就上桌了。

看到父亲，我从不跑向他，也不像寨里有些孩子，扯着嗓门喊阿爸。父亲极沉默，在他面前，我说话声降了一级，走路变得很正经。在家里，父亲沉默，母亲忧郁，姐姐维系着家里的气氛和活力。

有时，父亲的活赶，农忙也停不了，那几天，姐姐会自己到寨外等父亲。猪喂好，菜洗好切好，她挽着袖子往寨外走，我跟着。

父亲是建筑工，手艺好，肯苦干，我出生时，已经当了小小的包工头，领到一桩活，在四乡八寨喊几个人一起干。听大伯母说，父亲挣的钱不少，比寨里很多人要多，但大多进了母亲的药罐。

若父亲收到隔镇或县上的活，会十天半月回不了家，姐姐便极力说服母亲，扶她到桌边吃饭，说父亲不在家，母亲再不到桌边凑凑，饭桌太冷清。有时吃着吃着，姐姐会突然停下，说，阿爸也在吃晚饭了吧，干活的人家不知有没有肉，要有的话，还是肥点好，多加些酱油，下饭。

父亲已交代过赶不回来，姐姐还是去等，农忙到了，父亲是清楚的，说不准哪天就挤出点时间或跟主人家商量缓些日子，回家收几天稻子。这样的日子，姐姐等得比平日晚，夜一层一层落下，把房子、路、田野盖住，天黑透了，姐姐才慢慢转身，慢慢走回家。

南，你阿爸回了吗？我们刚进门，床上的母亲问，其实她知道结果的，但总要这样问一问。

还没，阿爸的活还未到一段落。姐姐答，声调有些低闷，但她立即意识到，跑到母亲床前：过几天回来正好，我们家稻子还没熟透，寨里只有几户人家在收稻，其他的都还在田里哪。姐姐说得轻松，母亲点点头，很相信很放心的样子。

等我长大后，才明白母亲什么都知道，姐姐到菜园或去洗衣时，邻居阿姆阿婶偶尔到家里说闲话，寨里人抢着收稻的消息早告知母亲了。

我长大后，才明白那时姐姐急得很，寨里一大半人都在收稻了，不少人家已经完全收好。收稻季节的天气是最说不准的，台风说来就来，暴雨说下就下，一夜间好好的稻倒成一片，稻子沾了水发了芽，一季的收成没指望了，一家的口粮就悬了。还有，学校的农忙假过了，放假后再收稻很麻烦。姐姐曾因为收稻和上学两相矛盾，半夜握了镰刀，偷偷溜到田里割稻。

黄昏煮了饭喂过猪，到菜园摘菜时，姐姐会偷一阵闲，带我到田里走一走。这时节田里热闹得很，日光拉得那么长，不硬也不烫，还有风，人们的干劲好像出来了，割稻的声音唰唰响成一片，稻捆高高扬起，甩落的稻子在谷桶里噼噼啪啪跳，隔田的人呼喝着,喊几句闲话或扯一段笑话,有人笑骂起来。

姐姐带我往未收割的稻田去,手扶起稻穗,凑得极近,凝神细看,让我弯腰,把稻穗托到我耳边,夏,听见没,稻子的声音多好听。

没,我没听见。我疑惑地摇摇头。

有的,你仔细听。姐姐说。

姐姐一本正经的样子,我好奇了,凑得更近,耳朵被稻子扎得痒痒的,半张了嘴,听得极努力,但只听见吹过稻田的风声,没听见稻子说话的声音。

夏,你还是没好好听。姐姐耳朵凑近稻穗,眉梢漾着微笑,稻子说的话我们听不懂,可是声音好听,唰唰啦啦的,我猜,它们讲着看到的很多东西,花呀草呀,天呀鸟呀的,一定还着急着让人把它们收回家。你也来猜。

看姐姐的样子,我忍不住又听了听,还是什么也没听到,便胡乱说一气,姐姐竟很当真,说我猜得好。

姐姐白天看稻子看不够,晚上也带我去田里。进了田间,姐姐在稻子间的小路跑起来,呀呀地叫着,辫子散开,让头发飞起,我有些惊讶,姐姐从没这样皮的,她好像变小了。我也跑起来,姐姐追我,闹得很疯,这时我才知道姐姐也是很爱耍的,我原先以为她只是爱干活。

闹了一阵,姐姐静下,深深吸气,鼓动我,夏,闻闻,稻子多香。

这我是闻得到的,直到现在,一想到稻子,稻香便清晰地随之而来。香又怎么了?那时我觉得姐姐大惊小怪,农忙季节,天天闻得到,到处闻得到。

真香。姐姐伸展着双臂,半仰着脸,喃喃。

香。我随随便便附和。

夏,这些稻子变成饭该多香。姐姐开始描述稻子变成米饭的过程。

别蒸太烂,饭粒一颗颗,有嚼劲,晾凉,炒饭,下点猪油、酱油,火烧得旺旺的,炒得饭一粒一粒跳……姐姐说不下去了,我听见吞口水的声音,姐姐的,也有我的,我恨不得当即搓下一把稻子,磨去皮,回家煮了炒了。我屈着指头算起来,离我生日还有多久,结果令人高兴,很快到了,到时我能吃上满满一碗蛋炒饭。

我生日的炒饭,姐姐做得很用心。照她说过的做,蒸得又软又有韧性的饭,炒菜锅下了猪油,放入切得碎碎的萝卜干,敲两个鸡蛋,倒进饭,加了酱油,炒得饭粒跳起来。那碗饭装得冒尖,全是我的,锅里还有一碗,留给父亲。

我永远记得那碗炒饭的味道,也永远记得姐姐的样子,坐在我身边,看我哈着气大口吃饭,她眼里放着光,时不时问,好吃吗?很好吃吧。我有时会停下,对姐姐说,你吃一口。姐姐惊喜地反问,吃一口?她吃了一小口,慢慢咀嚼,笑了,很好吃。我弄不懂当时自己怎么没想过匀出半碗给姐姐,姐姐不见后,我后悔极了。

吃着炒饭,姐姐说我又长了一岁,要我长力气,长个子。说完,顿了一会儿,好像在整理说下句话的语调,她终于开口了,夏,要紧的是长志气,你是男的,就要像男的。我听出来了,这话是照着父亲的语气说的。

那件事没发生之前,听到这话,我会放下碗,起身挺挺胸,抬抬下巴,握出一对拳,表示我就是个男的。那件事发生之后,听到这话,我便低下头。姐姐一眼看穿我,说,好啦,我不是指那事,不是能打架就算有志气。我仍忍不住想那件事,分不清是因为自己还是因为姐姐。

那年我刚上学前班,同桌看上我一支笔,那支笔很特别,只剩指头长短的铅笔,姐姐用纸卷在笔头上,把笔接得长长的,还借了彩色笔画成彩虹,那支笔立即变成抢手货。同桌要拿新铅笔换,我不换,同桌抢,输给我,哭起来,刚好放学,我收了笔扬长而去。第二天放学路上,同桌带着他上初中的哥哥,两人分站在我的面前和身后。

笔被抢了,我手臂上挨了一拳。

第三天早上,我把笔从同桌笔盒里抢回,把昨天的那一拳还给了他。下午放学后,我再次被堵住,还是同桌,仍带着哥哥。这次,我不单笔被抢了,新买的尺子也被夺,挨了几拳,其中一拳在眼眶上,留下了深黑的痕迹。

姐姐边用热毛巾帮我敷着眼眶,边听我叙述事情的来龙去脉。

他们的错。姐姐最后说,他哥哥你打不过,你也没法跟他说,明天放学去他家里,找他阿爸阿妈,笔和尺子要回来,这事你自己理清楚——别怕,理在你这边。

我不敢,挨的几拳实在很痛,我想象着到同桌家里去,他哥哥迎出门,怎样堵住我,拳头怎样落在我身上。这想象让我心底发虚。

隔天中午放学,一进门姐姐就看着我,问,笔和尺子呢?

我低头。

笔和尺子是你的,夏,你该要回来,你低头做什么。姐姐像变了样子,语气也变了,她说,你再想想法子。

我宁愿放掉心爱的笔和尺子,希望姐姐算了,让这事过去。

我半天不出声,姐姐又说,不单得要回笔,还得让他赔不是,你让他阿爸阿妈看你的眼睛。

对着姐姐,我没法摇头,支吾着答应要回东西,再讨个说法。但我错就错在没去找同桌的阿爸阿妈,在学校里直接跟同桌讨回东西。结果,那天下午,我在竹林里耍的时候,又挨了同桌哥哥一顿打,并被搜去一把小刀,一把弹弓。

听到这事时,姐姐正在灶间择菜,她扔下菜,说,过分了,我去找他——夏,这事你别在阿妈面前嚷,省得她念叨。

姐姐和同桌的哥哥都在镇上中学念书,且都念初一,不同班。

第二天发生的事传遍镇中学,也在寨里的孩子间传开,我是从别人的嘴里听到整件事的。

放学后,姐姐找到我同桌哥哥的教室,让他出来,他笑嘻嘻地看着姐姐。姐姐说你过分了,以大欺小没羞没皮。他站起身,晃着脚,耸耸肩,说那又怎么了,我没事耍耍。

到教室外面说。姐姐指着门外。

同桌的哥哥还是笑。

这话说了第三次后,姐姐揪住同桌哥哥的头发,咬着牙把他扯出来。他终于出了教室,拳头往姐姐身上捶。据讲这事的人说,姐姐突然变成"老虎婆",捶肩头揪耳朵踢膝盖,要拼了命的样子。

同桌的哥哥先停了手,被姐姐吓停的,后来他跟人家说姐姐是疯的,脑子有问题,他相信身边要是有刀,那时姐姐会挥过去的。姐姐在他耳边留下两道抓痕,把他一个膝盖踢得发青,姐姐付出的代价是肩上黑了一大块,脸肿了半边,一只手臂好几天抬不高。

姐姐和同桌的哥哥都被喊进老师办公室,姐姐讲了整件事,在老师要求下,同桌的哥哥写检讨书,姐姐不写,要同桌的哥哥道歉,答应还回笔、尺子、小刀和弹弓后再说。老师有些烦,说事情过了便过,这些小东西计较什么。姐姐说不是计较,这是我们家的东西,他是抢走的,他还先打我弟弟,他还得跟我弟弟道歉。检讨书她会写,因为她在学校打人,但她实在忍不住。

老师摇头说姐姐认死理,却又点头说姐姐有理,终照姐姐的意思做。

　　那些天，姐姐进进出出肿着一边脸，僵着一只手，对父亲母亲说是摔伤的。她在寨里走来走去，寨里多嘴的阿姆阿婶那次竟约好似的在母亲面前帮她遮挡。

　　同桌的哥哥还回了东西，还摸摸我的头，真的给我道了歉，让我和同桌以后好好处。在别人面前，他说自己好男不跟女斗，有心让着姐姐。

　　据说同桌的哥哥后来偷偷给姐姐送过明信片和笔记本，这已经是后话了。

　　姐姐的脸肿了很多天，那些日子，她像藏着什么心事，闷闷的，几天后，她坐下来和我谈开整件事，她说别怕这怕那的，窝不了的气别窝着。我突然觉得姐姐跟平日完全不同了。

　　父亲终于回家了，一桩大活刚刚收尾。那天傍晚姐姐在寨外等到父亲，接过父亲的草帽和他带回的半斤肉，一路谈着明早割稻的事。姐姐的意思是，她早起些，先去割稻，父亲多睡一会儿，等天亮带打谷桶去打谷就成。父亲不怎么开口，我知道他不会比姐姐晚起的。

　　很小的时候，我就跟到田里，母亲让我留在家，我不肯，我觉得农忙时田野是最有趣的，那么多人聚在那儿，日子好像格外带劲。姐姐也不放心把我留在家里，她知道母亲管不住我，她担心寨外的池塘，担心那片粪坑，担心矮山坡上的碎玻璃，担心家里的开水瓶。后来听姐姐说，我很小时她害怕很多东西，常常做噩梦，梦见那些东西伤害了我。

　　到了田里，姐姐得想法稳住我。她让我挖泥巴，这能让我入迷很久，这期间，姐姐能割一小片稻，父亲打出谷子，绑了一些草捆，用这些草捆堆出高高的草垛，半弧形，遮出一片阴凉。我抱来挖的泥巴，坐在那片阴凉里玩，像坐拥自己的世界，心满意足。

姐姐拿稻草编了小牛小狗让我玩，鼓励我照着编，编成一件可得她宝贝盒里的玻璃珠一颗。我兴致大发，照着姐姐的东西编，编着编着天马行空起来，想出各种奇奇怪怪的主意，幻想它们有各种超出生活的能力或随心所愿的用途，一编大半天，扭出一堆奇形怪状的东西。姐姐还指点我用挖出的软泥做茶具，茶炉水壶茶壶茶盘茶杯……一整套茶具，需要极大的耐心捏，但每捏成一样，我就被莫名的成就淹没。傍晚回去，姐姐把我的作品一件件收好，带回家摆列在墙边，大太阳晒上几天，就可拿到伙伴面前显摆了。姐姐收拾着我的泥茶具时，我觉得她像收家里的碗盘，我得意了，像做了件了不得的事。

种种花样玩过后，已接近晌午。其间，姐姐停下来喝水或稍做歇息时，会随我的心愿，带我到周围转一转，看看别人家割稻打谷，那时我总觉得别人家的活比自家的有趣。空气热得发烫，烫得我们浑身汗湿，黏糊糊，很难受。姐姐拉着我跑起来，在田埂上跑得摇摇晃晃，热风扑面而拂，渗入皮肤，在皮肉间绕来绕去。多年后，我进了大城市，夏天时会突然在街道上奔跑起来，但从来感觉不到那种热得通透的风。

姐姐边跑边笑。跑过一圈，姐姐回去干活，我坐回草垛下的阴凉里，脱掉上衣，让风吃去身上的汗湿和臭味。

从某年开始，姐姐在我面前扔下一把镰刀，我知道自己该干活了，拿起镰刀，跟在姐姐身后，蹲进稻子丛里，照姐姐的指点开始割稻。稻叶在手臂上脖颈上小腿上划出道道伤口，汗水顺着皮肤的小伤口流淌，我知道了什么叫干活的滋味。

但会有一种更好的滋味，为了那种滋味，干活的累我愿意忍一忍。

割稻时，姐姐走到田那头，我在田这头，我们向对方迎面割去，听见沙沙啦啦的声音时，我知道接近姐姐了，镰刀生了风，割得快极了。我和姐姐间最后一排稻子割去时，我看到姐姐草帽下的脸，黑红黑红，笑得像稻子一样发亮，粗大的辫子从肩头垂下来。我哈的一声，像很长时间没见她了。姐姐手伸进衣袋，掏出来时，手心或一个青橘子或半把花生或一颗糖或半块甜米糕……我欢呼起来。

再来，再来。我嚷。于是，我和姐姐再次分开走到田两头，准备第二次相遇。

那时，我以为自己记得最深的肯定是那些零食，现在，突然发现记忆里最清晰的是相遇时姐姐抬头那一笑。

有时，相遇后姐姐会起身给父亲端碗水，父亲割一会儿稻子，打一会儿谷，两头跑，忘掉喝水。水里泡了金银花或茉莉花，说暑天里得想法弄点清凉，小时候她告诉我，喝了那些水，汗也会变香，我便努力喝下好些水，时不时闻闻自己的汗。

下午，活干到一段落，姐姐扔了镰刀起身，我跟着起身，姐姐要回去煮绿豆番薯汤了，甜的，解暑解饥。我要跟姐姐回，帮忙削番薯皮，帮忙烧火，总之，我不是回去闲逛偷懒的。其实，单独和父亲待在田里，我不自在。

番薯煮好，给母亲盛一碗，姐姐让我在家里先吃，免得多带个碗到田里，我就想在田里吃，有种特别的趣味。我说，我和你共一个碗，到了田里你先吃。姐姐笑着瞪我一眼。

可到了田里，永远是我先吃。坐在草垛边阴凉里，喝着清甜的汤，有风来，带了热度，也带了稻子的香。那时，我想不出世上还有更好吃的东西。

姐姐一定也喜欢那种环境，那碗绿豆番薯汤定也极合她胃口，她看起来极舒展，吃得很慢，还跟我说话。她喜欢讲种田的机器，她在一个同学的课外书里（同学的舅舅从城里带来的）看到的。有一种机器，会自动耕田，自动割稻收稻。

夏，那种机器一路开过去，就稻草归稻草、谷子归谷子了，干干净净，你相信吗？姐姐站起身，挥手比画，要是我们家也有那种机器就好了，把阿妈带来，她坐在机器上，看着谷子哗啦啦收起来，还有什么好操心的……

我沉浸在姐姐的描述里，想象自己是操纵机器的人，说，那时，寨里所有的田全部由我来种我来收就好了。

谷子未收时母亲操心，谷子收割后她又操心晒谷子。她靠了被子半坐着，想寨场上晒的谷子，盯着窗外的天，窗外日光很硬，天蓝云薄，是难得的好天气，她还是担心，说这时节的天，说变就变，没道理可讲的。说着她叹起气来。

姐姐给母亲讲外面的事，寨场多热闹，收成多好，寨里人多欢喜，把火热的夏天讲得更加火热。母亲听着听着会高兴一些，但很快又回到自己的心思上，说，谷子还没收入家里，就不是定数。

像为了证明母亲的话，窗外的天突然暗下去，屋后的竹梢带了风，呼呼扫着。

收谷子。母亲喊，声音少见地响。

姐姐已经跑出门外，嚷着让我跟上。

风急了，云不知什么时候堆得厚厚的，深灰色。我和姐姐飞奔到寨场，寨场已经闹起来，四处有人跑着，喊着，指挥着，扫谷子的、装谷子的、卷晒谷席的、挑谷子的……动作、声音、头发、衣服在越来越急的风里凌乱飞扫。先收好的帮着慢赶到的，男人帮女人挑谷子。

我和姐姐一人一边，把谷子扫成堆，风扬起的尘迷了眼，衣服被扯得紧绷绷，我感觉到雨点，失声大嚷，雨来啦。周围似乎也有人跟着喊，说有雨点了。

快扫。姐姐装着谷子，冲我喊。寨场空了大半，我们家的谷子还有一片，我要哭了，几乎看见谷子被大雨冲走了，有先收好的阿姆阿婶过来帮忙，姐姐紧张中朝寨场另一角指了一下，说，我大姆家人手少，阿婶先帮她家收。大伯长年在外，每年父亲收完自家的稻后，去帮大伯母打谷，晒谷打草收草就全是大伯母一人的事了。

姐姐说这话时扒着谷子，头没抬，没发觉大伯母家那边早有几个阿婶在帮忙。

我家的谷子终于装了袋进了箩，再顺老伯帮着挑到他家去，他家的屋子是离寨场最近的。最后一袋谷子刚进门，雨噼噼啪啪下起来。我双腿软了，瘫坐在再顺老伯家门槛上，再迟一点，谷子要泡在水里了。

姐姐突然大笑起来，我以为她吓傻了，扯她的衣角，她真在笑，拍着手说，好玩，夏，我们刚才收谷子那样子啊……哈哈……她越笑越厉害，弯腰捂住肚子。开始，我莫名其妙，但想象起刚才收谷子的样子，也觉得好玩了。

姐姐说雨这么大，母亲在家不知担心成什么样，要回去告诉她。拿了再顺老伯一顶斗笠跑出门，我跟着跑，姐姐双手伸出去拍着雨，还是笑，夏，刚才收谷子比你们打抓贼战痛快吧。

是比我跟大头他们打战还紧张痛快，我学姐姐的样子把雨水拍得四溅。姐姐跑得更快，双脚抬得高高的，把地上的雨水踩得跳溅起来。我也那样跑。等我们到家，两人都湿透了。夏天衣服好干，姐姐经常带我淋雨。

夏天里，姐姐还有一件要紧的事，摘麻芽。

四乡八寨种了很多麻，主要是取麻皮卖的，但麻芽也可卖，炒炒是一道好菜，听说城里人喜欢。在我小时候的印象里，城里人喜欢的东西都能卖钱，是金贵的，能卖掉很多。

离寨子近的麻田麻芽一长出来就被孩子们摘光，姐姐学寨里一些阿婶阿嫂，跑到又远又僻的地方摘，麻田大，麻芽长得密。那段时间，姐姐极早起床，煮完饭，弄一个饭团带在身上，出门时天还没亮。中午姐姐吃掉那个饭团，嚼半根萝卜，然后直摘到天黑，两大袋麻芽扛到外寨卖掉再回家。

那些日子，天一灰我就坐在门槛上等姐姐，连父亲也回了，姐姐还没有影子。每次出门前姐姐都要交代我们晚饭先吃，除了奶奶的饭先提过去，我无论多饿都不想先吃，母亲说不饿，父亲炒好了菜，在竹椅上抽烟。姐姐不在，什么都不对劲。

姐姐终于回来了，步子缓缓，头发有点乱，但脸上带了发亮的笑，我知道今天她收成不错。在洗手洗脸之前，她爬上床沿，把手里那卷零钱放进床底那个盒子里，麻芽收成的季节，姐姐每天都往盒子里放一卷零钱，整个夏天，我都在想象盒里那些钱有多少。接下来很长一段时间，母亲药费不够了，我要买一个本子了，家里需要一包盐了，姐姐就会打开盒子，抽出一张或几张钱来。

吃过饭，姐姐端水给母亲擦身子，帮她换衣服，最后自己洗澡。

忙过这一切，父亲或在灯下算算账，或在竹靠椅上养神，姐姐拉我到院里，或到屋后，指给我看天上的星星。没月的晚上，星星那么密，像发亮的砂子。

多好看。姐姐头仰得老高，喃喃叹着。

我跟着一本正经仰头，是好看。

夏，星星是什么？我很小的时候，姐姐就喜欢这样问。

就是星星。我不明白姐姐的问题，觉得她有些傻。

一般来说，到屋后看更过瘾，天大了那么多，仰着头边看边跑,但是跑到哪看到的星星都一样。

要是第二天是星期天,姐姐会带我走远一点,或到田间小路,或到溪边,我总要带一只小玻璃瓶,捉很多萤火虫。像凿壁偷光那样,捉满一瓶萤火虫,带到家里闪闪发亮,是我少年时一个愿望,但从未实现过。捉不了那么多,回家前,姐姐也总让我把萤火虫放走。

夏,放了它们,瓶里多闷。

萤火虫知道闷吗?

当然。姐姐打开半合着的掌,掌里的萤火虫飞出来,在我们面前慢慢绕。夏,你看,它们边飞边亮着是最好看的。

我学姐姐的样子,打开瓶盖,看着萤火虫飞来飞去,看着看着,思绪就飘了。

有时,姐姐会带些麻芽回家,加咸菜汁炒一盘,留起一些。打理过一切,姐姐带了那小半袋麻芽出门,我知道她是去守庙人那里,我是不会跟的,晚上的神庙黑乎乎,守庙人又老是闷闷的,姐姐去了,就是坐一坐,喝喝茶,说说话,没趣得很。姐姐却可以在那里坐很久。

长大后,我极后悔没有跟姐姐去神庙多走走坐坐,听听守庙人和姐姐谈了些什么,我错过了姐姐生命中很重要的东西。

秋

我会走会跑时,姐姐开始带我上学,母亲已经看不住我。我未学走路时,姐姐上学前把我安排在打谷桶里,木制的打谷桶又高又重,铺了席子被单,放在床前,母亲看着。姐姐去学校这段时间,我待在桶里,玩着大伯买的小摇鼓小抓铃和姐姐做的布玩偶,玩腻了就哭,母亲手在谷桶边拍一拍,哄一哄。母亲偶尔会起身——那时,她的病还没重到起不来的地步,给我换换尿布,把姐姐温在保温瓶里的米糊喂我吃。

我会走会跑时,打谷桶里待不住,往门外扑,母亲毫无办法,姐姐在门槛上待坐了半天,说,我带夏去学校。那时,姐姐上三年级。

怎么成?母亲叹,但她想不到别的办法,奶奶失明,大伯母偶尔会带我一天两天,但总不能天天要她带,那阵子,她和大伯正因没有孩子而烦恼,时不时要到大伯工作的地方去,和大伯一起看医生,听说外省的医生比我们这里的有本事一百倍。

隔壁班的少君也带弟弟上学。姐姐安慰母亲。实际上,少君只在她阿妈摔伤腿时带她弟弟去了几天,我是得长期跟着姐姐的。

姐姐上课时,我藏在长凳下,坐在姐姐脚边,玩石子画片。有时,姐姐的同学送我一些铅笔头或橡皮,我拿张烟壳纸,放在地上,半跪半趴,装模作样地写写画画;有时,我呆坐着,听姐姐的老师讲课,对那家乡话里夹着几句普通话的讲解声又困惑又着迷;有时,我小狗一样在课桌下爬,爬到姐姐前桌或后桌脚边,她的同学脚趾头拼命扭动,逗我玩,我被那些脚趾头吸引住,捏住耍起来,经常扭痛人家,脚趾的主人滋——地吸了口气,姐姐伸脚夹我的衣角,把我扯回去,我一般很听话地退回姐姐脚边。

甘蔗成熟的季节是最好的,乡里的甘蔗收购点在学校前面那块长形场地上,那块场地平日当操场,做操、升旗、体育课都在那儿,是开放的。甘蔗成熟时节,操场堆满甘蔗,一垛垛,一家一垛或几垛,整整齐齐,小山一样。下课铃一响,孩子们跑出去,奔向自家的甘蔗堆,抽了就吃。上课铃响,一群孩子飞奔回教室,腋下夹着半截甘蔗。

我家没法种甘蔗,大伯母家也没种,整个操场的甘蔗,没有半根属于我家,我绕着甘蔗堆跑来跑去。现在想想,那时是希望谁家的甘蔗堆漏下一截半截。偶尔真碰上了,我捡起飞快地跑回来,骄傲地举到姐姐面前,姐姐很不高兴,夺了甘蔗丢开。我想闹,但姐姐的脸色让我不敢闹。姐姐告诉我她有办法帮我弄到甘蔗,而且是中间那截又甜又好的。

姐姐用她画的图换。我不明白姐姐怎么会画画,什么时候学的,自我有记忆以来,她就会画,而且画得很好。用铅笔在烟壳纸上画,画花,一棵植物上能开很多颜色不同、样子不同的花;画潮剧里的闺房千金,眉修目秀,裙带飘飘;画潮剧中的大将军,舞着刀剑,又周正又威风……大伯给她的水彩笔让那些画变得光彩夺目,往往一堆同学围着,对着姐姐的画发呆。

很多人想用甘蔗换姐姐的画,甘蔗直接送到姐姐面前,姐姐的画很快被换光,没换到的人有些丧气,交代姐姐下次画了先留着。换到的甘蔗姐姐并不拿,只先取一截给我,其他的记着,放学了再到操场收,收成一捆,我们姐弟俩扛回去,放在家里慢慢吃。这样一来,有甘蔗的季节,我只要省着点,就不用老流着口水看别人家的孩子啃甘蔗。

有了甘蔗,姐姐不用带我回教室,她深深松口气说能专心上课了。我坐在操场边,慢慢啃甘蔗,清甜的甘蔗汁让我变得安分,姐姐很清楚,有整个操场的甘蔗在,我不会乱跑。

我坐在姐姐课桌下,有时扯姐姐的裤腿,有时呜呜抗议,有时把石子弄出声响来,老师就停下讲课,静静看着姐姐,姐姐把我抱到教室外,交代我只准在学校里逛,掏出给我备的花生,自己回去上课。我在学校里乱闯,绕着柱子跑,在台阶上上下下跳,摘花采叶，比在教室里自由得多，但大多数时候会被学校某个老师喝住，下课了要姐姐把我领回去，第二节课，我又得坐在姐姐课桌下。姐姐的老师并不说什么，有时甚至让我坐到凳子上，挤在姐姐身边，只要我肯在烟壳上胡乱画点什么，别弄出太大的动静。这很新奇，我想象自己已经长大，和姐姐同桌，这个想象的吸引力能维持很久。

直到现在，我对当时那个老师仍心存感激，他姓陈，四十多岁，外乡来的，对姐姐带我上学，从不说一句什么。有时，因为顾着我，姐姐课没听好，下课了到陈老师办公室问，一手拉着我，陈老师总是细细再讲一遍。讲完后弯下腰捏我的鼻头，再捣乱我要用这个了。他笑着举了举教鞭。

如果某一天我不听话，姐姐就生气，放学后不跟我讲今天学到的新字，不拉着我的手晃着走，我喊她，她不应声。我害怕这样的惩罚，扯着姐姐的衣袖晃，找话说，她不看我，不睬我，我赌了气，慢慢落在后面。等落下一大截，我哭起来，姐姐才转身，看看我，终于走回来，拉住我，我哭得更响。姐姐拍拍我的额，夏，念书是正经事，这个你不能耍。

这样闹过后，我会安静好几天。

只要到家，姐姐就会笑，刚才的不高兴忘掉了，我知道，她是看到家里的房子了。姐姐不止一次跟我说，夏，我们家有新房子了，多好。住到新房里，我也高兴，可搬新房子时我才五岁，关于搬新房的记忆很淡，对旧房子印象也不深，那时，我不明白姐姐怎么高兴那么多年，在她兴奋地一次次强调新房时，我甚至不屑地说，快变成旧房子了，还没有厅，没有天井，没有门楼。我羡慕大头家崭新又气派的整座"下山虎"。姐姐用手指点我的额，瞪我一眼，你傻呀，那是别人家，这才是我们家，我们家不好看吗？我无话可说了,我们家的院子确是寨里最好看的,花花草草。现在,我突然发觉印象最深的是姐姐那"我们家"这三个字。

母亲说新家姐姐是用了力的,关于姐姐与新房子的事,母亲不止一次讲过。

当年,挤在大队那排杂物间或牛间的人家都搬走了,在寨子左右两边建新房,寨子多了两条巷子,大了一圈,这一圈里,也有大伯家的新房,只有我们家还挤在那排废弃的屋子中间。

父亲原本打算我一出生也建新房的,但母亲病倒,房子的事耽搁了。几年后,母亲的病稍稍稳定,房子的事又被提起来,父亲很犹豫,家里没有积蓄,母亲又卧床,我和姐姐还小。

父亲有再大的犹豫也肯定不会在姐姐面前开口,但姐姐知道了,某天晚饭后,她在父亲对面坐下,表情和坐姿一本正经,努力使自己像个大人,手里握着绣花和卖青草积下的零钱。

阿爸,新房子该建的,我们家别住这儿了。姐姐环顾了下旧屋子,目光害怕似的收回来,这屋子不是我们家的。

母亲说,当时隔壁已搬空,大队那些杂物间空置着,父亲曾去征得村干部同意,打算打通墙壁,将隔壁的闲间并过来,继续在老屋住下去。

父亲诧异地看着姐姐,他常常在外,大概不明白小小的女儿怎么就变这样了。

阿爸,我有点钱。姐姐伸出手,展开,露出一小卷零钱,我快长大了,以后会赚钱的,先借一借,凑一凑。姐姐说。

母亲说父亲很久没出声,只是抽烟,偶尔抬头看一眼姐姐。半夜,他对母亲说,阿南有主见了。母亲笑,阿南早有主见了。

几天后,父亲要下新房子的地,并借到了足够的钱,我坚信这事一定有姐姐的影响。父亲不拿姐姐的零钱,让她留着,到时给建房子的工人加菜。

新房的地在寨子加的两条巷子外面，紧靠寨子左侧矮山坡，趴在寨子最外围一角，像寨子一截尾巴，没人要那块地，我们家算捡了便宜。大伯和大伯母说那地不好，太清冷，风水一般。但姐姐喜欢。

在建房子时，姐姐经常拉我去看，夏，这是我们家的房子，我们家，知道吧。别人说我们家房子冷清，姐姐说这样好，走出门不会全是眼睛嘴巴，种花种草不用管别人家杂事，过节祭祖没人老看你礼仪对不对……姐姐说了很多，我只管捡小石子玩，她自顾说她的。

房子是父亲自己带了人建的，工钱暂时欠着，一些材料也从熟人那里拿，赊着账，所以房子建得很快，猪栏和灶间也一并建好。

姐姐果真想尽办法弄些好伙食，她绣花和卖青草的钱买了猪肉，父亲没法给出更多的伙食费，姐姐便去预支绣花的工钱。母亲说直到房子建成后，姐姐拼命绣花，又没见她领工钱才知道的。平日，姐姐交了绣花活，月末领了工钱，总要给母亲和奶奶买些米糕或绿豆糕之类的点心。

姐姐还去捉鱼。带了小桶小盆，在田边找小水沟，挽了袖子裤腿，用泥巴把水沟沏出一截，拿了盆子拼命舀水，水舀至半干后用网兜兜鱼。我在岸上跳来跳去，也想下水，姐姐边舀水边呵斥我，哄我等着捡鱼。姐姐的网兜里终于出现鱼了，我抱着小桶去接鱼，终于安静。

大半天下来，姐姐可以捉到好多鱼，但都不大，姐姐把鱼裹上厚厚一层面糊，放在油里炸，鱼大出一圈，端上桌时有很好看的一盘。姐姐端着那盘鱼上桌时，我跟在她身后，双眼放光。父亲的工友笑着说，这些也算鱼？能弄出这花花样子，这孩子有心思，倒也惹嘴。是的,每次鱼都早早被吃干净。姐姐灶上给我留了一条,我捏着,一点一点地吃,尽力地想把香味拉得长一些。

做鱼不难,对姐姐来说,难的是杀鱼。捉来的鱼,姐姐蹲在桶边玩半天,手伸在桶里,追着某条鱼跑,不用多久,她就能认清每条鱼,这条黑一点,那条灰一点,一条嘴尖点,一条眼睛圆点……她指给我看,我什么也看不出,觉得除了大小,鱼全长得一样,姐姐说若真心想认就认得出。看着看着,姐姐抬起头看着我,夏,我不想杀这些鱼。我也不想,我还想养着它们,但我想吃鱼。

姐姐把鱼提到大伯母家,央大伯母杀。大伯母杀鱼时,她远远躲开,大伯母冷笑,想吃又不想杀,好人自己做,恶人推给别人当,假慈假悲。姐姐低头不出声。回来的路上,姐姐一手提着鱼,一手拉着我,夏,大姆说得对,我是假慈悲。我不明白姐姐为什么那样严肃,大伯母是说着玩的,平日姐姐常和她开玩笑顶嘴,单单提到杀鱼这事,姐姐好像很理亏。

房子建起来了,家里开始了漫长的还债岁月,买地的钱,买材料的钱,欠工人的钱,买猪苗的钱……这些钱一批一批还得差不多时,房子的屋顶被台风掀了,又借钱修补。那些年,姐姐在屋后菜地种番薯藤,养猪仔养肉猪,这是那时农村最了不得的副业,但很辛苦。每每卖去一头肥猪或一笼猪仔,拿到一大笔钱,她就跟母亲叨着可以还谁的钱了。

姐姐打算得很好,欠别人的钱一笔笔还清,然后慢慢积钱,积下一笔大点的,带母亲到城里大医院看看,她听说城里医院有一种机器,能照到人的骨肉里,她相信那种机器能把母亲的病根照得清清楚楚,只要知道病根,就能找到对应的草药,那时母亲会好起来。治好了母亲的病,就存钱把客厅盖好,门楼修像样,两间"伸手房"盖全……她想象着计划一步步成形,手放在我肩上,目光不知落在什么地方,声音飘飘的,夏,那时把奶奶接到家里,我们吃过饭就在客厅沏茶,天气热时,饭桌搬到天井,等阿爸回家一起吃晚饭,我炒一大盘田螺,慢慢吃,闲闲扯话,直吃到月亮出来……

家里的债还得差不多时,母亲去世了,办丧事时再次借了钱。

母亲去世后,姐姐辍学了,到镇上毛巾厂打工。她从一个同学那里买了辆旧自行车,每天早上煮了饭熬好猪菜,给奶奶送饭后,骑车去上班,傍晚才回。中午我自己煮,姐姐给我备好菜,我负责自己的午饭,也负责给奶奶送饭,并用姐姐熬好的猪菜喂猪。

那时,姐姐的打算又变了,提得最多的是我上大学的事和奶奶的事。

在毛巾厂做了两年后,姐姐成了一个师傅,且是小有名气、毛巾厂老板所看重的,据说姐姐想出一种新的纱线排列方式,经她排出的毛巾与原来一模一样,但要省一些纱,每条毛巾省一点纱,厂里出产那么多毛巾,得省多少纱,好好想想,能省不少的啊。跟我说的人盯住我,好像对我不明白姐姐的功劳很遗憾。

外面开始传姐姐的工资多高多高,寨里很多人当面问姐姐,语气含了酸,意思是姐姐这样一个丫头,挣的钱倒比壮年男人还多。

现在这世道……一句话隐了半截,话里的意思想露又故意含起来。

姐姐的表情差了,也不睬面前这些辈分大的阿姆阿婶,直愣愣应回去,话这样理就歪了,拿多拿少是看活的。是老是少是男是女,都是个人,我是下了力气干活,拼了命流汗的,没耍半点心机。阿姆阿婶们半天无话,从那时起,寨里开始有人说姐姐带刺了。

姐姐冷笑,夏,真无聊是不是?

我又不明白姐姐在说什么了。

电影里有时会有这么一些人,专管别人,就管不住自己。姐姐拉着我的那只手稍稍用了力,夏,你要把自己管好。

我听话。我很乖巧地说,管好自己。

姐姐极轻地叹口气,拍拍我的额,姐姐现在不该跟你说这个的,我是说人一辈子——我又糊涂了。

姐姐真把我弄糊涂了,但电影我知道,提起电影,我兴奋起来,拍手说乡里又要祭祖了,又有电影看了。我猜得没错,提到电影,姐姐很快忘掉不高兴的事。

电影的幕布很早就在大寨的寨场上挂起来,我奔回家扛长凳,日头还高得很,我认定自己最早,但到幕布前时,最前面那截早被大寨的凳子排满了,我的长凳放下去,已经在中间了。回家我向姐姐抱怨,每次放电影都在大寨寨场上,我们坡子寨一次也没轮到。

姐姐笑,没抢到前头的位子?中间很好啊,看得最清楚。

中间一点也不好,看到一半想去买瓜子半天挤不出去,出去撒尿回来半天找不到长凳。

放电影那天,晚饭总是吃得很早,奶奶的饭早送了,猪和鸡也提前喂过。拿着手电出门前,姐姐总是有些犹豫,母亲没法看电影,她不想把母亲留在家,虽然母亲常一人在家,但今晚寨里人都去看电影,母亲一人在家就不太好。

父亲总会开口,你们去看,我在家。

父亲是不看电影的——这点增加了他在我心中的威严——他总和母亲待在家。父亲一这样说,姐姐就放心了,她知道父亲会把竹躺椅搬到床边,一边端杯茶喝着,一边和母亲有一句没一句地说话。

总是先放潮剧。现在我已厌烦了潮剧,咿咿呀呀,话不好好说,一点意思叨半天,姐姐对我的看法摇头,说我们不懂,又太躁,才听不进去。她让我细细听,潮剧音乐清透脆亮,唱词里有很多古诗古词，说懂得过日子的人才那样。

　　我对姐姐的话不以为然，但小时候我也是迷潮剧的，单那些古装打扮，那些唱腔就能吸引住我，何况每出剧都悲悲喜喜，爱恨情仇的，当看前大半段时，或捏着一把汗，或蓄着一股悲凉，或抑着一腔愤怒，好在知道大结局总会是好的，善恶终有报。剧终时，所有的心结都解了。

　　潮剧后是真正的电影，那是让人眼迷心乱的新奇与刺激，我常看得忘了手心里握着的半把瓜子，身子里憋着的一泡尿。

　　总要看到电影散场才肯走，我已困得脚步歪斜飘浮，仍重述着电影里的一切，声音里带着浓重的兴奋。姐姐静静地听，微微笑着，偶尔问一句，喜欢看吧。

　　还用说。我大喊。

　　姐姐极高兴地笑起来。

　　我被电影里的世界迷住，问姐姐，真有人像电影里那样过日子？

　　有的。姐姐肯定地点头，又说，还有些日子是电影里看也看不到的，不，想也想不到的。

　　我不太相信，那是什么样的日子，在我的想象能力范围之外，直到现在，我仍不知道姐姐说的是什么样的日子，她现在是去找那种日子了吗？

　　我一向以为姐姐是实实在在奔着日子的，对我们的烟火日子，她是那样用心用力，除了我们的日子，我看不出她对其他日子用劲的半点痕迹。

　　在毛巾厂干了几年后，毛巾厂突然倒闭，说老板输了极大的赌注，破产了，姐姐准备重新养猪。那几天，寨里的阿姆阿婶常到家里来，跟姐姐说些宽心的话，厂子终究是不安稳的，哪有种田养猪实在，人还是安分好。姐姐很客气，沏茶，拿糖糕请人吃，不分辩也不抱怨，倒把阿姆阿婶们弄得疑疑惑惑。

十多天后，姐姐进了镇上最大的服装厂，据说做的衣服都是卖进大城市的，价钱高得吓死人的那种。姐姐进厂不久，成了一个小组的领头，寨里的阿姆阿婶想不透姐姐怎么跟缝衣服沾上边，还小有手艺了，每每大头他们提到他们阿妈对姐姐的不解，我就很得意地笑，鼻子嗤一声。只有我知道姐姐的手艺怎么来的，我像揣了个了不得的秘密，又激动又得意。

姐姐什么时候认识仙湖寨金剪婷的，我不知道。金剪婷是裁缝师傅，未三十岁时已闻名四乡八寨，连镇上干部家的女人都找她做衣服，据说穿上她做的衣服，人会精神好几倍。金剪婷家里有个下南洋的老叔，家里每年都能收到让人眼红的汇款单，金剪婷的阿妈早有好打算，存起那些钱，等金剪婷长到十八岁——那时她还只是叫刘春婷——送她进城学裁缝手艺，几年后刘春婷回来时做得一手好衣服，又几年，她变成了金剪婷。

姐姐经常去找金剪婷，只要有闲，一待大半天，帮金剪婷干杂活，换来金剪婷教她一招半式，慢慢地，一些修修补补的小活，金剪婷教姐姐上手做，接着一些简单的新衣也让姐姐插手了。当然，姐姐告诉母亲时让我不能外传，虽说金剪婷看定姐姐做得好，但外人若知衣服有姐姐插手，说不定衣服都不愿收。

我有个表姑，家里比较宽裕，两个女儿比姐姐大，我的印象里，姐姐的衣服大多是表姑两个女儿不穿的，她们的衣服很新潮，姐姐穿着还能得到寨里女孩的羡慕，但姐姐还是喜欢自己改衣服。

每每表姑两个女儿送来一些衣服，当天晚上，姐姐就把衣服摆出来，在灯下反复比画、久久地想，接着，她把衣服提到金剪婷那里，开始改动。几天后，她就有了全新的衣服，在寨里走着，寨里的女孩跟成一串。那时,是我最得意的时候,姐姐是寨里最好看的女孩,这点不是我吹牛,大头他们别的不服我,这个是承认的。

有时,姐姐把那些衣服改成母亲的衣服,竟很合适。我不止一次懊恼过,姐姐改的衣服没有我的份,姐姐大笑,把花衫子往我身上披,穿吧,穿吧。

一次,姐姐极高兴地拿了件厚呢背心回来给母亲,呢子背心由两种颜色的呢子拼成,好看得很。原来姐姐用旧衣服改出的一些款式,金剪婷看中了,照那些款式做成成衣卖,镇上那些有钱女人竟很喜欢,付了高高的价钱,金剪婷很高兴,不单教姐姐更多手艺,还给了姐姐两块呢子布,虽说是两块碎料,但经姐姐一弄,成了很有看头的呢背心,金剪婷说姐姐是鬼脑子。

从那时起,金剪婷教姐姐时用了心,姐姐慢慢成为她得力的帮手,最重要的是,姐姐会时不时帮她想出些新款式,让镇上的女人着迷,让金剪婷好好赚一把。当然,姐姐除了学到手艺,偶尔得到一点布料,还会有一些手工费。我突然怀疑,走之前,姐姐给大伯母留下一笔照顾奶奶的钱,是不是那时就开始攒钱了。

春天时,姐姐说她最喜欢春天,因为到处很精神;秋天时又说喜欢秋天,她可以穿自己拼接的那条长裙。

那次,表姑的女儿送来的衣服里有件白上衣,还有件蓝花半身裙,上衣和裙子的布料都很柔软,而且很新,应该是太窄小才给姐姐的。第二天,姐姐拿着两件衣服到金剪婷店里,几天后她拿回一条又熟悉又陌生的新裙子,展开时,我和母亲有一瞬间都停了呼吸,找不到声音。

姐姐把白上衣和蓝花半身裙接成一条长裙,腰部一侧挂了个蓝色大蝴蝶结,裙子拿在姐姐手里,柔得像水。姐姐换上那条裙子,慢慢走进屋,双手轻轻提着裙裾,辫子垂在腰间,我错觉她是某部电影里走出来的。姐姐轻抚着那条裙子，喃喃说她应该去学跳舞，像电影里踮着脚跳的那种，把一个人跳成仙女。不知为什么，姐姐低头凝视裙子时，母亲突然侧过脸，偷偷擦着眼角。

裙子是长袖的，长及脚踝，秋天姐姐就会穿上它。当然，干活时是不穿的，干完活后，姐姐洗脸洗手洗脚，专门穿上那条裙子，到矮山坡上，绕着树跑来跑去，姐姐说，穿上这裙子人会变轻，会丢开原来的日子，跑进另一种日子里。她问我知不知道另一种日子是什么样的，我迷糊得很，姐姐想了想，叹口气，我也说不太清楚——不过，我知道在那种日子里，穿着裙子跑来跑去也是很要紧的。

冬

我到奶奶那儿，希望能探听点什么，母亲说，姐姐从小喜欢跟奶奶待在一起，母亲不明白小小的姐姐和奶奶坐在老屋里，一坐半天，怎么不闷。我相信这次姐姐会跟奶奶说些特别的话，我可以从那些话里找到蛛丝马迹。当然，我得旁敲侧击，以免吓坏奶奶，这么多年了，她一定和我一样，早习惯了日子里有姐姐。

奶奶对姐姐的离开很淡定，姐姐早跟她提过，但说法是这样：阿夏已考上好大学，将到外省念书，她也想去外面走走，一个同学的哥哥介绍了份好工作，她得去奔一奔，或许要走几年。奶奶舍不得姐姐，但鼓动姐姐去抓住那份好工作，虽然奶奶深居简出，但听说过城里有很好的活很好的日子，她相信姐姐将奔向光灿灿的日子，只对姐姐交代一句，要她早点成家。我不知道姐姐是怎样答应奶奶的，听奶奶的意思，她甚至认为姐夫也会进城，两人将在城里过日子。

奶奶的坚信让我疑惑起来，姐姐真进城打工了？似乎是有可能的。

记不清从哪年开始，四乡八寨的人去城里打工，多去电视上出现最多的那几个大城市，还有去县上的，最近的也去了镇上，寨里冷清下来，黄昏巷头巷尾没有端碗边吃边扯话的人了，晚上走进哪个屋都空空落落，茶炉起了，围着的却老的老小的小，田地一块一块长出草，农忙打谷子的声音一年一年稀下去。

姐姐很多从小玩到大的姐妹也或进城或去县上镇上，她们一回家，姐姐就找她们说话，特别是从大城市回来的，一说大半天。对大城市，姐姐有问不完的问题，她的姐妹细细地说，姐姐伸长脖子，大睁着眼睛，听得用心极了。开始，那些姐妹讲得又高兴又骄傲，但渐渐地，姐姐问的很多她们答不出来，于是支吾着应付，姐姐追问得紧了，她们怯了，表现出烦来，说，城市大得没边，深得没底，哪个讲得清楚，自己去看看不就知道了。

姐姐果真把家里的事情交代给我，跟着一个姐妹进城住了好几天。

姐姐是那么想知道城市，她终于也进城市了吗？若是这样，为什么不能告诉我？为什么这样突然？我觉得没道理。再说，姐姐想了解城市没错，但据我所知，她不迷城市。

那次跟姐妹进城几天后回家，姐姐一直不怎么说话，好几天都有些怪。

姐姐，城里到底好不好？我的好奇隐忍不住了。

好——姐姐犹犹豫豫，又摇摇头，不好——

好还是不好？

城市里有很不一样的日子。姐姐说，表情有些恍惚。

城里的日子好不好。我追问。

说不清。姐姐说。

姐姐这几天在城里住着好不好？我往实在的方向问，少菊姐带你到处逛了吧？少菊也是寨里的，从小和姐姐好，姐姐就是跟她进城的。

少菊她们那种日子不好，我不喜欢那种日子，不能过那种日子，可只有过那种日子，少菊她们才能在城里待下去。姐姐说。说完陷入长久的沉默。

我在姐姐的沉默里胡乱想象少菊姐她们的日子。

很长时间后，姐姐似乎从刚回城那种若有所思中走出来了，平静了许多，才略略跟我讲了少菊姐她们在城里的日子。

住那样的屋子，不是说屋子窄屋子旧，我们以前的老屋也旧也窄，不一样的，一屋里挤那么多人，全是外人，床上拉个蚊帐，弯了身子蜷在里面，闪着身走，出了门还是墙，天都挡没了，人一天到晚伸不直身子，抬不起头。早上起晚点儿要跑着去吃饭，跑着赶车，少菊说厂里机器也是跑着的，手不能停，但脑子停了，停得死死的，下班出来以为脑子被偷走了，好像日子还没过就没了。花花草草也长得规规矩矩，草是不能踩的，花是围着的，不能凑上去闻一闻，起得多早也摸不到露水。车上人贴着贴人站，可你瞪我我瞪你，少菊说这是城里人的习惯，第一次碰到时差点吓坏……

姐姐说着说着又停了，不知又在想什么。

姐姐不会去走少菊姐她们的路，她说过若要那样还不如待在镇服装厂，她喜欢缝衣服，最要紧的是，她可以自己画衣服款式，服装厂有很多布料让她试，且老板经常看中她设计的款式。姐姐说，当她设计的款式被生产出来时，她想象着那衣服穿在某个人身上，或许能让一个人精神起来，多么有意思的事。在镇上服装厂干活，姐姐还能经常回家。有什么比家里的房子和院子更舒服的？姐姐时不时会说这话，脸带微笑，眼半眯，极享受的样子。

我又找到大伯母那里。照顾奶奶这么多年后，姐姐把奶奶托付给大伯母，会给她很不一样的解释吧。

我再次失望，在大伯母看来，姐姐也是进城打工了，寨里的女孩不都这样嘛，除了嫁人，现在还有谁留在寨子里。姐姐把奶奶托付给她时，她甚至都不问一句。早该我来了，这么些年累了阿南了。大伯母满脸愧色。

大伯大伯母成家后多年无子，四处求医，奶奶由母亲和大伯母轮流照顾，奶奶失明的最初几年，是姐姐陪着的。我出生后，母亲病倒，再过几年，大伯母怀上孩子，奶奶的事就全落到姐姐身上了。

大伯母一胎三个，但喜悦只持续了一个多月，三个孩子身体都极弱，满月后时不时请医生。那些年，大伯长年在外，照顾三个病弱的孩子成了大伯母的日子，奶奶仍由姐姐照顾。直到三个堂弟长大，身体日渐强壮，大伯母向姐姐提出由她接手照顾奶奶，姐姐说照顾奶奶已习惯，不舍得将奶奶托付给大伯母。

就是提点饭，每天去走走，扫扫屋子，把奶奶的衣服收回来洗。姐姐说得极轻松，原本也要去走走的，顺便而已。

从大伯母家出来，我脑子卡壳了，对姐姐离开的各种可能性的想象空白了，甚至对姐姐也模糊了，我生命里最要紧的人，我没底了，我有些害怕。我拐了个方向，家里空空的，我不知回去做什么，该坐还是该站，更麻烦的是，我也不知以后的日子要怎样过，不知怎样安置自己的无措。

我向田野走去，碰到什么事时，姐姐喜欢到田里走走，或许这样走一走，能感觉一下姐姐。

田野早不是小时候的田野，大片的稻田早成为记忆，荒草地一年比一年多，近两年，有人把荒草地重新开垦出来，搭棚种瓜，有人把稻田挖成鱼塘，使田野恢复了一些活力，但原来的安宁与和谐再也找不到了，不知道姐姐看着这一切是不是很失望。我猛然意识到，自念高中后，很久没跟姐姐深谈过，就是周末回家，也四处找同学玩，极少和姐姐待在一起，好像同学才是我日子里要紧的人。

近两年，姐姐经常来田野走走吗？我在县上念高中，姐姐在镇上服装厂，中午大伯母给奶奶送饭，我周末回家，姐姐经常还得加班，晚上她总去奶奶那里，给奶奶洗衣服，收拾屋子，和奶奶说闲话。还会拐到庙里和守庙人说说话，我则学习。等姐姐回家，当她给我端来一碗当夜宵的稀粥或绿豆汤时，我才抬起脸，冲姐姐笑一笑。那时，我该放下书放下笔，和姐姐说说话的。

从寨侧流过的水沟变得那么窄，沟两边青草蔓长，往水面伸延，原来一两米宽的水沟面剩下窄窄一线，那条通向细寨的石桥两头也长满青草，石桥两边的沟沿有好几块长长的石板，早已被青草蔓在脚下。

我听见那片声音了，搓衣声、刷衣声、拍水声、说笑声……清晨，寨里的女人女孩蹲满长长的石板，日子在她们的笑声里醒来。母亲说，我很小时姐姐洗衣得背着我。我无数次想象姐姐把我绑在背上，蹲在沟边洗衣，但想象总模糊不清。我只记得冬天，姐姐挎着一篮衣服出门时，被冻得半缩着肩，回来时，鼻尖红红的，时不时擦一把清涕，端碗得两手捧着，手僵得捏不住筷子，我给她夹菜，她趴在碗边，先呼噜几口粥暖暖身子。

母亲说姐姐背着我洗衣时，我偏偏爱撒尿，又偏偏总在冬天。多年以后，我回忆起来，才意识到母亲语气里充满疼痛，而姐姐总是笑，手指在脸上划着羞我，我因为害羞，母亲说起这些时总想避开。

小时的冬天特别冷，姐姐喜欢带我到矮山坡上晒太阳。矮山坡中间有块平坦的草地，只稀稀拉拉几棵树，日光很好，姐姐相信这里地势高，阳光比别处温暖。我们并排坐在一棵被台风吹倒而干掉的树干上，双脚并着往上抬起，以承接更多的日光。

我脚上多是双蓝色布鞋，姐姐总是那双粉红色塑料鞋，我是穿了袜子的，姐姐经常光脚直接穿着塑料鞋，家里的袜子小的是给我的，大的套在母亲脚上，母亲极怕冷，姐姐会为她连套几双袜子。

看姐姐不穿袜子，我觉得光脚穿鞋好玩，硬要学，姐姐拗不过，让我试试，脱了袜子把脚塞进鞋子，才知道冷得脚尖发痛。现在想想，姐姐那双尖尖的塑料鞋穿着一定更痛。但姐姐喜欢那双鞋子，洗衣时舍不得穿，在家里干活舍不得穿，下田舍不得穿，每天晚上拿破布抹一抹。

我的蓝布鞋和姐姐的粉红塑料鞋都是外婆买的，自第一次买给我们，见我们喜欢，便每两年给我们买一双。姐姐将鞋伸在阳光下，夏，多好看哪，粉红得要掉下来了。

是很好看，但我觉得姐姐的话有点傻，粉红怎么能掉下来，开始和姐姐争辩。忘记我们是怎样争辩的了，奇怪的是，结果我总被姐姐说服。

那时，姐姐喜欢给我讲鞋子，特别爱讲北方有一种鞋叫棉鞋。

夏，棉鞋，多好的名字，听起来多暖，鞋子一定是棉花做的。踩着棉花走着是什么感觉……姐姐仰起脸，脸上满是阳光，好看极了。

我们想象着从未见过的棉花，把所有的温暖、柔软、洁净都赋予了棉花，并对棉花制成的鞋子想入非非。

后来，我在县城上高中时，有次和同学逛街，看见过一双红色的短靴子，我扑进店里，摸了摸鞋子内层，有层绒绒的里子，温和绵软，我把靴子托在手上，几乎想象得到姐姐穿这双鞋的样子。

我没把鞋买下来,因它的价钱吓退了我,一连大半个月,我想着那双鞋子。当我再找到鞋店时,鞋子已经不在了。直到现在,我仍相信再没有比它们更适合姐姐的鞋子了。我就算没买到,也该跟姐姐谈谈那双鞋的,但整整三年高中,我几乎没跟姐姐深入谈过什么,有段时间,我甚至觉得姐姐啰唆。我周五回学校,她总要送到大路,一路交代这交代那,我嗯嗯应着,有些急切地想离开,把姐姐等同于寨里的阿姆阿婶,几乎嫌姐姐庸俗了。

现在,我想把所有想法告诉姐姐,姐姐到底在哪儿,有可能在哪儿?我只能拼命回想所有与姐姐相关的细节,希望能悟到点什么线索。

姐姐总会从棉鞋讲到日子,她说那种日子里有很多像棉鞋一样好的东西。我着急地问是什么,姐姐也说不出具体是什么,她说,也不单单是东西,那是不一样的日子,肯定比现在好得多。对于将会有不一样的、更好的日子,姐姐从未怀疑过,但她无法说清那到底是什么样的日子,这曾让她很烦恼。

无力描述那种日子的时候,姐姐就很久不说话,把我的手握在她的手里搓,想把我的手搓暖,但她的手比我的还冷,我嘟嘟囔囔抗议,姐姐把我的一双手放进她的衣袋里,在衣袋外面握住我的手搓。我得寸进尺地抬起脚,姐姐瞪我一眼,握住我穿袜的脚,也用力搓。我暖和起来了,姐姐笑说她用了大力气,也暖了。我跳下树,跑着喊,我暖啦,全身都暖啦。

但从母亲去世的那个冬天开始,我很难感觉到温暖了,不管把手捂在开水壶外面,还是双脚伸在火炉前,手指尖和脚尖都冻着凉意,又僵又冰。

那个冬天一开始,母亲就不停说冷,我们没太在意,母亲一向怕冷,姐姐给母亲套了几双袜子,把家里的厚衣服都盖在母亲被子上，还弄一个密封的瓶子，装上热水，裹了毛巾，让母亲抱着。

　　冬天刚过一半，母亲走了，那天早上还喝了半碗稀粥，中午我和姐姐进屋时喊她，她没应声。

　　母亲床前围了一圈阿姆阿婶，准备给母亲梳洗换衣，姐姐还在帮母亲套袜子、盖被子、装热水，边忙着边不住地说，我阿妈怕冷，她冻坏了，阿姆阿婶借两床被子吧。周围的啜泣声越来越密，阿婶们去拉姐姐，拉不动，姐姐拼命搓母亲的手，请阿婶去熬碗稀粥，说母亲烫烫喝下去就好了。阿婶抱住姐姐，姐姐挣开了，目光去找乡里的老中医，老中医已经从床前退开，半垂了脖子站着。姐姐对老中医说，我阿妈太冷，开点补药。老中医说母亲耗尽了，说母亲活了这么多年，很不错了，是因为照顾得好，还说母亲这样走是最好的，不受罪。姐姐转脸看我，夏，你跟老先生去拿药，快。

　　我无法确定发生了什么，无法确定要做什么，一切充满虚幻感，脚下的地变软了，四周的人和东西化了，我摸不着抓不住……

　　母亲去世后，父亲躺倒了，这是我难以想象的，印象里，父亲和他打交道的水泥一样，坚硬、强大、沉默，记忆里他几乎连感冒也不得的，我不知道他打喷嚏咳嗽是什么样子，他怎么会躺倒，怎么能躺倒。

　　父亲确实躺倒了，躺在母亲一直躺着的地方，姐姐退学了，父亲发了脾气，姐姐竟不怕，也不听他的，那时，我甚至怀疑父亲一病倒，就在姐姐面前失掉了威严。老师来过，跟父亲谈了很久，又跟姐姐谈，姐姐坚持她的决定。

　　你一向很爱读书的啊。

　　我很爱读书。姐姐说，但我不上学了。

　　有什么为难事我们一起想法。老师说，你父亲歇歇就好，没你想的那么严重。

没什么为难的事，我不去学校了。姐姐说，语气无波无澜。

那个痛爱姐姐的老师离开时满脸失望，他走后，姐姐一直跟我说那老师多好多好。

阿爸想让你念书的。我说。

家里得有人进进出出，我不想让阿爸一个人待着。

老中医说阿爸歇一歇就好。

没有比阿爸再要紧的了。姐姐说，好像回答我，又好像跟我想说的完全无关。

事实上，没有老中医说的那样轻松，父亲连躺半年，又养了一个月，才精神了些，重新出门干活。一旦他出门干活，我就觉得他恢复了以前的强壮。

父亲曾要姐姐接着念书，姐姐说去不去都一样，她向隔寨同学借了高二第二学期的课本，晚上自己学，不明白的记下，隔天找同学问。照她的意思，接下去高三她也这么读，至于高三后的大学，她想也没想的。我接到大学通知书那几天，姐姐不停地想象大学的样子，大学的生活。夏，你在大学里要好好过，把我那一份也过了。我这才意识到姐姐对大学是那样渴望。

父亲生病那大半年，姐姐养了两头肥猪，一只母猪。父亲重新出门干活时，姐姐养的猪已经很像样子了，卖了两头肥猪和一笼猪仔后，父亲那大半年的药费和营养品费用基本还清。

还清药费那天，姐姐说，夏，接下是我们家的房子了。她进了镇上毛巾厂，家里的肥猪仍养着。

我们家的房子还未建全，用寨里人的话来说，格局未成，还不能谢神，也就是说，这么多年，这房子我家还是向神借住的，不能算父亲的，姐姐希望把房子建全，她说寨里的男人都有自己的房子，而父亲还没有。

然后是我的大学。姐姐计划得好好的。当时我小学还未毕业，觉得大学遥远，姐姐摇头，眨眼就到了。她甚至把这打算写在本子上，把服装厂的工资和卖猪的钱一笔一笔记下。看着那个本子，我感觉姐姐的计划不算太远，若是母亲在，若奶奶的眼睛没有坏掉，就好了。我跟姐姐说这话时，姐姐拍拍我的手，夏，别想若是怎样的事。

随着父亲去世，姐姐把那个本子丢开了。

父亲在工地上出事时正是寒冬，我上高一。

寨里人在寨场搭了个竹棚，父亲是在外面去世的，进不得寨子的祠堂。竹棚矮矮的，忘了我是自己把自己拖过去，还是大伯母把我扯过去的。父亲躺在那儿，盖着白布，直到现在，我都怀疑那不是父亲，那个身体从头到脚裹在白布里，又单薄又陌生，我没法将它与父亲联系在一起。

我寻找姐姐，姐姐跪在一侧，浑身白衣。我唤了她一声，她没动，我又唤一声，她仍没动。我喊第三声时，大伯母跟着一起喊，声音里满是颤抖。姐姐抬起脸，样子让我疑惑，她的眼睛像冻住了，我不确定她是不是在看我，但她朝我招了招手。

我跪下，靠在姐姐身边，姐姐捉住我的手，指甲嵌进我的肉里，痛极了，但我咬着牙不出声。很奇怪，直到现在，我仍无法整理思绪，不知是不是忧伤，甚至不知对父亲的去世怎样反应，却清晰地记得有关姐姐的一切。

姐姐突然让我去看看奶奶，让我陪着奶奶，她推了一下我，推得极用力。

大伯母示意我听姐姐的话。

姐姐让大伯母也去看奶奶。我在这儿，一个人。姐姐咬出这几个字，再不出声，我摇她，喊她，她怪怪地看看我，又推我一下。

当走出竹棚时，我从未有过地恐惧起来，不知是因为父亲，还是因为姐姐。

第二天，姐姐开始打理父亲的丧事，除了灵动的五官像被冬天冻坏，僵僵的，我看不出她有什么不一样。姐姐还在。我放心了，那一瞬，巨大的悲伤淹没了我，我极清晰地感觉到，我的父亲没了。

父亲去世后，姐姐谈得最多的是我的大学，她喜欢说，等你上大学……我突然意识到，姐姐是不是那时已经计划这一次的离开，而我却以为她计划的是婚事。

我上初中时，姐姐就该嫁人了，那一段，除了上大学的，四乡八寨与她同龄的女孩几乎都嫁人生子了，不停有媒人上门说亲，有大伯母托人介绍的，有邻居的阿姆阿婶介绍的，还有姐姐已嫁人的同学介绍的……不管哪个介绍的，姐姐都很客气，谢了人家，也拒绝了人家，理由很充足，等弟弟上大学。

姐姐的理由又合情理又动人，没人有二话，但慢慢地，介绍人也聪明了，给姐姐介绍对象时，顺带介绍了我，在姐姐开口前先说了，你弟弟的事不碍，带他过去，一块儿供他上大学。这算极有心有意了。姐姐仍摇头，于是闲话来了，姐姐被扣上不懂礼数、挑人、孤僻等帽子。

我不明白自己那时是出于羞怯，还是不把姐姐的事放在心上，竟从未问过，倒是姐姐自己跟我提起，夏，我不过他们那种日子，就那么相了个人，跟着去走下半辈子。

若是那时我稍留心到姐姐的一点意思，是不是有机会明白姐姐。

嫁人的问题一直缠着姐姐，直到姐姐亮出了我未来的姐夫刘明德，我不知道这是不是姐姐的无奈之举。姐姐和刘明德早就认识，刘明德也早跟姐姐表明他的意思，但姐姐一直没回应。

刘明德开始频繁地到我家走动，大伯母把刘明德请到她家，用阿妈的口气和他说话，几顿饭后就把他当自家人了。寨里的阿姆阿婶安静了，刘明德的样子、性格、家境，都是让人无话可说的。

我也喜欢刘明德，他对姐姐好，真正的好。

一次，刘明德拿了只玩偶来，毛茸茸的，说给姐姐，我笑他不会哄女孩，送姐姐这种小玩意。刘明德微笑着把玩偶递给我，指点我翻转过来，我发现玩偶下盖着一个热水袋，玩偶和热水袋间有个袋子，刘明德双手伸进去示范给我看。

你姐姐怕冷，冬天手冰得吓人。刘明德说，不干活时让她捂着这袋子，热水袋大多都做得丑，你姐姐喜欢好看的东西，我想了个法子，弄个玩偶装上，你姐姐就喜欢了，就算手上忙着，还能放在腿上。

姐姐果然很喜欢那个热水袋，每晚必装了水捂着。姐姐也是怕冷的，我从小知道，可我不明白自己为什么才意识到，且刘明德做的我没想过。

只要有机会，我就在姐姐面前说刘明德的好话。姐姐对刘明德的态度让我迷惑，说不出哪里不好，但总觉得和刘明德对她的好不一样。

只等我上大学，姐姐和刘明德就办喜事。这事姐姐虽然从未明确提过，但刘明德时不时提一提，提成一个习惯，提成人人皆知的事。他甚至安排了奶奶的事，说他家房子大，到时奶奶也搬过去。我知道他不是客气话，自第一次来我家，他就去看了奶奶，和奶奶谈得极好，从那时起，他每次来必到奶奶老屋，奶奶用到的他定想得到，奶奶在我面前不停提他，我甚至忍不住酸意，跟奶奶开玩笑说，姐夫才是你孙子。奶奶一本正经点头，当然是我孙子。

刘明德这一点为他加了很多分，寨里的阿姆阿婶都站在他这边，帮着他劝姐姐，尽快把亲事办了。姐姐总是静静地听，淡淡地笑。有天晚上，刘明德似乎心情很低落，对我说姐姐笑得他心里没底。我说他大惊小怪，姐姐的笑就是那样，母亲父亲去世后，我就没见过姐姐像以前一样弯腰拍膝地大笑。

姐姐那样笑着时，在想着些什么，我相信只有弄清楚这个，才可能了解姐姐的一星半点。

但是姐姐在哪里？

我得好好计划一下，找姐姐不是着急的事，姐姐应该不会出什么危险，她是自己离开的。我要找她，不单找回那个熟悉的姐姐，也希望能找回那个陌生的，甚至我完全不认识的姐姐。

在守庙人那里，我听了姐姐好多故事，都是我之前从未知道的。

神　灯

姐姐不见后，我不停地去找守庙人，想打探到什么线索，他终于讲了他和姐姐的事。不讲便罢，一旦讲起来，守庙人一头扎进去，他和姐姐间的细节像亮色的碎片，在四周飞转旋绕，他稍稍伸手，便能捡起任何一个细节，指认给我看。

随着细节碎片越来越多地亮在我面前，我越来越忌妒，守庙人讲的姐姐的那一面我从不知道，我从未走进姐姐生命的那个层次，而守庙人如此熟悉，如此珍视。我也感觉到守庙人越来越浓重的孤独，并渐渐体会到，姐姐的离开对他意味着什么。讲完他和姐姐所有的故事，守庙人说，魔鬼永远见不到阳光了，神灯不会再亮，因为无人再看。他身上渗出浓重的忧伤，把我也困在其中。

六岁

守庙人说第一次注意到姐姐时，姐姐六岁，相信那也是姐姐第一次注意到他。那次，父亲接了桩大活，为一个有钱人建一幢小楼，后来母亲不止一次跟我描述那房子，靠着父亲简洁的描述和她自己的想象。由父亲负责，凑起一个小小的工程队，那是父亲第一次成为真正意义上的包工头，将赚到比平日多几倍的钱，母亲到庙里感谢神恩。

这已不是姐姐第一次跟母亲去三山国王庙，但平时一般过节去，庙里很热闹，姐姐和其他孩子追逐玩耍，守庙人不在她眼里。那天只有母亲去供神，守庙人坐在他屋子的门槛边，冲母亲点点头，姐姐看他一眼，绽开眉眼笑了，算是打招呼。

摆上供品燃了香后，母亲到家里的花生地去巡看，花生地在离神庙不远的山下。母亲离开，姐姐在庙里转了一圈，四周安静极了，她走出供堂，守庙人仍坐在屋前，和四周一样安静。姐姐站住了，看着他，这人她是知道的，寨里人说是守庙的，每次拜神后，母亲都会拿点供品，或一个包子或一个软饼或一块米糕甚至一捧白米，教她放进守庙人屋前的竹篮里，其他人也这样，算是守庙的报酬。

守庙人朝姐姐微笑，姐姐望望母亲远去的方向，母亲交代她别去，于是她走向守庙人，问，阿叔在做什么？守庙人指指远处，看那边。姐姐顺守庙人指的方向看去，近处的田野，远处的村寨，再远一点的山，她疑惑地看看守庙人。守庙人笑，天天看到，没什么稀奇是吧？我还是觉得好看。姐姐朝守庙人走近两步，后来她说觉得守庙人好玩，寨里没有像他这样的。

你也看看吧。守庙人指着那些看惯了的东西。

姐姐顺守庙人的目光看了一会儿，终看不出什么，她对守庙人的屋子有了兴趣，屋子靠三山国王庙一侧，像属于庙的一部分，又像跟庙无关，因为比庙矮了那么多，小了那么多，趴在庙墙边，像寨里人家屋边趴着的杂间或猪栏。

阿叔住在这儿？姐姐站在小屋的门前往里看，屋里暗灰，中间隔了木屏风，木屏风上有小木门，关着，外间一面墙边放着矮桌和几张竹椅，对面墙边有个木架，放了些杂物，小炉在屋外檐下。

守庙人点头。

夜里一个人？姐姐不知是询问还是自言自语，语气里带了惊慌。

守庙人又点头。

阿叔在这做什么？

看守神庙。

姐姐拍了下双手，对噢，寨里人都叫你守庙人。

对头。

姐姐凝神看了守庙人一会儿，跑到隔壁，站在庙前仰头看，皱着眉，好半天，她再次走到守庙人面前：三山国王还要人看守？三山国王不是神嘛，阿嬷说，神什么都能做，什么都不怕，本事大极了。

守庙人笑了，想说神庙比寨里哪间屋子都需要守，三山国王那层镀金比他们的神威更有吸引力，金灿灿的他们曾被刮成乌黑的木桩。

守庙人说看见姐姐的眼睛，他突然换了念头，放掉嘲讽和怨气，改口告诉姐姐，其实是跟三山国王做伴，他们本事大，是没什么怕的，但别人怕他们，他们没伴，你看，除了初一十五和过年过节，平时庙里没什么人。

姐姐看守庙人在想着什么，一会儿又跑去看几个神像，回来问，你怎么过日子？

过日子？守庙人开始没反应过来，说自己很久没想起这词了，反问姐姐，你们怎么过日子？

干活。姐姐想也没想，家里的活，田里的活，还有外面的活，我阿爸老到外面干活，建筑活，少菊她阿爸也去外面，干木匠活。还有吃饭，喝茶，走亲戚，我大一点还要念书的……姐姐很仔细地铺陈着日子的点滴。

姐姐终于说完，又看着守庙人，守庙人说，你们的日子很不错，我的日子简单，在山边种东西吃，没事就像这样，发发呆，还有一些别人没法知道的事。

别人没法知道的？姐姐揪住这话。

和发呆差不多，说了别人也不明白，你就当成发呆好了。

姐姐蹲下去，拿截细小的竹枝在地上划来划去，像想体验下守庙人说的发呆，好一会儿，她突然抬起头，指指隔壁庙堂，阿叔跟三山国王做伴，可他们没法和你说话，很闷吧。

守庙人说，他那瞬间愣了，不知怎么回答姐姐，他望着远处的田地，默默问自己，闷吗？这样的日子。

姐姐起身，摸出一小叠画片，阿叔，这些给你。

守庙人不明白。

我教你耍。姐姐半跪下去，在地上摆好一张画片，两只手掌弯成弓状，快速合扣，扣出的风将画片掀翻，她摆好画片，又示例一次，就是这样，两只手要扣出风，画片才翻得过去的。

守庙人细看那些画片，是三国里的人物，每张比他两指宽点，长形，原先是几十小张拼成一大张，孩子们买来独幅剪出。他手指抚过那些画片，对姐姐说，你剪得很整齐，这些画片还很新哪。

姐姐骄傲起来，我剪刀拿得好，寨里的孩子都让我帮着剪，我都用烟壳纸包了才装衣袋的，不会弄皱。

守庙人把画片拿在手里细看，很多将军。

我喜欢将军，将军有本事。姐姐手指抚着那些图片，他们骑马，威风。我喜欢穿古代衣服，好看，阿叔试试。姐姐拿画片放在地上，比画着。

守庙人随意试了一下，画片没动。

阿叔蹲低一点，手要贴着地，刚才风没扇到画片。

守庙人学姐姐的样子，半跪下，正正经经扣了下双掌，画片翻过去。姐姐拍着手：就这样。姐姐将画片收拢了放在守庙人手里。

给我？

阿叔没事的时候扣画片，就不会闷，可惜没对手，阿叔自己练，我要是来，就当阿叔对手，阿叔要练好，画片别让我赢走。

全给我？守庙人追问。

姐姐点头，突然有点羞涩，阿嬷给我两毛钱，只能买一张，我一半藏在家里，身上只带这么多，不过，这些将军都很厉害，我知道怎么扣，阿叔手大，也扣得过，寨里很多孩子扣不过，要是有孩子来，阿叔跟他们比，多赢一些。

都是将军，你最喜欢的，真给我？

守庙人说，看到姐姐稍犹豫了一下，探头看了那些将军画片一眼，极快地摇摇头，给阿叔，我家里那些会赢更多，跟少菊她们耍，都是我赢得多。

你姐姐是第一个关心我日子的人。当守庙人对我说这句话时，神情怪异，像被什么情绪困住了，默了一会儿，又说，也是唯一一个。

我给你画些将军。守庙人突然告诉姐姐。他对我说，当时说完这话后他觉得自己冲动了，他不算日子的日子里或许将会有些新东西。

你会画？姐姐绕守庙人走了一圈，打量他。

守庙人进了屋子里间，拿纸笔出来，用木板垫着纸，放在膝头上，简单画了个将军的样子。他说姐姐当时看他的眼神像看到庙里的神像显灵。

那幅极简单的将军图被姐姐带走了，她当即求守庙人教她画，守庙人点头，告诉姐姐，这幅不算真正的将军图，等下个月初一来，会有真正的将军图给她。第二个月初一，姐姐拿到守庙人细画的将军图，还上了色，比姐姐买的画片逼真得多，姐姐声称跟电影里看到的一样威风。

姐姐开始时不时跑到三山国王庙，恳求守庙人教她画画。有一

114

天，当画一朵花时，姐姐突然问守庙人，阿叔，我要不要喊你老师？学校里教人学东西的都是老师。姐姐一本正经，守庙人说他突然有些羞涩，不敢让姐姐那样喊。

你姐姐竟问我为什么不成家。直至现今，守庙人跟我提起时仍很惊讶，第一次问时她才六岁，可能是觉得我日子太怪了。我一次给一个答案，给到最后我也不知哪个是真的了。

姐姐六岁时，守庙人指着暗黑的小屋，反问，这样的屋子，有人敢来住吗？姐姐认真看看小屋，摇了头。

姐姐十多岁时，守庙人告诉她，自己不需要成家。

姐姐二十多岁时，守庙人给她讲了自己的一段爱情。

母亲从花生地回来，收了供品带姐姐离开，守庙人极细致地描述了姐姐小小的背影，怎样回头冲他笑，怎样扮鬼脸，怎样蹦着走路，怎样高举着他画的那幅将军图……

走之前，姐姐从供品里拿出好几个粽子，放在他的竹篮里，除了乡里有钱的人家，极少人这样出手大方的。守庙人想拦，母亲微笑，随她吧。姐姐悄声说，我阿爸接了大活，会挣钱，阿妈包了好多粽子。她交代守庙人粽子每天要蒸一蒸，可以多留两天。

守庙人说，第二天，他强烈地想去看看姐姐，带上几颗糖，终没有，怕吓坏寨里人，吓坏母亲。

八岁

那天姐姐去拜三山国王，我刚好出生十二天。十二天是个特殊的日子，十二天之内，想送鸡蛋白红糖祝贺的，想看看孩子的，尽可去，十二天之后，外人再不能走进产妇的屋子，讲究的整个家都不让生人走动，直到月子之后。

姐姐八岁，大伯母带她去三山国王庙，我这个男丁的出生，三山国王功不可没，要答谢神恩。寨里的少君婶也去拜三山国王，她男人要出趟远门，求神保佑一路顺风，挣点辛苦钱回来。

燃上香后，大伯母和少君婶凑在一起扯闲话，姐姐上完香，本拿了画片要和守庙人比试一番，但她听到大伯母和少君婶的谈话，站住了。

守庙人说大伯母和少君婶的话其实没什么特殊的，是寨里人饭后茶余最凡常的话题之一，但正因为这样，所以显得可怕。守庙人的话把我绕迷糊了，急于想知道姐姐听到了什么。

她们说起生男丁的事，由此扯开去，开始罗列寨里哪个女人有福气，早早生了男丁，连生几个男丁的是上辈积了福的，哪个女人命格差，生下一个又一个女孩。她们谈起一个老中医，有某种神秘的方子，在一定的时间按方吃药，将会女胎转男胎……

姐姐走出庙堂，立在守庙人小屋门边，揉扯着衣角，很久没有说话。守庙人亮出画片，说，杀一盘吧。在姐姐的训练下，守庙人扣画片的能力大进，已经能在姐姐不知情的情况下让着她。

姐姐动作懒懒，表情闷闷，守庙人说，先坐坐，我这两天干活多，腰有些酸，蹲着不舒服。他开始套姐姐的话。

阿叔，生男的寨里人那样高兴。

孩子出生，哪个人都高兴，大喜事嘛。

姐姐有些焦躁，都爱生男丁，生女的都黑着脸。

守庙人说他突然觉得姐姐不好敷衍了，但仍不想让姐姐察觉这种事，试着把她的思绪扯开，说，男的会干重活，想生男的多给家里干活，日子好一点。

女的也干活。姐姐辩，寨里女人都干重活，我也会干活，干很多活。

男的能到外面干活,能养家,他们觉得要紧些吧。

女的在家里干活,顾家,喂猪喂鸡,也是要紧的。姐姐声调高昂起来,看守庙人的目光几乎带了气,大伯母探头看了一下,让姐姐别吵着人。

守庙人说他不明白当时自己怎么说出要紧这样的话,愚蠢透顶,他其实也是俗人一个,连姐姐还不如。他想了想,说,可能是这样,男的以后能留在家,你看,阿姆阿婶都是别处嫁来的,她们成了家就没法待在家里了,男的一辈子待在家。

守庙人说他话一落就意识到这样说也不对头,果然,姐姐迷惑起来,皱着眉,无法自解的样子。后来,守庙人谈起我,将姐姐拉出这个话题。谁知道是不是真把她拉出来了。守庙人又不确定起来。

你阿弟长什么样,好看吗?守庙人问。

姐姐笑起来,好看好看。她比画着,眼那么大,下巴那么圆,饱饱的额头,以后长开了,就像将军一样。

我在守庙人的讲述里羞怯起来,姐姐心目中,我是将军一样的人。

姐姐讲兴奋了,开始描述我出生时如何又小又皱,眼睛睁不开,手伸不直,老缩在肩膀边,怎样一天天变样,眼睛越来越大,越来越有神,会张嘴找吃的了,手抓来抓去的,双脚老是踢,洗澡时老脱皮,阿妈说阿弟在换皮……

对这个过程,姐姐充满了欣喜和惊奇,她几乎难以相信看到的一切,阿叔,阿弟在阿妈肚子里躺好多个月,阿妈吃的东西分一些给他,他才一点点长,最小的时候阿弟多小?阿妈的肚子像阿弟的泥巴。现在阿弟长得可快了,以后会长成阿爸那么高那么壮,知道很多东西，能想很多事，会干很多活。姐姐无法整理情绪，被情绪簇拥着，难以平静。

守庙人静静地听，他理解姐姐的情绪，然而难以解释，难以安抚。

别人不睬这些的。姐姐突然说，小大人一样托着腮，困惑又烦恼的样子。少菊她们只问有没有红壳蛋吃，交代满月时得给她们留，阿姆阿婶只和大伯母商量办满月桌席，阿嫲操心阿弟的生辰八字。

我知道。守庙人说。他朝姐姐招招手，姐姐随他走到庙后一侧。守庙人指着一小块打理得松软平整的地，让姐姐看看有什么。

姐姐看了好一会儿，摇头，阿叔要种什么？种菜太小了。

守庙人蹲下身，轻轻扒开一小撮泥巴，姐姐看见两片极小的芽叶，呀的一声，发芽了。

是龙眼。守庙人指着两片叶芽，前些天别人给了几颗龙眼，收拾龙眼核时，突然想种棵龙眼树，你看，几天前还是个核，现在出了这两片芽，再过些日子，芽变成叶，会慢慢高起来，就有龙眼的样子了。

姐姐半跪半趴着，凑得极近，看得入了神。

要是那几颗核被我收拾了，连垃圾一块扔掉，就都烂了没了，可种了一颗，以后就有了一棵龙眼树，还会有很多龙眼，这是不是很有趣？

守庙人说后来才意识到，自己已不知不觉将姐姐引到某处，最主要的，姐姐是懂得那份指引的。

在守庙人的描述里，姐姐现出入迷的神情，守庙人猜想得到，随着他的描述，她的想象已经生机勃勃。

庙后面不远有片桃园，守庙人把姐姐带到那里，手挥划过去，南，记得桃花开的时候吗？

记得，记得。姐姐兴奋起来，春天我来过，桃花全开了，满园都是，粉红的，美上天啦。姐姐伸展双臂，在桃园里弯来绕去地跑起来。守庙人说他相信在姐姐的想象里，她肯定奔跑在满园缤纷之中。

桃花开过，又有满园桃子。守庙人说，都是桃核长起来的。

姐姐跑得气喘吁吁，双颊红腾腾，阿叔，我高兴，很高兴。

阿弟出生了？

是。姐姐大声喊，又极快地摇头，还有别的。

说到这儿，守庙人看着我，看我是否明白姐姐，我有些茫然，不太明白姐姐，但我听得入了迷了，说不清是为什么。看得出，守庙人对我的反应有些失望，他说了句怪里怪气的话，你姐姐是你姐姐，你是你，我不能奢求太多。

从桃园回到庙里，他们又谈起我。

姐姐说，刚出生几天还看不出来，这几天阿弟越看越像阿爸。

以后还会更像。守庙人说。

怎么阿弟像阿爸？别人还说我长得像阿妈。

儿女像父母，正常。

怎么儿女就像父母？姐姐又现出困惑的表情。

守庙人想了想，说，你阿弟身上带了一点你阿爸，你阿爸以后老了，去世了，还有一些留在你阿弟身上，这样，你阿爸就不会不见了，这不是很好嘛。

姐姐抓住守庙人的胳膊，真的？她被这个说法迷住了。

你看，寨里的老人去世是不怕的。

阿嬷就老讲去世。姐姐点头，寨里有人先买了棺材放在家里。

他们知道后辈身上带着自己，帮自己活着。守庙人说。

姐姐不再开口，一直到庙里，带着似懂非懂的表情。

和大伯母回去前，姐姐在他的竹篮里放了两个红壳蛋，她向守庙人保证，等阿弟长大，会让阿弟常来跟守庙人玩，守庙人就不会闷了，以后她要干很多活，可能会来得少了。

我羞愧不已，因为我懂事后，姐姐曾多次带我来这儿，但我待不住，嫌守庙人闷，嫌这间屋子又老又旧，坐不住，接着干脆不肯跟姐姐来了。

九岁

发现姐姐来，守庙人极快地起身进屋子里间，将手里的书藏起——他原先坐在门槛边，借着门边的日光读书，守庙人跟我解释，不是说他连姐姐也防，是习惯，不让别人发现他读书，只要有人影，立即藏好，成了条件反射。

姐姐直直往庙里走，只稍侧脸朝守庙人点点头，目光却没有侧过来，带着很重的心事。

燃上香跪下去，姐姐不动了，很久没起身。守庙人立在庙门槛边看她，他说，看着她小小的人那样跪着，很怪异，很不是滋味。姐姐被她那个年龄不该有的忧伤淹没了。

姐姐终于走出来，刚走近就哭出声，母亲病得严重了，前两个月养得好了些，还能起身，晾衣服，烧火，现在起都起不来了。

守庙人让姐姐坐下，任她哭。

姐姐慢慢静下，突然问，阿叔，阿嬷和大姆说拜了三山国王，阿妈的病就会好，真的有效吗？

你觉得呢？守庙人问。

我想有效的，刚才拜了很久，跟三山国王说了很多话。有效的话，三山国王会显灵的，可他们做什么让阿妈病了，阿妈是好人，阿嬷说三山国王会保佑好人的。姐姐变得焦灼不安，阿叔，你守在这儿，三山国王显不显灵？

守庙人不回答姐姐，丢给她一个假设，要是你阿妈的病真的没法好，你怎么办？这是要想到的事。

姐姐再次哭起来，大哭。

我突然对守庙人有了气。

我知道这样对你姐姐太残忍，她才九岁，但这是她有可能面对的事，她得有准备，或者说我想给她一点过渡，以防万一。

你要做的是照顾你阿妈。守庙人打断姐姐的哭声，姐姐哭声骤停。

现在想别的没用，顾好你阿妈，说不定你阿妈很快好了，到时，你阿嬷和大姆会说是三山国王保佑的，你就会觉得三山国王显灵了。

姐姐开始擦眼泪，说会顾好阿妈，顾得好好的。但她突然有了怨气，为什么单单是阿妈病了，生孩子的人那样多，阿妈是最好的人。

守庙人说，听到这话从姐姐口里出来他胸口痛了一下。他说姐姐不该有怨气，一旦掉进那样的沼泽，就不是原来的样子。

别人生病就会好吗？守庙人问姐姐。

姐姐张了张嘴，发着愣，守庙人丢下她发呆，自进了里屋，一会儿握了本书出来，给姐姐讲述书里的故事。

守庙人连讲了好几个故事，每个故事都有极特别的主人公，每个主人公都有段难以想象的人生。自始至终，姐姐睁大眼睛，探伸着脖子，像要钻进故事里。守庙人讲得喉头发热，喝水时停下了，姐姐意犹未尽。

这些故事都是从这书里看的。守庙人拍拍书。姐姐接过那本书，翻来翻去，封面上四个字扭成好看的形状，但和课本里的很不一样，她只看懂有个"名"字，有个"人"字，书里很多字她还不认识。等她再大一点，她知道那是一本名人传记，她向守庙人借的第一本书就是那这本名人传记。

书里还有很多人的故事。守庙人说，每个人日子都是不一样的，都有各人的不顺心，有人难处一个接一个，也有人生来就运气好一些。不单单是书里这些，从四乡八寨到镇上再到县上，还有城市，还有外国，不知道有多少人，但没有人日子是一样的。

姐姐摩挲着那本书，很久不出声。

自己的日子无论怎样都是自己的日子，管好自己的日子就成，你好好顾着阿妈的身子，别想些杂七杂八的。

守庙人笑着跟我说，那是我第一次教育人，也只教育南一个，可能是之前我教她画画，她要喊我老师，我竟上了瘾，以为自己真是个老师了，装得一本正经，说得像模像样，现在想想，羞得很。

姐姐安静了，甚至有些羞怯，低声说，阿妈起不来，我怕。

你阿妈好好的，守在家里，跟你们一样吃饭穿衣，和你们说话，家里的活有你帮着干，你阿弟有你照看。

姐姐眼睛有了亮色，点头，活我会干，阿弟我会照看，阿妈养身子——阿叔，你阿妈呢？

守庙人说他吓了一跳，姐姐的问题让他猝不及防，反问，我阿妈？

你的阿妈，我没见过，没听阿叔说过。

我阿妈？守庙人起身，绕着圈走，终于站定，发现姐姐还等着回答。谈不谈？守庙人问自己，但坐下来时，与母亲相关的事滔滔而出。他想不到自己会跟一个九岁的孩子讲这些。

我被派往乡下插队时不满十八岁，和很多朋友一样，我很兴奋，认定将到广阔的天地去燃烧青春，自以为对这世界将有重大贡献，以此为理想。母亲极悲伤，有好些日子，她一个人在窗边发呆，我一回家，她目光就牵扯在我身上，很多话的样子，我毫不在意，母亲终究吞下所有的话，默默为我准备东西，有办法准备的极少，她几乎把家底都翻出来了。我离家前最后一个晚上，半夜惊醒，发现母亲坐在我床前，黑色的影子一动不动，我喊出声，她缓缓反应。她喊着我的名字，连喊几次，声音陌生，抱住我，啜泣起来，我吓坏了，胡乱地安慰她。母亲呜咽着，好好活着。当时，我觉得这话莫名其妙，现在……

守庙人没有告诉姐姐，也没有告诉我现在怎样。

来到这里后，我给家里写过信，母亲从未回信，有段时间我很生她的气，直到我再次见到她。说到这儿，守庙人长久地默着，当年，他定也在姐姐面前这样默着吧，姐姐定像我一样，不敢发声，甚至收着呼吸吧。

再见到母亲已是好几年后，母亲病重，我只来得及赶到母亲病床前，母亲抖着手，指床头一个纸盒，我写给她的信全在里面，还有些粮票、布票、一点现金，甚至有母亲一个金戒指——我无法想象母亲怎么把它藏下来的。母亲说，好好活着。说完那句话，她就走了。

关于我阿妈，我只记得这样的事。守庙人对姐姐说完这话，再不出声。

守庙人说，当时说完才发现姐姐吓坏了，她缩着肩缩着脖子，大睁着眼睛。

我不该对一个九岁的孩子谈这些。守庙人说，可我不知还能对谁谈，不知自己还能抑制多久。

阿叔，你为什么不哭。姐姐突然问。

守庙人摇摇头。

因为你是大人？大人不能哭？姐姐有些困惑，也有些不平，我不告诉别人，阿叔哭一哭。

守庙人拍拍姐姐的手背，阿叔没事，别怕，刚刚谈你阿妈，我顺便说起这事。

姐姐离开三山国王庙时，天已暗，守庙人看着她走进夜色，挎着篮子，一步一层模糊。姐姐的影子完全消失时，守庙人眼泪下来了，他开始啜泣，渐渐地，变成大哭。守庙人说他哭到半夜，从那以后，他开始回忆母亲的点点滴滴，很平静地回忆。

十岁

姐姐又去送菜，这畦菜是她种的，阿爸整了地，由她撒菜籽、疏菜、拔草、浇水，一直到收成，这是她第一次种出的菜，她带些给守庙人，从那以后，她时不时给守庙人带菜。

守庙人的屋子是黑的，走近了，才发现守庙人蹲在屋前，地上什么东西一闪一闪的。姐姐蹲下去，看看守庙人，又看看那发光的奇怪东西，等守庙人抬起头，才凑近问，阿叔做什么？

做实验。

守庙人打开手电筒，让姐姐看清那东西，好几节电池用纸板包了，胶带绷紧，两头连着电线，电线接着一截又短又细的东西，发光的就是这截东西。

刚才会亮。姐姐迷惑地盯着那东西。

守庙人把电线接着的那截东西解掉,重新绑了一截,关了手电筒,接上电池,那截东西慢慢亮起,冒烟了,闪出光,四周是浓浓的暗,只有那截东西在闪,好看极了。

守庙人开了手电筒,姐姐半张着嘴,他指指那截东西,是你们写字的铅笔芯,一个小实验,我闲来耍耍。

实验?像科学家那样吗?老师讲过。姐姐指指那些实验的东西,不敢触碰。

守庙人很快地摇头,他对我说姐姐提到科学家,让他又兴奋又羞惭。

像法术。姐姐半趴下去看那些东西,阿嬷说走乡下寨的卖药人就会法术,他们会变很多戏法,把人迷得紧紧的,在药上施了法,药就很有效。阿叔也会作一点法?

他们只是比常人先懂或多懂了些东西。守庙人笑了,那些法术都能拆底子的,拆开就没什么了,可惜他们拿那些东西唬人,所以层次低了,变成小把戏。

阿嬷哄我?姐姐不知该相信哪个,阿嬷不会哄我的。

你阿嬷没哄你,她自己也相信的,也看不穿那些小把戏。

阿嬷不知道?阿嬷说她活到这么大岁数,看穿了很多东西,什么都心里有底。

守庙人笑笑,顺便指着圆亮的月,你阿嬷肯定讲过月的故事,一定有嫦娥吴刚桂树之类的吧——这些她也信的。

有。姐姐抬头凝视月亮,今晚月好,我看到桂树的影子,吴刚在砍树,把树砍倒嫦娥才跟他做伴,可桂树是棵神树,斧头一拔,口子又长好了,吴刚一直砍一直砍,树老是好好的。阿嬷说她很小的时候吴刚就在砍树了,她老成这样了,树还是原来那样子。阿叔,那是什么树哪,吴刚找不到能砍倒它的斧子吗?他怎么能砍这么多年，真厉害。阿叔不信？

守庙人笑起来，指指月亮说，这么砍树，吴刚还不如去种树。

姐姐没反应过来。

你觉得，吴刚知不知道树砍不倒的？

看着口子老长起来，肯定知道的。姐姐说。

既然知道，老砍那树做什么，不如去种树，月亮上多冷清，吴刚好好种点树，也不用老指着嫦娥跟他做伴。除非吴刚对砍树这事着了迷，那这事就好玩了，他应该这么砍下去。

喜欢砍树？为什么会喜欢砍树，还老砍不倒。

为什么不能？只要他喜欢，砍树这事就很有趣了，砍多长时间都不烦的。如果为了把树砍倒，那就是大折磨。要是这样，吴刚就不如种种树，想想，这么长的时间，他可以种多少树，把月种成什么样子了，嫦娥不跟他做伴，他也不会寂寞了。说不定他种出个样子来，嫦娥一高兴，不单跟他做伴，还和他一块种树，嫦娥在月亮上也没事可做的。

对呀。姐姐拍起掌，吴刚为什么不种树？这么多年，能种多少树呀。她的想象缤纷起来，用尽所学的词语描述那想象。

阿嫲说吴刚砍树很多年，没人知道多少年。这么多年能种好多好多树，说不定把月都种满了，全长成大树了，有的开花，有的结果子，又好看又香，嫦娥一定很喜欢，她在树下跳舞，在树上飞来飞去。说不定，我们这里看去，月变成绿的了，树全部开花时，月就变成花的，月光从树下照出来，好像叶和花会发光……姐姐在想象里无法自拔，守庙人说他也被姐姐的描述迷住，姐姐身上有种说不清的东西，那东西还很模糊，但很美好。

就是那一刻，我决定给你姐姐讲神灯的故事。守庙人对我说。他的神情变了，很明显，他也准备跟我讲神灯的故事，我有点烦，

神灯

阿拉丁的神灯虽是极喜欢的故事,但正因为这样,我已记不清看过几次,熟悉到没法听人讲述的地步。

守庙人不看我,他已经开始讲,目光落在故事里了。

有个孩子,某天在山上找柴火时发现一个洞,很隐蔽,被大石块和矮杂的树遮挡着,洞口很小,孩子为了找一种蔓在地上的野果爬进树丛,发现了它。孩子爬进洞,发现洞比想象的大,能站直身子,而且越往里走越宽大。洞里挺黑的,孩子有些害怕,但好奇战胜了恐惧,再说,这山他太熟悉了,有种亲切感鼓励着他。等适应洞里的暗黑,他看见洞底部还有另一个洞口,比门大一点,走进去,是另一个长长高高的洞,走了一段后,有块高高的石头,上面放着个东西,孩子爬上石块,看清是一盏灯,形状很好看,高高长长,但很旧了,黑黑的,孩子摸了一下,长满了铁锈。

孩子把灯拿下来,摸摸碰碰,发现灯的底盘可以扭动,扭了一下,砰的一声炸响,面前冒起一阵烟,孩子吓得扔了灯。有声音急喊,别把灯跌坏了。接着,孩子看见一个巨大的人,头要碰到洞顶了,孩子仰起脸,只看得清他的腿。

孩子尖叫一声,转身猛跑,跑不动,后背衣服被拉住。巨人蹲下身,要孩子别走。至少跟我说几句话吧。巨人说,语气里带了恳求,孩子转过身,发现巨人的脸很黑,五官很大,可是并不让人害怕。

孩子和巨人开始说话,巨人极高兴,他记不清多久没跟别人说话了。

很快,孩子了解到,巨人是魔鬼,住在那盏灯里很多年了,就一个人,他不能见阳光,阳光落在他身上,就像刀子插在他身上一样,他得痛死,他只能一直藏在洞里。

巨人想跟孩子做个交易,他知道一处宝藏,他把那个秘密地址告诉孩子，条件是孩子经常来跟他说说话。

孩子不太确定，犹豫着，大人们说魔鬼是坏人，我能和坏人在一起吗？

魔鬼苦笑，那是他们的标准，他们以为魔鬼是坏人，可凭什么，有多少人真正见过魔鬼？魔鬼害过什么人？

孩子觉得有道理，想到这是魔鬼，他害怕，但看着巨人，他想不起魔鬼这个词，孩子答应了魔鬼，从此，时不时到洞里跟魔鬼聊天，有时还应魔鬼的要求，带来一点小花小草，魔鬼让孩子准备了一张很大的纸，用来画宝藏的地图，每次在地图上画上一点，他对孩子说他害怕地图完成的那天，那时，孩子肯定想去找宝藏了，他又没人说话了。可他说话得算数，只能按约好的画地图。

这跟我所知的神灯完全不一样，我入迷了，姐姐为什么从来没跟我讲过。

你姐姐是个特殊的孩子。守庙人说，她没有问宝藏，她可怜魔鬼，问魔鬼怎么会困在灯里？他做什么事了？什么时候困在里面的？

魔鬼也不知道，他有记忆起就困在里面了，而且他相信自己没做过任何害人的事。

要是我知道那个洞，就去找魔鬼说话，把外面的日子说给他听。姐姐说。

十二岁

细芳老姊去世了，姐姐刚到寨子就听到这消息，她飞快地跑到祠堂去，祠堂里的白帐布已经挂起来，是死了人，帐布里有哭声，声音像细芳老婶的媳妇,细听又不像,姐姐呆站了一会儿,看见细芳老婶两个儿子,安强伯和安健伯,半勾着头,从祠堂里匆匆出来。

是细芳老婶走了。姐姐奔到奶奶的老屋,阿嬷,细芳老婶……去……去世了。

奶奶猛抬了下头,稍顿了一下,噢了一声。

阿嬷知道这事了?

不知是今天。奶奶说。

细芳老婶是……是去世了。姐姐走近奶奶,凝视她安静得过分的神情。

细芳老婶是奶奶最要好的朋友,她们是一个寨子的,一块儿长大,又一块儿嫁到寨里来,平日来来往往,奶奶失明后,除了家里人,细芳老婶是最常来的,她和奶奶扯闲话,一坐半天,她身体好,还能种菜卖钱,有时会给奶奶带点心。前几天,姐姐去给奶奶收拾屋子时还碰到她,正跟奶奶扯闲话,给了姐姐两双袜子,知道姐姐冬天竟没穿袜子,那时,细芳老婶精神还极好。

前几天,细芳老婶还……姐姐在奶奶身边坐下,双腿突然软了。

细芳老婶昨晚托梦给我了,说她这几天要走,我以为她还会来坐一坐的,没想到今天就走了,是我俩缘分尽了。奶奶轻叹口气,你细芳老婶算圆满了,一辈子没灾没难,有儿有女,儿活成了人,女嫁对了人家,前些年又修了屋,走之前没病没苦,她是积了厚福的人,走得安安心心,这次去享大清静了。

姐姐不那么害怕了,奶奶最后一句话让她觉得,细芳老婶好像还是在的,她想起奶奶经常讲的那些去世之后的事,小心地问,阿嬷,细芳老婶会去哪儿?

你细芳老婶这样的,当然是去了天上。奶奶微笑,伸手摸索姐姐的头。

阿嬷，天上是怎样的？姐姐问。

天上好看得很，地上没有一个地方比那里好看，想要什么就有什么。奶奶将姐姐的手握在她手里，不过，那个时候，什么都不用了，不会饿不会冷不会生病不会老不会害怕。

天上也有花花草草吗？姐姐问。

奶奶点点头。

天上怎么种花？不用泥土吗？花花草草都飘着吗？

天上本来就有花，不用种，那些花比地上好看得多，什么样子都有，什么颜色都有。

姐姐想了想，问，天上也有日头吗？没有日头花开不了，草长不了。

天上没日头，但比地上亮得多。

天上的人——噢，变成神了，过日子吗？

神不用过日子，什么也不用做，什么也不用操心。

那日子会不会很闷？神整天做什么，在天上跑来跑去？在一个地方待着？

奶奶说，地上的人说不清也不明白的，神才知道。

守庙人说，当时姐姐跟他谈这些时很激动，问是不是真有一个叫天上的地方，那地方到底是什么样的？

如果有，你喜欢吗？守庙人问。

那样好看的地方，喜欢。姐姐点头，但又犹疑了一下，阿嬷说天上不用过日子，神什么也不用做，很闷吧。

守庙人呵呵笑，你倒操心这个。

我们老师说这些都是迷信。姐姐望了一眼三山国王庙，小心地说，老师说神呀鬼呀是不科学的，人是最高级的动物，死了就什么都没了,像别的动物一样……

姐姐默住了,缩着脖子。

我不知怎么跟你姐姐说,我也并不确定,可能是不明白,也可能是不想让自己明白,你姐姐那么点年纪,不该想这些,可她想了,这也算她的幸运。

守庙人的话我不太明白,不敢随便问,静静等他说下去。

我害怕。姐姐突然开口,老师说那是科学,可我怕,人死了就什么都没了。

守庙人递给姐姐一个橘子,希望姐姐把念头从这事上转开。

姐姐将橘子握在手心,静了一会儿,又开口,阿嬷说去天上和去地下的人都会轮回,又变成小孩,重新过日子。

念头是转不开了,当守庙人起身倒水时,姐姐的目光一直黏着他。喝下一大杯水后,守庙人坐下,开始一个新奇的描述。

这样想想吧,这个世界有很多屋子,每间屋子里都有很不一样的东西,每个人都进到自己的屋子,进去了,很多人就在屋子里过一辈子,像你阿嬷,她待在她的屋子里,觉着那屋子很好,很真,她不知道有别的屋子。你老师小时候随阿爸阿妈待的屋子可能跟你阿嬷的一样,长大了发现在这间屋子里面有他认为的叫科学的东西,他迷住了,留下来,把原先那个当废掉的旧屋。

守庙人拿了碎瓦片,开始在地上划拉房屋的形状,姐姐蹲在一边,凝视那些代表房屋的框框。

其实,屋子都一样,没有哪间新哪间旧哪间好哪间差哪间真哪间假,主要是各人的看法,喜欢了,相信了,屋子就是好的。你老师如果是我说的那样,去过两个屋子,他就比你阿嬷多知道一个屋子,可惜他把以前那间当废屋子放掉了。如果能这样,多进一些屋子看看,又出来,你就知道日子精彩得多。

我想试很多屋子，都进去看看，待一待。姐姐眼里放着光，我不要像阿嫲一样，只待在一间屋里，也不要像老师一样，在第二个屋子不出来。阿叔，世上有这么多屋子，真好。

你姐姐是会得到神灯的那种孩子。守庙人突然断了讲述，对我感叹，不是所有孩子都有资格得到神灯的，或原本所有孩子都有资格，但慢慢地丢掉那种资格。

守庙人的话又让我迷糊了，但有一点是明白的，我是那种没资格得到神灯的孩子，我羞愧起来。

守庙人没睬我的反应，接着说下去。

还可以自己建一间屋子。守庙人冲动起来，不是只有现成的屋。

姐姐显然也被这主意整激动了，猛抬起脸，怎么建？

守庙人扔掉瓦片，下定极大的决心般，南，你跟我来。

姐姐跟着守庙人往庙后山上的小路走，翻过山后，有一座更高的山，那座山和庙后的山很不一样，没有四乡八寨的橄榄树和龙眼树，多是些石头和杂草杂树，是座荒山，翻过荒山，来到一条山沟，山沟很深，漫长着杂草，很难找到下脚的地方。守庙人用一截竹竿探着路，刚才问题不停的姐姐也不出声了。

守庙人终于停下，用竹竿拨了一会儿，出现一个洞穴，示意姐姐跟进去。越往里走越大，姐姐禁不住问，这是魔鬼住的洞？

我挖的。守庙人说：

姐姐没来得及细问，因为她看到一个奇怪的东西，用铁条连接成，形状怪异，大体是圆状的，但有数不清的铁条，刺一样长在圆形体上，缠了很多电线。

这是一个发射装置，山沟另一头有座很高的山，到时这个装置就安在那座山上，我要向宇宙发射信号，看能不能得到回应，如果有别的智慧生命,说不定会接收到我的信号,甚至会回应,到时,我将和宇宙里其他智慧生命对话。

守庙人表情怪异,他说当时完全没去想姐姐是否听得懂,我觉得他现在也没想我能否听懂或接受。

姐姐这次没多问,也许是完全被守庙人的想法迷住,她竟交代守庙人,到时要是有人回话,能不能让我说句话,我会好好想想要说什么——他们能听懂吗?

不是直接对话,是发信号,把你的话变成信号发出去。

我就说一句。姐姐强调,阿叔要记得。

守庙人突然叹口气,谁知道发射装置什么时候能完工,还有,就算真有智慧生命,不知信号发出多久能被接收,就算对方真有回应,也不知多久才能回到地球,可能要很多很多年以后,有了回应,我们就知道还有一个很远很远的大屋子,多好。不过,也可能收到信号时,我早不在了,也没法,至少我的信号是在的,有智慧生命知道我们在。

我感觉守庙人已陷入痴狂状态,突然怀疑那个所谓山洞和发射装置的存在,怀疑他的心智是否正常,姐姐呢,她真的相信吗?我几乎看得到她和守庙人疯狂的身影,两个盯着天上,有着疯狂的表情。

十四岁

那天晚上,姐姐睡不着,跑到三山国王庙,守庙人还醒着,有段时间,姐姐怀疑守庙人晚上是不休息的。今天上课时,老师讲到一些地方冬天寒冷,形容起来,刚洗过的毛巾甩出去变成硬绷绷一条,洗脸水泼出去瞬间成冰,撒在地上哗哗响,出门在外,嘴唇要是沾湿了，两片唇就冻住了……姐姐在课堂上就呆了，那该是怎样的地方，她用尽想象力描绘那个世界，始终模模糊糊。

那样的地方和我们这里太不一样。姐姐对守庙人说，语气里的激动掩饰不住，那里的人怎么过日子？

守庙人笑了笑，跟我这里不一样的地方多的是，那种不一样是你想也想不出的，日子有千万种，也是你想也想不清的。何止我们这个世界，世界之外谁知还有多少世界，还有什么样的世界。

守庙人说他不知为什么，又扯深了，他总是忘掉姐姐年龄。他抑住自己，端起茶喝着，慢慢把思绪扯回来。却发现姐姐凑得极近，凝视着他，等他说下去，守庙人放下茶杯。

我十多年前向太空发射了一个信号，近期有回应了。守庙人起身又坐下，两只手抓在一起，用力地搓来搓去，声调有些变，确实有别的生命体存在。接到信号的那个人——谁知道是什么，先当是人吧，守着一个发射塔，负责寻找接收外太空其他智慧生命的信号，他长年没伴，半年才有人送吃的——也许不是吃的，而是某种能量，我们都不敢告诉别的人，不用约定都守住了这个秘密。

他的信号阿叔知道是什么意思？你怎么知道就是这意思？怎么知道那人的日子是那样的？他们说的话跟我们一样？姐姐双手揪着矮桌桌沿，半哑了声音问，阿叔前两年不是说发射装置还没有完成，还没有装上高山，怎么十多年前就能发信号了？

当守庙人讲到这里时，我拼命点头，我也有和姐姐同样的疑问，但守庙人不睬我，他只负责叙述，我只好任他说下去，当年他肯定也是这样忽略掉姐姐所有的问题，但他却记住姐姐所有的问题，那些问题姐姐后来是不是重新问过，甚至也是他自己所疑惑的？

我和他都不能让秘密泄露出去。守庙人比画着双手，我们不知道自己的同胞和对方是敌意还是善意，谁知道对方的科学发展到什么水平了，一旦真正联系上会带来什么后果。若是双方是善意的，那对两个文明可能有想不到的好处，人类不单会眼界大开，说不定日子想法什么的都要变了。要是双方是敌意的，都防着对方，还想着怎么攻击对方，想从对方得到什么便宜，结果就很可怕了。

守庙人停下，不知是不是被那个可能的结果吓住了。很久后，才重新开口，当时，我和你姐姐很久不出声，我不停沏茶，两人不停地喝。你姐姐不知是被我的话迷住，还是被吓住了。

姐姐问的那些问题……我犹犹豫豫地开口，突然觉得自己没资格参与守庙人和姐姐间的谈话。

南不再问刚才那些了，她知道我说什么，没错，她是配得到神灯的人。守庙人匆匆说。

我觉得守庙人又变得不太正常了，决定不再多问，免得打断他的叙述。

还想听听外太空那个听发的信息？你姐姐一直盯着我，我问，她不住地点头。

只联系过一次，但已经够了，碰得上就是极大的运气，这是我们私人的联系，知道在茫茫的太空中，还有一个伴，可以聊聊，不用说什么，想法都一样。都不知道对方是男是女，噢，谁知那边有没有人类的男女之分，很可能是跟人类完全不一样的生物，也许连生物也不是吧，是很难想象的智慧生命，也不知道对方怎样想象我的。但我知道太空有个伴，他也知道。守庙人端茶的手微微颤抖，声音也有了颤抖，我有个秘密的朋友。

守庙人兴奋起来，一个"高级"的朋友。

姐姐双手搓在一起，眼神闪烁着，头慢慢低下去。

你也是我秘密的朋友。守庙人突然冲姐姐笑，地球上的，我日子里的，跟太空那个完全不一样。这是多大的运气，我还有什么可抱怨的。

姐姐笑了。

守庙人突然又悲伤起来，我十多年前发出的信号，前段时间才收到回应，这信号也是好些年前发出的，对方不知是不是还守着发射塔，有没有在等我的下一次信号，说不定他已经不在了，我有可能是在跟一个已经不在的生命联系。他是不是也这么猜测着我？

两人又默了，守庙人回神，突然往外走，示意姐姐跟出去。姐姐披上外衣，跟着。

守庙人出门右拐，往坟山上走。姐姐稍顿了一下，很快跟上去，但走上坟山时，还是停下了，缩着身子，四下望，夜很黑，还能清晰地感觉到周围都是坟包，若是白天，能看到坟包密密挤着，很多矮矮地隐在草里。

守庙人走到姐姐身边。

阿叔，我害怕。姐姐说。

怕这些坟？它们不动你，就是路有些难走。

姐姐不出声。

怕你阿嬷和寨里阿姆阿婶们说的那些？就算有，也跟你无关，你走你的路，他们有他们的规矩，不会不明不白害人，都是人自己想多了。

姐姐往前走了，从容许多。

守庙人笑，你阿嬷说的那些，你心底还是相信的。

我也不知道信不信。姐姐说，就是害怕，自己也没办法的。我愿意相信阿叔说的，很多屋子的事。

两人一直走到山上，立在山顶，山上没什么大树，视野很好，四周的村寨都看得到，特别是自己的寨子，姐姐知道守庙人为什么专挑坟山走了。

你看看下面。守庙人指点着。

看不到月，星光朦朦的，寨子和白天完全不一样，好像黑白色的照片，很老的那种，日子藏起来了，四周的田野一层深一层浅，田野里的东西好像课本古诗的配画，深黑浅黑，抹来抹去，但奇怪的是，变得很好看。

这样看着寨子很奇怪。姐姐说，那些屋子里有很多人在睡，想着好像是假的。

看看星星。守庙人仰起脸。

满天星星，是很好看，但没什么奇怪的，这样的星空并不少见。

我知道你的意思。守庙人说，我们想些别的，看这片星星，里面有的早已经死了，好多年前就不发光了，可是我们看得清清楚楚，以为它们在那儿，我要是告诉别人，亮着的星星死了，寨里人准骂我神经病。

连你姐姐也一时有点呆，我平日是跟她谈过光速什么的，她在学校也读过那么一点，但她一时没想那么深。守庙人看着我，好像想确认我是不是明白。我明白的，但我知道自己明白的和守庙人想跟姐姐说的肯定不同。

那些星星死了，可我们明明看见它们活着，什么是死什么是活，什么是真什么是假？南，这里可以想很多东西，日子里很少去想的，人该偶尔想想这些的。

大概是我的表情很夸张，守庙人突然笑了笑，你二十来岁了，不该这么惊讶吧。你姐姐当年太小，我说那些肯定吓着她了，可我只顾说，又忘了她的年龄。

南，我那个秘密朋友会不会就住在某颗星星周围？那些星星周

137

围的星球，是不是也有别的生命正盯着太阳，和我们一样谈着类似的话？

那天晚上，守庙人和姐姐很久才从山上下来，守庙人说姐姐回去时显得有些迷茫。路口分手时，守庙人喊住姐姐，今晚的事别让寨里人知道。

我知道。姐姐说。

十六岁

那天，姐姐是半跑着去三山国王庙的，一手抱着一捆菜，一手挥着一本书，她将菜放在门槛边，书举起来，阿叔，我看到本这样的书，写的东西好奇怪。

守庙人接过那本书，看了一眼封面，略略翻了翻，微笑着看姐姐。

阿叔，你看看。姐姐比画着，很久很久以前的人就会算月亮转的时间了，就会建很了不得的东西，现在的人想都想不到。

守庙人点头，别小看古代人。

姐姐翻着那本书，有很多神秘的山洞，里面有漂亮的壁画，有些壁画上有奇怪的人，戴着头盔，连着天线一样的东西，有人猜测是将要进太空的地球人，说人类早发展出很厉害的科学了，但不知什么原因，那个文明被毁灭了，还有人猜测这些是外星人，他们早来过地球，壁画是他们留下的。

你觉得世界不一样了，日子也不一样了是不是？守庙人问。

姐姐极用力地点头。

这是要找别的屋子的兆头。守庙人说，如果接着找，会有更让人惊奇的屋子。

阿叔,我猜,神灯会不会就在那些神秘的洞里,说不定神灯真的在,说不定魔鬼就是别的生命。

南,你想象力惊人。守庙人呵呵笑。

姐姐没笑,守庙人说她一本正经的表情几乎吓着了他。

对了,你怎么想到看这种书,哪来的?

一个同学的,他舅舅从大城市里买的,那天扯闲话他说到这书,我跟他借了,看一会儿就放不下了,同学不喜欢,说书里写的怪里怪气,让人不踏实,他让我随便看,想看多久看多久。

我又忌妒守庙人了,我从不知道姐姐看这样的书,而姐姐第一个告诉他。

姐姐说,那同学的舅舅买了一套,还有专门写人的,阿叔,人有什么不解之谜?我要一本一本借来看。

守庙人说好奇心像光,把姐姐的脸照亮了,就是那亮,让守庙人决定打开他的里屋。

你喜欢书?守庙人问。

我们学校图书馆里书很少。姐姐说,很多是辅导书和作文选。

那算不上什么书。守庙人走进屋子,进来看看。朝姐姐招手。

姐姐疑惑地跟进去,这屋子她最熟悉不过了,矮桌矮凳和那个架子。

这次,守庙人打开木屏风上那扇木门,木屏风隔出一截当卧室,守庙人从不打开木门。开了门后,守庙人退出来,让姐姐进去。

姐姐一只脚在门外,一只脚在门里,木屏风里层全做成架子,从门到墙壁,满满排着书,睡床是特制的,有三面安了架子,全列着书,床上也堆着书,留出窄窄的一块地方,放着整齐的被枕,看得出是睡觉的地方。床对面靠墙放着张旧书桌,桌上也有个木架,还是书。桌面放了笔和纸。

姐姐另一只脚慢慢挪进去,顺着屏风里层的书架看过去,都是她从未见过的书,文学的、艺术的、历史的,更多的是守庙人经常谈论的,与宇宙相关的。姐姐的手指顺着书脊划过去,像要确认眼前的事实。

这些都是阿叔的?阿叔一直在看书?姐姐像在问,又像在自语。

这些书里有宝藏。守庙人走进里屋。

我要看,全看。姐姐喃喃。

你姐姐是第一个看到我这些书的人。守庙人立在我身后说。我学姐姐的样,手指划过那些书,一方面对守庙人起了强烈的好奇心,他到底是怎样的人,在我们寨里,竟藏着这样的人;另一方面,我更强烈地想知道姐姐,当时,她走过这列书架时,想些什么?这些书,她看了多少,我和她已经隔得太远。

你姐姐很兴奋,其实,我比你姐姐更兴奋。守庙人说,自己拥有一处宝藏,不能亮光,不能分享,是很大的遗憾,更可怕的是有时宝藏亮出来了,没人当回事,甚至被议论可怜,这才是悲剧,所以我一直捂得很好——别这样看我,你是考上名牌大学的人,不会让我这些宝藏成为悲剧。很幸运,我碰到你姐姐,看她的样子,我很得意,有种说不出的虚荣。秘密的快乐终究不那么畅快。

我突然感觉到他刻骨的孤独,在姐姐成长到足以和他对话之前,他无法真正言语,现在,姐姐走了,他只好对我说这些,而我,配得上听这些吗?

守庙人从书桌几个抽屉里拿出一叠杂志,翻出一些文篇,姐姐发现几篇文章的作者一样——未名。姐姐疑惑地看着守庙人,守庙人有些羞怯,说,我写的。

未名?

我的笔名。

阿叔写的！姐姐捧起那些杂志。

这些年，我写了不少论文，看的书多了，自己想得多，有些话要说，写出来，投出去，有些竟发表了。

阿叔写的文印成书了。姐姐惊叹，阿叔在哪里接收这些书？

守庙人说他镇上有个朋友，开了家杂货店，一直帮他收信件，他就用那个地址，若有杂志寄到寨里，会吓着寨里人。他每次去镇上，就把杂志带回，顺便把论文寄出去。

守庙人甚至提到帮他收杂志的是个女的，那是一个很老的朋友了，甚至曾想和他走在一起，最终没有，却帮他收了多年的杂志。

这些话姐姐都没有听到，她一头扎在守庙人的文里，守庙人轻拍着杂志，这些你现在可能还看不懂，以后再说。但姐姐赌气一般，就要看那些文。最终，守庙人让她先带回两本杂志。一个星期后，她还回来了，还要再借两本。就这样，把守庙人的文都看完了。

镇中学的校长来找过守庙人，这事我是知道的，那时这事在寨里传遍了，但守庙人说出来，和当时传的完全不是一回事。

镇中学的校长直奔三山国王庙，带着好几本杂志。他刚进守庙人的小屋，外面就围了一圈人，镇中学校长是名人，竟跑到这种小地方，实在是大有文章，围着的人都不肯走。校长喝了几杯茶，闲话了一阵闲话，让守庙人带他到庙里庙外转，和围着人有一句没一句说起来，很快弄清楚了，校长是来研究三山国王庙的，据他说这庙是古庙，有很多古老的工艺，有大学问。围着的人很兴奋，但也很快失去兴趣，因为校长的研究就是走来走去地看，而这庙他们太熟了。人渐渐散去。

剩下校长和守庙人两个，谈话才真正开始。守庙人说他想不到校长会自己上门，自那以后，他到镇上去，除了去杂货店，还时不时去找校长谈谈，可惜后来校长身体不好，前些年去世了。

某天，校长经过杂货店，进去买两包烟，突然看到装杂志的信封，这是他订阅的杂志，他很惊讶，杂货店主人也读这本杂志！因为是镇中学校长，杂货店主人捧茶，激动，说出了守庙人。校长留下话，让杂货店主人给守庙人带话，让守庙人去找校长，他有话要说。

守庙人没去。

校长很激动，说看过未名很多文章，没想到近在身边，更没想到是守庙人，他请守庙人到镇中学教物理，学校缺物理老师，正安排请人代课。他抱歉地说工资比正式的教师低，但会想尽办法帮守庙人转正。他说守庙人是人才，守着这旧庙太可惜。

守庙人静静地听校长说，偶尔点头表示感谢，等校长说完，他拒绝了。

我现在这样挺好。守庙人说。

校长走了，走之前和守庙人约好，对外说他是来研究古庙古建筑的，向守庙人了解一些细节。

这是多好的事。姐姐说。

守庙人说，千万不能让人知道，他们知道了，我现在的日子就完了，我这里会变得很热闹，但那些热闹都是与我无关的，我会被人说来说去，但说得越多越不像我，会有很多人想知道我，可他们知道的会离我越来越远。

姐姐不知是否听懂了，反正那天走之前，她向守庙人保证，绝不会让别人知道这些事，包括屋里的书、杂志里的文章、老校长的来访。

十八岁

　　阿爸终于睡了，这几天，他老是睁着眼，好像让身子难受会让他心里好受些，现在他熬不住了，睡得沉极了，说不定能睡上几天几夜，把力气都补回来。

　　姐姐走进守庙人的小屋，坐下，谈着父亲。谈过父亲，姐姐脖子弯下去，头垂在胸前，好像她也睡着了。守庙人往姐姐手里塞了一把烤花生，姐姐于是剥花生，花生仁扔在地上，花生壳握在手里，守庙人把花生仁捡起来，拿给姐姐。

　　姐姐看着守庙人，突然说，我阿妈没了。

　　我以后没阿妈了。姐姐把花生壳塞进嘴里。

　　守庙人展开手掌，半把花生仁。姐姐吐出花生壳，惊讶地看看自己的手，又看看守庙人。守庙人重给她一把花生，让她吃，吃完又让她吃一把。

　　连吃几把花生后，姐姐说，若有阿嬷说的天上，我该高兴，阿妈肯定在那儿，她再也不用躺着了，她能跑，能跳舞，以前阿妈老是梦见跑过山蹚过河，还有，阿妈也不怕了，骨头不会疼了，阿嬷说的那种地方不冷也不热，不知道什么叫痛，也不会生病不会受伤，阿妈去那种地方，阿爸不该那样的。

　　南，不管怎么样，家里人没了，是难熬的事，可怕的事，但总得熬过去，你现在别想这想那，该痛就让它痛。守庙人突然说。

　　我以为阿叔不会说这样的话。

　　你以为阿叔要安慰你？守庙人说，这段日子安慰你的人多了，安慰得了吗？南，事情就在那儿，你该熬一熬。

　　我还要花生。姐姐又抓了把花生，细细剥着，突然问，阿叔，你的家呢？我只知你是外地人，没见过你回家。

守庙人走出屋外,望着远处,许久不动。姐姐要跟出去时,他进来了,说,我有过家,我差点忘了:

很多年后,我才知道,当年我作为知青下乡时,父亲已经很危险了,而我还以为他仍是被学生爱戴着的教授,他在那所大学待了多年,所有心血放在学术和学生上。我下乡时,批判他的大字报早贴出来了,父亲母亲极力掩饰,不让我知道半点,而我也没察觉父亲已经连续沉默多天了,他原本就是不多话的人。

我再回去时,父亲已经走了,母亲只是催我回家,以她身体不好为由,没提父亲。母亲病重了,她捉住我的手,讲述父亲经受的一切,讲得极细,边讲边咬牙,不时因喘不过气而捶打胸口。

父亲的书房门被砸开,他视如生命的书散乱地掉在地上,他扑去抢救,被扯开,揪出书房,捉着他的是那些平日称他为恩师的人。母亲说父亲闭上了眼睛,后来他对母亲说希望当时能昏过去,不会看到那一切,不用面对那些脸。

父亲被押到礼堂台上,平时,他在那里讲座,礼堂总是挤得满满的,现在比平时更热闹。他们让父亲低头,父亲仰着脸,有手按父亲的头,父亲死命地挣。下面齐呼父亲认罪,父亲大喊,我对得起天地,对得起良心。有人踢父亲的膝盖,父亲腿弯了一下,晃着身站起,更多的脚踢过去。

母亲让父亲别再逆了,做做样子,就是保护自己,别想太多。

我没做错什么,我细想过了,从来没昧着良心做事,让我认什么罪。父亲想不通,我就是爱学点东西,那些东西是单纯的学术。

父亲不肯写悔过书,说自己无罪可认,对他的学术,对他的思想,对他的教学生涯没什么要悔过的,就是要忏悔,也不是这些,他该忏悔的是太过软弱,生在这样的社会,是这个荒唐社会的一部分，他的存在也是荒唐的……

父亲的话被拳头打断。

你父亲被打掉两颗牙齿。母亲说，他们把脚踩在你父亲头上，你父亲身体不好，年纪可以当他们父亲了，你父亲教他们东西，读他们的论文到深夜，操心他们看不到好书，他们把脚放在你父亲头上，拼命用力，眼睛不眨一下……

母亲拼命说，描述所有的细节，把残酷重现出来，很久以后，我才明白，她是为了让自己快一点去世。

在他们搬走父亲所有的书和笔记，抓住父亲的手，推翻墨水瓶，弄污登有父亲文章的杂志后，父亲不再争辩，不再说理。他坐在屋子一角，任母亲说什么也不开口。当天深夜，父亲走向城外的河。他留下一张字条，我的身体是自己的，灵魂也是自己的，自己决定。

你父亲太干净了，他不适合这个世界。这是母亲对父亲最后的总结。

讲完父亲所有的事，母亲舒了口气，闭上眼睛。

葬了母亲后，我重新回到这儿，这里是我最后的栖身地，我的故乡碎成片，每片都有棱有角，把我弄伤，伤累积到一定程度，会死，而母亲的遗言是要我活着，那时我不明白，这样的世界，为什么活着。

这次，姐姐往守庙人手里塞了把烤花生。

守庙人握住花生，没动，突然说，我还有个姐姐。

我感觉到，说出"姐姐"这词时，守庙人顿了一下，好像喉头卡着鱼骨。

守庙人静了段时间，似乎在极力整理情绪：

父亲被揪在台上时，姐姐立在台下，后来，她按要求走到台上，宣布与父亲划清界限，宣布父亲的思想长了毒草。接着，她开始念父亲教她的古诗词、国外诗歌，说父亲从小就这样污染她的思想，她现在正努力将这些洗干净。

母亲说父亲的眼睛由红变绿，由绿变灰，最后垂下去。母亲说当时那种情况，姐姐还年轻，有人逼着她，她划清界限什么的可以理解，但在那些人面前念那些诗词不该啊，她不念，没人知道的，她是为了表现，她明明知道那些诗词对父亲意味着什么，她还用那样的口气，在那些人面前念。

我的姐姐，从小什么都让着我的，除了母亲，是最纵容我撒娇的人，她又活泼又好看，聪慧又勤奋，是父亲的骄傲，也是母亲的骄傲。

母亲去世后，姐姐来打理她的丧事，她没跟我打招呼，甚至都没怎么看我，我也没和她说话，我知道她不希望我搭话，我们两个当陌生人是最好的。

姐姐已经嫁人了，姐夫一起来料理丧事，看着挺老实的，冲我点了点头，我觉得他跟姐姐完全不搭调。不管怎么样，跟我没关系了。我跪在母亲灵前，姐姐也跪在母亲灵前，我们不看对方，也感觉不到对方。

母亲的丧事一结束，我就离开了，家里的东西胡乱堆着，我没有整理，只带走母亲给我的盒子，父亲的东西我找了好久，只找到他一支钢笔，钢笔夹在桌子和墙壁间的缝隙里，我无意间挪动书桌发现的，看着那支笔，我总忍不住想象父亲最珍视的书桌被搜寻，父亲想保护，被胡乱推搡，摇动了书桌，笔掉下去……我把笔用纸一层层包了，从未拆开。

除了离开，我还能做什么。

守庙人转身，面对姐姐：我也不知为什么突然谈起这个，这么多年,我第一次谈起。

谢谢阿叔。姐姐说,我其实很想谈谈我阿妈,可我突然累了,累极了。

以后谈。

守庙人对我说,讲父亲的事对我真残酷,但从那以后,我可以回忆父亲了。

二十岁

父亲病好了,躺了大半年后,他起床走动,吃得一天比一天多,出门谈干活的事。父亲出门那天,姐姐包了他最爱吃的软饼,还给守庙人端去几个,这也是守庙人极喜欢的,曾开玩笑说单单因为软饼,他也愿认这地方为故乡。

守庙人吃着软饼,姐姐挑起一个奇怪的话题,守庙人说看得出姐姐那天除了带软饼,还事先准备着那个话题。

阿叔,这些日子我一直想着你前段时间的话。姐姐坐姿笔直,要好好谈谈的样子。

嗯?守庙人大口嚼着软饼,姐姐包的软饼皮糯馅柔,甜香沾齿。

你说科学家猜想,有一种叫时间虫洞的?姐姐小心地说。

猜想。守庙人说。

通过虫洞,可以进入时空隧道,穿越到过去或者未来。我如果通过虫洞回到过去,那时我阿妈还没有去世,我能见到她,和她说话,跟她一块过日子,那样,我阿妈就不算去世了吧?我还能回到阿妈未生病的时候,阿妈想蹚河就蹚河,想上山就上山,我想看阿妈那样，我快忘了阿妈站着是什么样了。要是回去，一直在过去待着，阿妈不就活着了？姐姐兴奋起来。

守庙人放下筷子，看着姐姐，南，你想这些做什么？这只是猜想，如果真有虫洞，可以在过去和未来间随意穿越，哪一段算结局？生命里哪一段是真的？照你想的，你老是待在过去，你阿妈还活着的时候，你觉着是真的，可心里也该明白，在另外一段时间，你阿妈去世了。只能这样说，每一段都是真的，这样的话，为什么不能从后往前看，人越活年纪越小，不，时间都能跑来跑去了，还有什么过去和未来——不说了，越说越糊涂。

只要阿妈还在，不生病就好。姐姐几乎有些赌气。

你忘了，你阿弟出生后你阿妈才生的病，要是你阿妈没生病，就没有你阿弟，他永远不出生，好吧？

我紧张起来，忍不住插嘴问，姐姐怎么说？

守庙人说当时姐姐表情比我还紧张，她张着嘴，半天说不了话，好久才拍着脑门，说，怎么忘了这个？不，我想阿弟在的，怎么能没有阿弟。

所以别想些有的没的。守庙人觉得姐姐走得太远了。

姐姐仍不甘心，那回到阿弟出生后的日子吧，阿妈也在。

有没有想过你自己？回到那时，有两个你，一个大的一个小的。

没事。姐姐笑起来，我疼那个小的自己，像疼阿弟一样，我还多了个伴，我们一块过日子。

你怎么跟他们过日子，你当自己是什么人？守庙人摇头，你阿爸阿妈认你？我看你连院门都进不去，对他们来说，你是生人，还提什么一起过日子。再说，你要把哪个当自己，小的那个？大的那个？

姐姐呆了，揉捏着手指头，长久不出声。

这些东西是魔鬼引你看，引你知道的，说不定魔鬼认定的宝藏，其实可能是有毒的，会迷惑人的东西，不能太当真，这样不好。

要是从没接触过，没有想过也就算了，可既知了想了，就舍不得放开了，你也知道是迷惑人，我是被迷惑了。

可能因为这样，魔鬼才成为魔鬼吧，他总要弄些日子以外的东西，很会给自己找麻烦，还要给别人找麻烦。

幸亏有魔鬼。姐姐笑，我才知道生命这样好玩。

好玩？

姐姐走出门外，学守庙人常做的那样，找了块碎瓦片，划拉着地上的泥，我们都以为日子就在这泥地上，种点什么就可能长点什么，多浇水多施肥，长出的东西就会好些，魔鬼让我挖下去，告诉我泥地下一层一层的，一层有一层的样子，一层藏着一层的东西。知道了这些，哪个甘心不去挖一挖？

守庙人笑，哟，这次你成老师了。

姐姐羞怯地笑笑，我也就敢在魔鬼面前说这些，到别处去说，就成了怪话笑话。现在问题是，我知道了，但我不知怎么挖。姐姐丢下瓦片。

软饼很好，你吃一个？守庙人拍拍手起身，他觉得话题扯太深了，说姐姐跑得太猛，让他担心。

姐姐摇摇头，若有所思，不知是回应守庙人，还是仍沉浸在自己的思绪里。

这次的芥蓝很好，水分足，若有的话，再带些来。守庙人继续把姐姐往日子里拉。

阿叔，你看了那一屋的书，里面没提到这些？

也许。守庙人说，也许提到了，而我太愚，没法领会，就是宝藏，各人看到的也是不一样的。

我要读那些书。姐姐说。

你已经读了不少。

我要全部读完。

我们去走走吧。守庙人放弃把姐姐扯出话题的努力。

守庙人往那条秘密山沟走，走得很急，每次去他都很急，姐姐急急跟着。

进了山沟，仍用短竹竿拨开高高的杂草，守庙人尽量不走上次的路，以免踩出小道，杂草总把走过的痕迹抹得干干净净。不再进山洞，拐上那座最高的山，走了大半，他们停下，仰头望着山上，隐隐看得到那个近于圆形的装置，上面有发射状的天线，乱缠着的电线是看不清楚的。尽管已经看过多次，每次来，姐姐总要惊奇地问同个问题，阿叔怎么把它安上去的？守庙人总这样回答，用尽全力。

一旦看见那个装置，守庙人就开始讲他那个外太空的伴——多维，他给那个伴起的名字。

关于那个装置怎么发射信号接收信号，什么时候开始发射，姐姐不再问。

多维所在的星球跟我们完全不同，没有社会这种东西，星球上的生命不按国家划分，所有生命以爱好划分，有共同爱好的生命自动集聚在一起，构成一个个团体，没有任何利益冲突。团体与团体间以协商解决问题。但聚在一起就得考虑团体，考虑其他生命，团体里每个生命必须完全开放自我，完全透明化，因此会完全失掉自我，自己将变成团体的一部分。

多维没法成为那样的生命，没有加入任何团体，成了那个星球上最孤独的生命,在那个星球上,这种生命被称为漂浮者。于是,多维长期独自守着那个发射塔,发射塔已经被那个星球半放弃了。

姐姐拿竹竿轻轻拍打着四周的杂草,守庙人突然问,南,你相信这些吗?你是不相信的吧?

姐姐说,阿叔相信就好。

她是什么意思。守庙人扬起声调,那时,我觉得她看透了我很多东西,又高兴又生气,她可能已经走到我前面去了。

守庙人说下山时他决定带姐姐去一趟城里,真正的大城市,上次带她到县图书馆,姐姐被惊住,在里面走了大半天,出来时很忧伤,说不知道怎么办,有这么多东西。守庙人说大城市里的图书馆她得见识见识。

扎入省城图书馆后,直到闭馆,姐姐才出来,满脸恍惚。

太多书了吧?守庙人问。

姐姐摇头,我看到那么多人,那么多人心,他们说出那么多想法,那些想法多新奇,他们都用自己的法子安排日子,把他们的日子写出来。我也想这样。

是的,你姐姐是该得到神灯的孩子。守庙人突然又冒出这话。

二十二岁

姐姐跑到三山国王庙躲清静,守庙人笑问,你觉得这样能躲得过去?

姐姐埋头织毛衣。

一个阿婶又给姐姐介绍了对象,姐姐很直接,说还没想成家的事。早上阿婶跑到家里,让姐姐收拾一下,说那后生一会要来寨里。

阿婶,我真没想成家。

没事。阿婶忽略姐姐的话,明健只是走亲戚,到时你过来喝杯茶。那个叫明健的后生是阿婶的侄子,她开始描述那后生的光彩,长得如何周正,待人如何好,家里人如何和善,家境如何丰实……总之,姐姐当下就该点头了。

吃过午饭,姐姐跑到三山国王庙了。姐姐刚走,大伯母后脚进门了,说,什么事也没有这事大。生生从我嘴里掏出姐姐的去向。

姐姐终于去了阿婶家,大伯母跟着。她对守庙人说,不是因为大伯母,阿婶也是有心有意,人喊到了家里,这么躲着不像样。

守庙人说,这才像日子里的话,不管怎样,日子有日子的规矩。

叫明健的后生立在门外迎姐姐,给姐姐拉椅子,为姐姐端茶,盯着她的目光让她不自在,姐姐说就是这样,她才那么直接。喝下第一杯茶,她开口了,多谢阿婶,可我对不住了。

我哪里做得不够,能改的。明健急起来。

大伯母附在姐姐耳边,这个看来有心有意。

都好。姐姐说,是我还没想成家的事。

不用急,先处着看看。明健忙说。

姐姐摇头,很干脆的样子,不去看面前几张着急尴尬的脸。推说还有事,抬脚先走了。姐姐说不这样,这事要拖泥带水了。

姐姐把那阿婶得罪了,忍了她很长时间的风凉话,还忍着她将事情传遍整个寨子。尽管这样,还是很快有别的阿婶又介绍了后生,这次是某个外甥,还是来寨里走亲戚,要姐姐去喝茶。姐姐说不喝茶,阿婶便想带外甥来家里喝茶,姐姐想想,还是上别人家喝茶好。

这次，姐姐似乎早安排好了，喝过两杯茶后，对阿婶和大伯母说想和后生单独谈谈，阿婶和大伯母对看一眼，呵呵笑，拍着手说，好，好，你们自己谈。兴冲冲地退出门，等她们再回来，客厅里只剩下发呆的后生。

其间发生了什么，寨里没人知道，阿婶问过外甥，那后生不住摇头，说没法谈。现在，我才知道，姐姐原原本本告诉过守庙人，我再次浮起酸意，对姐姐那次相亲过程，当时我好奇极了，可怎么缠问，姐姐只是敷衍，结果倒从守庙人这里听来。

大门被拉上，厅很大，很静，水在壶里咕咕响着，后生很紧张。

你想怎样过日子？姐姐问。

后生细细描述以后的日子：我有一门技术，修理家用电器，现在四乡八寨的电器都是我在修，明年准备在镇上找个地方，开家维修店，接下来把家里的屋子修一修，我阿爸阿妈身体还好，田里的活他们顾管，我大哥早成家了，自己建了新屋，家里的日子还是过得去的，现在就操心我的事。他微微低了头，有些羞怯。

还有别的吗？姐姐问。

别的？后生有些茫然，想了想，说，再想远一点，若能在镇上站住脚，搬到镇上去，以后孩子到镇上的学校念书……

我是说，还想过别样的日子吗？姐姐盯住他，对日子有别的想法吗？

别的想法？后生疑惑了，也紧张了，努力想着。

日子里除了这些，还有很多别的，还有很不一样的日子，世界很大，人也可能有很多面，变得很不一样，一辈子就过这一层日子，多可惜。姐姐说。

后来，姐姐对守庙人说她太傻了，竟会跟那人说这些，说完她觉得很好笑,也很难过,她把那后生吓坏了。

用心用力,日子会越来越好,不会老这样。后生说。

不是这个。姐姐找不到恰当的词语,一急,出口竟成这样,你想做怎样的人?噢,不是这样。

后生已急急解释,我做人,你可以去打听,从小阿爸阿妈家教严,懂得正正经经做人,也懂得好好过日子。

姐姐垂下脖子,长长舒口气,摆摆手,不说了吧。

两人沉默了,几杯茶后,姐姐先走了。姐姐对守庙人说她把那老实后生吓坏了,不过也好,那后生没再托人来说什么,她倒清静了。

那后生对他舅妈说可惜姐姐脑子不太对头。

一次次不成,还是一次次有人给姐姐介绍对象,且几乎都看得上姐姐,我觉得那是因为姐姐好看,在四乡八寨,她算最好看的,而守庙人认为,是因为姐姐特别,别人看不出,但她的特别是感觉得到的,可惜那些对象没有真正明白,更没有试着去了解。

守庙人对姐姐说,如果想成事,相亲时好好说话,说凡常日子里的话,你的神灯要藏好,让人知道会引麻烦,会吓着人。

想找个愿意一起拿神灯的人。姐姐说。

守庙人不住摇头,千万别这样想,这是奢侈,运气极好的人才碰得上,我突然不知道这些年跟你谈那些话,给你看那些东西对不对。

阿叔,你呢?姐姐问,一直没成家,也在找这样的人?

我完全不同。

阿叔有故事。姐姐嘻嘻笑,杂货店的老板娘?

守庙人啜着茶,目光垂在茶杯里。

阿叔说说,真是那老板娘?

不。守庙人开口了，且一旦开口便没停下，她是我们那个地方的人，我们从小认识，上学放学一块儿走，我父亲和她父亲是好友，我母亲和她母亲也是好友。我们读同样的书，我知道的她都知道，我们在一起时，最高兴做的事就是谈话，天上扯到地下，历史谈到未来，希望谈到梦想，现实说到想象，我们整天谈，相互辩驳，相互补充，也相互应和，痛快极了。

我们相信，世上再找不到更相恰的人，我们就是对方的另一半。十七岁的时候，我们开始相约，这辈子一起生活，我们设想了一种"高级诗意"的日子，约定共同努力，把人生过成充满艺术的作品。

下乡之前，我们都不悲伤，相信我是来追求梦想的，我们充满激情地描述了离开后的思念以及将会有的重逢，重逢之后，我们将开始"高级诗意"的日子。我们连告别仪式都充满了"高级的诗意"，两人骑车到郊外，选一处满是青草的山坡，她为我唱了首歌，跳了支舞，我则为她画了一幅画，并约定在以后"高级诗意"的日子里，每年为她画一张，直到两人老去。

我们约好互相通信，到这里后，我就给她信，不停地写，但从未收到她的来信，写信去问母亲，母亲也没信。我们的联系断了很长一段时间，我忍不住，准备回去找她，她突然来信了，很短的半页纸，让我别再给她写信，最后祝福我，还把我给她画的像还给我，让我处理掉。

守庙人停下了。

怎么回事。姐姐急问。

不知道。守庙人说，我清楚的是，她不想继续我们的约定了。

你没去找，没去问？姐姐更急，肯定有什么原因。

或许有原因，甚至有苦衷，但她已做出选择，问也没有意义，这种事是没法追究的。就算去找她又怎样,她已经不是原来的她,不是我心里那个人了。

现在她在哪儿?

我终究是俗人,母亲病重我回去时,还是忍不住打听了,她早通过各种途径去了香港,接着又去了美国。

二十四岁

看见那个女人坐在守庙人小屋前,姐姐转了身,往右侧的田地走,摘野花消磨时间。守庙人从屋子出来,看见姐姐转身的身影,笑了笑。他对我说,你姐姐不知是太小心了,怕我尴尬,还是太好心了,想成全我什么好事。

直到女人离开,姐姐才回三山国王庙,把青菜放在门槛边,笑,阿叔,老板娘又送什么好吃的了?

想吃什么,挑吧。守庙人指指靠墙的木架,虽然见识过多次,看见那些吃的姐姐还是感叹,果然是老板娘,出手真大方,阿叔,这阿婶的事不该藏着了吧。

女人是镇上杂货店的老板娘,娘家是细铺寨的,当年几个大队经常一块儿干活,守庙人他们几个知青是最受注目的,休息时常围满四乡八寨的青年,杂货店老板娘——当然,那时她叫少慧,也在里面,和几个知青都是认识的。

那时,傍晚吃过饭后,除了政治学习,就是聚在一起扯闲话,守庙人常躲在一个土堆边看书,那地方是他的宝地,土堆边漫长着杂草,紧靠着三山国王庙后墙,平日极少人迹。一天,守庙人正读得入迷,身边多了个人影,他吓得往后一歪,倒在杂草里。少慧笑着站在那儿，歪着头惊讶地盯着他，她阿妈肚子不舒服，她来找点蛇舌草熬水，远远看这草挺多的，摸过来，没想到这儿还有人。

守庙人下意识地往身后藏书，后背惊出层冷汗，书是父亲的，当年母亲在旧衣物堆里偷藏了几本，他带了来，他无法想象自己看这些书被公开的后果。他慌乱地爬起来，想把书丢进杂草丛，她早已发现，惊奇地说，在看书？

守庙人看着她捡起那本书，脑里一片空白。

你看这种书？好厉害，这书太深，我都看不懂。不知多久，守庙人突然听见她说，语气让他放心。

守庙人伸手，想接那本书。

少慧仍捧着书，叹，有知识的人，真好。

守庙人忍不住细看这个女孩，在那样的年代，说这样的话跟他偷偷看书一样不太正常。

她终于把书还给他，抿着嘴笑，我不会告诉别人，以后也不会来这儿找青草。

提心吊胆好些天，守庙人才确定这事过了，重新挤时间到那土堆边读书。但从那以后，聚在一起时，他经常会感觉到少慧的目光，他不敢直视的那种。有时，他会在土堆边发现一小包烤花生，一块烤红薯，几颗糖，半截甘蔗，甚至一块手帕，守庙人觉得事情不简单了，终于找到机会碰上她，刚提到那些东西，她就红了脸低下头，让守庙人只管拿，转身跑掉了。

这样持续了很久，直到其他知青回城，她来找他，对他的留下表现出极大的欣喜。意思很明白了，守庙人也只能表明自己的意思，他没想过成家。

其实，少慧长得不错，人又好，极会过日子，但在想象过"高级诗意"的日子后，守庙人无法接受和别人过其他日子。她哭了，哭得守庙人手忙脚乱。

她仍送东西,守庙人慌乱无措,她反笑了,让他别想太多,干脆说开了,我知道我跟你不一样,你嫌我不知道你,我们没法凑一起。你放心,我眼光浅,就想好好过日子,不会多想。你当我是朋友,敬你会读书,懂得多,有这样的朋友我心里高兴。

少慧后来嫁到镇上,对方家境不错,她很快开了家杂货店,日子过得又安宁又富足。她回娘家就来拜三山国王,每回必给守庙人带东西。守庙人一推,她就伤心,说是看不上她,说她的日子外有他这么个人很好,算是个说不清的念想。

也是在她的提醒下,守庙人把她的杂货店当收信点,他平时上山常找些青草,带到镇上,放在杂货店门口,由她代卖出去,他屋里很多书就是用青草钱买的。

守庙人对姐姐感叹,她是最懂得生活智慧的人,早早安排好了,按着安排一步一步地走,又安静又自在。

你后悔没选她吗?姐姐问。

守庙人摇头,我们太不一样了。

我和刘明德也很不一样。姐姐喃喃说。

守庙人说直到那时,他才意识到姐姐那天是专门来说说刘明德的,他顾着谈自己的事,反影响了她,甚至那时已改变了她的想法。

刘明德已经很清楚地表示他的意思,且不止一次,姐姐说她再没法装聋作哑,她不知道自己要不要固定下来。

当然要,你要好好过日子。守庙人脱口而出,说完姐姐呆了,他自己也呆了,他一向不是这种看法的。守庙人说那一瞬,他将自己错觉成姐姐的父亲,只想姐姐顺利地过凡常日子,忘掉了平日说的一切东西。

姐姐开始叙述刘明德，他对她有心有意，在安排以后的日子时，是把她安排进去的，性格又坚韧又温和，有男人应有的包容，还有男人少有的用心，他长得周正清朗，住在镇上，家境不错，本身也勤勤恳恳，总之，符合好好过日子的要求，按大伯母的话来说，这样的人若还看不上眼，不知姐姐还要什么人，还有什么更好的人。

守庙人一直没开口，他知道姐姐想谈的不是这些。

果然，姐姐顿了一会儿，说，可我就是没心思谈成家的事，我不会跟刘明德提神灯的事，不会和他谈世上有很多屋子，他永远不会知道我想的。

你为什么刘明德刘明德的喊。守庙人问，没有别的喊法吗？

这样有什么意思呢？姐姐没听守庙人的话，喃喃自语，又抬头面对守庙人，可如果错过了，很难再碰上刘明德这样的人，他对阿嬷阿爸阿弟都好。

这种事你能这样分析，不对头。守庙人担忧地说，还有，在这件事上，你也会比较，会势利了，你还没碰上对的人。

是不太对。姐姐揉捏着指头。

但什么是对的，什么是错的，用什么做标准，对俗世的日子来说，刘明德是对的，若你想找个一起守神灯的，他是完全不搭调的。

阿叔，我不知怎么选。

没人知道。守庙人说。

姐姐两只手扭起来了，扭得指头发红。

若想好好过日子，最好放弃神灯，从此不再进魔鬼那个山洞，忘了神灯和魔鬼，从此待在光亮的地方，好好过日子，那日子一定是灿烂的，至少目前看上去是这样，除非有什么意料不到的变故。

另一种状态是拿着神灯,守着只有自己知道的宝藏,你浑身发亮,但外人看来你是灰扑扑的,甚至会觉得你可怜。

阿叔这么说等于没说。

我能怎么说,我敢怎么说。

姐姐不出声。

你能放掉刘明德带你去的日子吗?

姐姐没答话。

你会放弃神灯吗?

放弃?姐姐扬高声调,好像这是一个奇怪的问题。

把神灯暗暗放在心里,会烧坏你自己,把自己弄得疯狂。

现在已经有点疯狂。姐姐说。

让刘明德离开?

他是好人。姐姐说,碰上他这样的人,是我幸运。

对话绕入死局,两人站在屋外,望着远处出神,杂货店老板娘已离开多时,两人却似乎还看见她的背影,前行着,脚步均匀又安心,她多么令人羡慕,将自己将日子整理得明明白白,她又是多么遗憾,整理得这样清晰,把控得这样得心应手,过分正常反而显出一种怪异感,甚至让人感觉到某种忧伤。

二十五岁

姐姐跟守庙人说想去看看父亲的坟,恳求守庙人一起去。守庙人说,你想好了?

父亲下葬十多天了,姐姐一直回避与父亲相关的话题,拒绝接受关于父亲已去世的话题,她每天起早,煮粥炒菜喂猪,给奶奶送饭，去镇上上班，给父亲留一份饭菜，好像他还在，仍每天出门干活，傍晚归家，晚上我喝一杯姐姐泡的茶。

我回想那些日子，姐姐好像被一团烟蒙住，外面的人和事完全不在她眼里，也没人看得清她。我不知道她怎么想清楚的，看看守庙人，守庙人也摇摇头。

当时，姐姐什么都没说，只是往坟山走去，守庙人不声不响跟着。

走到坟山半山腰，姐姐站住，四下是密集的坟，高高矮矮，给人重重叠叠的错觉，姐姐说，好多。

不知从几代以前到现在的，很多坟已经消失，被新坟叠在下面了。

按奶奶的说法，祖先都还在的，这些都是他们的屋，四乡八寨聚在这儿，是不是也分成一个个村寨，有辈分有规矩地过着他们的日子。或者去世了就什么也没了，身体和骨头变成泥，那这些坟就是为了安慰活着的人，给活着的人看的。可坟山是活着的人最忌讳的地方，这些坟是活着的人最恐惧的，若万不得已得来这，寨里阿姆阿婶交代要带着神符。

你姐姐清醒了。守庙人说，可又绕在一堆想法里，那个时候，她不该想那些的，可她听不进外面的话，我什么也不说，只催她快点走。

站在父亲坟前，姐姐又恍惚起来，有好一会儿，望着守庙人，满脸疑惑。守庙人让她去触碰坟包上的新泥。

抓着两手泥，姐姐突然说，我想看看阿爸。

你家里挂着你阿爸的照片。

我不知阿爸是什么样的人，二十多年，我不知阿爸怎么想的，没和阿爸谈过。姐姐跪倒在父亲坟前，头磕下去，肩膀颤抖起来。

南，我们先回去。守庙人碰碰姐姐的肩。

姐姐不动，跪在那里，开始絮絮述说父亲：

阿爸从来不怎么说话，就是干活，赶外面的活，赶田里的活，赶完那些活，他没力气说话了吗？回家阿妈躺在床上，他怎么想的？我不知道，阿妈知道吗？他和阿妈商量家里的事，好像阿妈还是好好的，可就是几句话。他去看阿嬷，放下给阿嬷买的糖糕，然后坐着，阿嬷问一句他应一句，阿嬷不问，他半天没出声。

寨里人说阿爸难得，做人不拐不弯，不偏不贪，不当面热乎背后捅刀，说阿爸的活有技术也有良心，说阿爸那么多年守着阿妈，不怨不烦，挣多少用多少，用尽力养着阿妈。

这两天，我老想起阿妈一些话，那是阿妈走之前一年，她有时没头没尾地说，南，你阿爸是最好的阿爸，你和夏以后好好待他。这个还要阿妈说吗？我觉得阿妈又胡想了。

不管你阿爸以后有什么事，都是你们阿爸，为你们拼死拼活。阿妈话更怪了。

阿爸不会有什么事，会好好的。我紧张起来，问阿爸是不是身子不舒服？

你阿爸身子好，会活得长长的。阿妈摇头，想了想又说，这么多年，你阿爸该做的都做了，阿妈当初没选错人。

那时，我觉得阿妈脑子乱了，隔了这么多年，我清清楚楚地想起来。我突然想，阿爸也是男人，那么多年，我和夏只知道他是阿爸。

阿叔，你是知道的，我阿爸有那样周正的脸面和身段，寨里人闲话提到都要叹一叹的，可惜他不怎么笑，是因为阿妈吗？

阿爸出门干活，有时会带回少见的肉，那时我和夏只顾高兴。现在我突然记起肉的样子，很多时候是做好的，切得又均匀又好看，咸淡火候都是极好的，是很用心做的，大多装在碗里，盖好，捂了布，装了袋。这两天，我老想象，阿爸在别人家干活，那些人家的女人，怎样精心地准备那些肉，递给阿爸时说些什么，怎样冲阿爸笑一笑，阿爸怎样应答的，我知道，他不习惯接别人东西，更不习惯客气推辞，阿爸为难吗？阿爸干活时，那些女人看着阿爸，歇息时给阿爸端茶吗？在家里，阿妈没法给阿爸泡茶，一向只有我给他泡茶。阿爸怎样接那些女人的茶？一次和阿爸上镇子，街上，一个女人突然呀呀迎上来，跟阿爸打招呼，阿爸给她家干过活，她夸阿爸干活实在，一夸夸不停，弄得我和阿爸在街上一站半天，那女人还硬要邀阿爸去她家里吃午饭，阿爸只是摇头，女人离开时往阿爸手里塞了一袋包子，再三交代阿爸有闲去喝茶。我不知怎么就想起这些，那时，就高兴有了包子，带回家夏会多么高兴。阿爸出门会碰到很多那样的女人吧。

我敢肯定，那些女人都没有阿妈好看，但都有好身体，都能站能走——阿叔，我想这些，是不是乱七八糟的。

阿爸和阿妈平日不怎么说话，可晚饭后，阿爸的靠椅总搬到阿妈床边，一杯茶喝上大半天，阿妈若说家里的事，阿爸不出声地听，听完说几句，阿妈若问外边的活，阿爸不怎么说，一两句带过。

阿妈去世后，没见阿爸哭，可他病了，躺了大半年。这十年，阿妈不在，阿爸进门几乎没话了，外面有人跟他说说话吗？家里没人时，阿爸躺在阿妈床上，阿妈的相挂在床对面墙上——阿爸自己挂上的，他想阿妈吗？和阿妈说说话吗？我只会给阿爸做饭泡茶，我不知跟阿爸说什么，连听都没法听。

阿爸病好后，还是去干活，身体还是好，可他不一样了，我不知哪里不一样。有一天，我给阿嬷送饭，夏去同学家了，回家时阿爸坐在靠椅上，捧着茶杯，一动不动，我站在门槛边半天，阿爸还不知道。那时，我才发现阿爸眼神不一样了，可我一点法子也没有。

姐姐的话被抽泣打断，守庙人把她扶起来，两人在草地上坐下，满山坟包，满山荒草，风拂过，草微摇，坟包似乎有了些微说不清的生机。

我不甘心。姐姐说，阿爸一辈子就这样，他还没好好过日子。

又来了。守庙人摇头，什么日子是好的，什么日子是不好的，活过就是过了日子，没有什么甘心不甘心的，再说，你阿爸有你阿爸的想法。

阿妈去世时，我真希望有阿嬷说的天上，现在，我希望有你说的四维世界。

四维世界？也是猜想。守庙人说，我们说说别的。

姐姐顺自己的思路往下说，人去世不是死，是变成另一种状态，去了那个四维世界，那世界是另一个空间，比我们这个世界高级，我们感觉不到。人变成另一种状态去那里后，拥有极大的自由，可以以任何状态存在，如果愿意的话，阿爸会遇见阿妈，在这个世界没法好好过的日子，在那边，他们会重新过——对了，那边可能不用什么日子了。在那边，阿爸再不爱说话也没关系，因为那边的生命有纯粹的交流，可以完全打开自己，也可以完全了解对方……

南。守庙人打断姐姐的话，你想远了，风凉了，回吧。

守庙人说姐姐的想法之奇特让他惊奇，但让人担心，怕姐姐想这种东西太多，把自己绕进去，姐姐拼命看他的书，所有的想法都在脑里搅，没人知道会搅成什么样。

二十六岁

守庙人试了好几次，都没爬起来，他对骨头和肌肉无能为力，胳膊都不大受控制,守庙人赌着气,双手扒住床沿,硬要把身子拉起,结果是翻了个身,翻到床下去,整个身体横摔在地上,连带着把被子拖到地上。他听到骨头的脆响和肌肉裂开的声音,绝望瞬间淹没了他,这个身体要没用了吗?爬不起来,他从未如此强烈地担心身体。地板的凉意渗入骨髓,他将被子裹在身上,就那么躺着。

姐姐来了,在屋外喊着,屋门关着,守庙人的应声她没听到。她推开门,把一捆青菜放在架子上,守庙人用尽力气唤了一声,姐姐扑进来,尖叫一声,有一刻愣在门边,直到守庙人朝她挥挥手,才呀的一声去扶他。

把守庙人扶上床,姐姐出了一身汗,喊,怎么弄成这样,身上烫得像炉子,一把年纪了,还不懂得注意一下。

哪想得到会这样。守庙人喘着气,活到这把年纪了,哪管过身子,有点小毛小病都是找到对头的青草,熬点水喝下去,也就过去了,这次喝了几锅青草水,也不见轻一点,这身皮肉要拖累我了,要吃要喝现在还要侍候,我一向以为这身子不能把我怎么样的。

是你带累身子,反说身子带累你。姐姐给守庙人盖着被子,说,真不讲道理。

这身骨肉就是个包裹,缚手缚脚,烦死人。守庙人烦躁起来。

姐姐笑,你有本事把这身骨肉扔了。说完自己一愣,猛啐一口,说自己该打嘴。

不用这么忌讳。守庙人说,努力忍住语调里的沮丧,这一天不会远了,想上天想入地都是白搭。

姐姐转过身,很久不动,守庙人喊她,她焦灼地摆摆手,在屋里走来走去,一会儿整整书桌,一会儿理理被角,不肯将眼皮抬起。后来,跟守庙人谈起,她说当时突然想起母亲,她帮母亲擦身子多年,亲眼看着母亲的身体老下去,那身体因长年躺在床上,捂着被子，苍老得特别快，她很着急，但一点办法也没有。

我想喝点水。守庙人给姐姐找事做。

姐姐拍着脑袋去外面煮姜水，让守庙人先喝下去。又煮了稀粥，看着守庙人烫烫地喝下几碗，逼着他盖上厚被子，捂出一身汗。

姐姐回去给奶奶送了饭，吃了晚饭，再回到三山国王庙，守庙人出过两身汗，换了衣服起床，又慢慢喝了碗粥，靠在竹椅上休息。姐姐进门就怪他没盖被子，他起身伸展着胳膊，笑，轻松多了，骨肉总算都归位了，摔下床时我以为摔坏了，说不定就这样死了，去了你说的四维世界，不定现在就在那世界看着你收拾这屋里的破烂。

这么说不好玩。姐姐沉着脸。

那个有极大自由，能达到纯粹理解的四维世界，你也是不相信的吧。

只是我的希望，我怎么知道有没有，所以最要紧的还是趁身子没坏掉，多翻翻找找，看看这人世这日子能找出些什么。

我该听出南有别的意思的，但我没有。守庙人对我说，但听得出又怎样，那是她的决定。我当时只是笑她，你也会自我安慰了。

我不想老自我安慰。姐姐说。

走之前，姐姐又热了稀粥，装在保温瓶里，煮一大壶青草水，交代多喝，以防半夜发烧，她像守庙人的长辈，发烧这事可大可小，身子是你自己的，自己顾管好了。

放心，别的很难活明白，这身子跟了我大半辈子，我还是知道的。守庙人笑，为记得侍候它，我还能这样吓吓自己，若烧坏了脑子，就不是我控制这身子，而是任由这身子管理我了，那才可怕。

姐姐猛转头，死死盯住守庙人，阿叔说这个做什么？

我有些想家了。守庙人偏开脸，说，十八岁离开后，就没真正回去过，我爸妈的坟都在那边，我甚至想姐姐了，这么多年，我没联系她，她不想见我，我会让她想起太多，我总拿这个当借口，其实，还是我放不下，这怨气实在是重，持续这么多年。

你想回去？回去一趟吧，那毕竟是你的故乡。

那是我的故乡吗？守庙人迷茫起来，我不确定，这里呢？我在这儿比在老家更安心，从这种意义上说，这儿更像我的故乡。可我又没真正安心过，我还有个真正的知己在外太空，在奇迹星球上——守庙人对那个星球的称呼。有时，我错觉那才是故乡。不是吗？想到那里，我就安稳，甚至有种说不清的希望，还有类似秘密的快乐，这应该就是故乡的感觉吧。

轮到你胡说了。姐姐说，但好像又有点道理，把我的脑子说乱了。

人做什么一定要有故乡，拼命地想留住故乡的记忆，谈论故乡，说来说去，人还是可怜，没有那个"故乡"的东西，就没着没落的。

寨里的老人说叶落归根，这可能更简单更本质。姐姐说。

归根？守庙人冷笑，哪里才是根？葬在出生的地方就算归根，因为这里的泥土？这里的家人？这里的寨子？什么是根，说来说去还是人没着没落。

两人陷入长时间的沉默，姐姐又给守庙人端了碗青草水，让他接下来注意，身子有问题早点处理，别……

别一个人死在这小屋没人知道？守庙人说。

鬼话。姐姐扬高声，声调有些变形。

守庙人笑了笑，指点姐姐打开床对面桌子的一个抽屉，让她拿出一个木盒，打开，有很多药盒，姐姐细看了一下，全是安眠药或有安眠效果的药品，她手指麻了，呆看着守庙人。

守庙人笑笑，这是我的退路。

你什么意思？姐姐声音沙哑。

我很多年前就开始研究草药了,什么草药有毒,什么平常的草药搭配在一起有毒,毒性多大,会有什么症状,那时,连感冒药都很难买,别说安眠药了。我把那些草药晒好,藏起来,但心里还是没底,怕效果不好。那段时间,我想了很多其他的方法,外面的溪河、山,都是考虑过的。

幸好后来能买到安眠药了,每年买一些放起来,分多次买,每次买一点点,积到足够的量,注意药的保期,时时更新,保证药的效果。我到镇上买,进县里买,去城里买,只要出门,除了买书,就是想办法买这个。这应该是最好的方法,时间到的时候,我会到那个洞去,带着这个盒子,干干净净,无声无息。

阿叔。

放心,我不会让自己狼狈地烂在这里,虽说这是身臭皮囊,毕竟我能确定的只有这一身,我是尊重它的——你不要用这种表情看我,这是该想到的事,多年前我选择这种生活就该想到这些,在我对日子的安排里,这事是很要紧的一件,这是我对自己该负的责任。

绝不能告诉别人,他们会吓坏的,我以为你能理解的,没想你也吓成这样,我不是白说了嘛。

我不知怎么说。姐姐很羞愧,为自己的惊吓抱歉似的,很不好受,不想听到这些。

不管我多么胡思乱想,念头跑得多远。守庙人挥挥手,身子还是在的,我得安排好这些,这是让我后顾无忧的条件。

说得这身子好像是多大的累赘。姐姐赌气说。

错。守庙人扬高声,这身体是负担,但更是惊喜。你要会享受惊喜,可也得承受负担,没什么可悲观的,噢,又说教了,什么时候得的教师病,我们说点别的吧。

二十八岁

我要走了。那天,姐姐在守庙人屋里喝着茶,突然说。

决定了?虽然之前姐姐有提过这意思,守庙人还是感到有些突然,他以为短时期内姐姐只是说说。

过两天就走。

放得下你弟弟?他还在念书。

夏已经考上大学,该学着自己打理了,以后的事就让他自己看着办吧,以前,我可能管得太多。

就是因为管得多,你才得确定自己是不是真放得下。守庙人说,我担心的不是你弟弟,而是你。

我都想好了。姐姐说。

守庙人说姐姐的声音满是担忧,她说,这些年,我给夏备了笔钱,他念大学大概够了,只要念完大学,他在外面找份工作应该不难,夏脑子是灵活的,念的大学又算不错的,工作的事他会有办法的,就算我在,这方面也帮不上什么忙。到时他要是想回来,家里的屋子也够安顿他。就是夏还是小孩子脾性,也不知懂不懂得找个合适的伴——这得他自己去把握了。阿嬷我托给大姆了,大姆现在家里没什么负担,身子也还好。

听起来是真放开了。

是得放开了。姐姐说,还能拖到什么时候。

坐了一会儿,姐姐说想到山上走走,这么多年,守庙人不知多少次带她上山走走,就这么走到现在。

出门前,守庙人安排了画夹画笔让姐姐带上,说,不知以后你还画不画？

会想画的。姐姐说，但会不会画就说不准了。

和一年年荒去的田野一样，山似乎也荒了，但有高高的树，有密密的草，却没有人踩踏出来的小道，以前，那样的小道在山上四处游走，就知道有人种果树，有人找草药，有人找柴火，有人捉野物，有人闲逛，山充满烟火味，活在日子里。现在，所有的小道消失在荒草里，整座山充满被放弃的荒凉。四乡八寨的年轻人壮年人不断往外奔，好像日子被什么裹走了，他们拼命追出去，想扯住日子的尾巴。

你终于也要走了。守庙人指着满山荒草，说。

我跟他们不一样。姐姐说，她语气里满是辩解，似乎对守庙人的不理解有些生气，但自己随即沮丧了，其实我也不知要怎样才能不一样，说到底，我不也是出去找另一种日子嘛。

两人在山顶安下画夹，姐姐说，把这地方画下来，带在身上，让我当成思念故乡的东西。

俗。守庙人笑，现在这地方还能画吗？你记忆里的故乡肯定是以前的样子，而不是现在这样。画我们自己，你帮我画个像，我帮你画个像，算份礼物吧，我也能看看这么些年教出什么效果。

好主意。姐姐拍着手。

两人把画夹挪成面对面的格局，画起来，姐姐笑着说，画夹挡住了，都得歪着头露着脸画。

接下来，守庙人的描述很抽象，我难以理解、难以感同身受。

事实上，真正动笔的时候，我们根本不用看对方，这么多年的岁月变成笔下每一根线条，我们就像在描绘另一个自己，风在草丛里喃喃着，诉说从远方带来的见闻，它的诉说安静了万物，时间变成块状物，踩在我们脚下，把我们这一瞬间留在时空某个永恒的点上，在这样的永恒里描绘另一个自己，真是奇妙的感受。

两人画好以后，将画递给对方，看看画，又看看人，相视一笑，守庙人突然说，我的真名叫肖澈。

嗯？姐姐反应不过来。

肖澈，我的真名。守庙人说，我说着都感觉怪怪的，太久没提起了，想都没怎么想了。

姐姐惊奇地看着守庙人，阿叔，你从没提过，你有这么好听的名字。

你忘了，我父亲是教授。母亲告诉我，父亲希望我有个干净清澈的人生，父亲去世后，我不止一次想，父亲是清澈太过了，几乎成洁癖了，所以他不太适应这个人世，在这人世行走该多么为难——父亲去世后，我曾用这个自我安慰，我是这样懦弱。

这个意思好。姐姐说。

守庙人苦笑，干净清澈不知道，凄凉倒是真的，若知道我是这样的一世，不知父亲会做何感想。

想这些做什么？姐姐说，难不成你也认为父亲在四维世界？

但愿真的有那么一个世界，那样，这个世界会乐观许多。

姐姐笑，看来，阿叔或多或少被我影响了，作为你的学生，有那么点成就感。

怎么又说起这个了。守庙人摇摇头，想着你要走了，把真名告知一下，别相识半辈子，连名字都不知道，说实在的，我不想带着守庙人这称号离开，庙是世人造出来安慰自己的，还不如叫我守灯人。

守灯人？人家会以为你是在海里守灯塔的。姐姐笑。

就算那样，也比守庙人有意义些。

阿叔怎么也计算这些了。

俗气难除。

姐姐念着那个名字，说还是没法把这名字跟守庙人联系在一起。

我自己都没法，何况你，我把以前的自己丢掉了，只剩半个人，以前还有你做伴，以后，只有这屋子书，没人跟我抢看，会跟我一样，失掉大半兴致——可能以后我要多跟奇迹星球的多维联系了，可跟对方说一句话，不会知道对方能不能收到，就算收到，也不知自己有没有命等到对方的回应，所以那几句话我会想了又想，尽可能多地装进我的想法。

后来，我在姐姐的日记里看到，当时她极想问守庙人，那个奇迹星球，那个多维真的存在吗？山上那座装置真能发射信号？怎样发射的？这么大的事国家没发现？姐姐在日记里说她忍住了，她其实早知道答案，甚至相信守庙人自己一切有底，但又自己不让自己明白。

我不太明白姐姐的意思，姐姐想问的也是我想问的，我被好奇折磨得很难受，差点跑回三山国王庙，当面问个清楚，但既然姐姐打算不问，我还是抑制住自己。

他们慢慢走下山，往回走的时候，话题又渐渐回到日子里，守庙人再次问姐姐，确定不打算跟你弟弟说？

别人还好，他不好骗。姐姐说，若明说了，我怕会走不成，该来什么，他自己去应付吧。

因为最放不下你，所以瞒你最紧。守庙人对我说。

我想看看姐姐给守庙人画的像。守庙人进里屋握了卷纸出来，展开，我默看良久，这就是姐姐眼中的守庙人吗？跟我看到的完全不一样，五官画得极像，但神情是我不熟悉的。

守庙人为姐姐画的像是怎样的？也有我从未见过的另一个姐姐吗？我看不到，守庙人猜测姐姐会带在身边，因为她极喜欢。

姐姐走之前怎样？我问。我那么想知道，做这么大的决定，姐姐为难吗？离开的念头起了，她就那么干脆地决定了？后来，我才发觉自己多么自私，我希望姐姐为难，特别是因为我。

离开前几个月，南就变得焦灼了。守庙人说，她经常在半夜跑来，在庙前静坐大半夜，或到庙里，对着三山国王的神像，长时间待着。我说过她，说她太计较得失。我过分了，南却很认真地点头接受。

我离开前，守庙人想了想，又说了一个细节。

离开前一天，姐姐又和守庙人到山上走了一圈，下山前，姐姐突然说，我能跟你那外星伙伴多维说句话吗？我想看着你发射信号，就像我在亲口对他说话。

守庙人不出声，静静看着姐姐。姐姐低下头，不出声地往前走，守庙人默默跟上去。直到山下，两人一前一后，不出一声。

你准备去哪儿？看见三山国王庙了，姐姐要拐上另外一条路了，守庙人问。

还不知道，先出去再说。

去找什么？

姐姐摇头，不知道。

你要怎么去找？

姐姐抬起头，看着守庙人，满脸迷茫。守庙人不敢再问下去，姐姐朝他招了招手，转身，一步步走远。

在看到姐姐的小说之前，我从未动过写小说的念头，从未想过我居然会写小说。寻找姐姐的日子里，我翻遍了她留下的东西，竟发现了她留下的小说。我惊讶极了，我从未听姐姐提过她想写东西，拿着小说，我止不住激动，感觉我将发现一个不同的姐姐。看完小说，我呆了很久，虽然是小说，但我真真切切看到了姐姐的青春，青春的姐姐比我想象的更加陌生。

姐姐的小说叫《暗光》。

暗　光

陈南终于让人围成一圈,她立在圈子中央,大口喘气,喉头有灼烧感。她深呼一口气,喊,开始啦。声音沙哑但很有力量,一圈人猛地静下,很突兀,但陈南很满意。

在学校后山找了两天,陈南选定了这个地方,在山的侧面,学校的学生多往山上去,很少到这里来,刚好有块稍平的地方,四周的树木正好把这地方半圈起来。陈南把人带到这儿的时候,他们欢呼着,说像个秘密基地。这个说法让这群十八岁的孩子兴奋不已,相互打闹,扯着不着边际的想象,把自己想象成大侠、隐士、间谍、探险者等各种神秘身份。陈南先是立在一边,冷冷地看,终于意识到,再这么闹下去,整个上午就这么过去了。她站出来,开始整理秩序。

没有人听陈南的,直到她突然扬高声音,脸上挂了怒气,他们才慢慢静下,带着一种又好奇又轻蔑的态度,照陈南的意思站成一个圈,动作懒懒散散的。陈南让他们坐下,他们看看脚下,有挺密实干净的草,陆陆续续坐下了,有人笑着说,这是要表演节目?又闹起来,相互玩笑要对方唱首歌或跳个舞。

大家终于静下时,陈南将问题直截了当地抛出来,她怕这阵严肃一过,又闹得难以收拾。她半弯下身子,绕了一圈,边从所有人面前缓缓走过,边问,你叫什么?没有人反应过来,愣愣看着她。陈南站回圈子中央,大声说,告诉你身边的人,你叫什么。一圈人哗地笑起来,有人摇头,嘲讽陈南的玩笑太幼稚。陈南面无表情,重复那个要求,没有人睬她,陈南仍在坚持,终于有人不耐烦了,站起来要走。陈南大声问,你们以为我问的是简单的名字?那个名字说出来就是你了?比如你都知道我叫陈南,那么陈南真的就是我吗?要是我小时候起名叫铭铭——陈南指着一个叫陈铭铭的同学,而铭铭的父母给她起名叫陈南,那是不是变了个人?不,我不单单是这意思。陈南焦躁起来,找不到合适的表达方法。周围一圈人莫名其妙,有男同学耸耸肩,质问陈南搞什么名堂,就算要玩也想点有趣的。

和你旁边的人换名字。陈南放弃她凌乱的解说,直接谈要求。

一阵疑惑,纷纷说陈南想做什么。陈南说,大家换就是,权当是游戏。大家嬉笑了一会儿,说换就换。可当他们和旁边的人面对面,约好交换名字,并称呼对方时,他们忍不住大笑,说这游戏没法继续下去,要求陈南换一个。陈南坚持这个游戏,说,别忘了我的约定,不会这么快想反悔吧。大家无奈地接受了,勉勉强强地用自己的名字称呼别人,喊着喊着,笑声渐渐稀了,接着没人再笑了,大家被一种莫名的怪异感攫住。平日,很多人不满自己的名字,总觉得别人的名字讲究一些,要真正和别人换,却都是不愿意的,竟有说不清的不舍。

都不愿意换吧。陈南怪怪地笑着,都把自己和名字画等号了。

她的话又让人摸不着头脑了,有人冲她嚷,陈南你有话就说,你今天是让大家猜谜来的?陈南耸耸肩,什么猜谜,就是让你们认认自己,我不相信你们不明白。

有人笑着朝陈南扔草团,不许再卖关子。

陈南不笑,仍是很严肃的样子,看得出,都是看重自己的,都想保住自己的,可又都把自己丢了,只记得名字这样没用的东西。

大家觉得陈南神神道道已经无法忍受,把陈南最初的约定忘干净了,有女生摆弄起头发,冷眼看陈南,像看一个陌生的怪物,男生拍拍屁股起身，说得爬爬树活动一下筋骨。陈南还想说什么，张了张嘴，把话咽回去，今天第一次聚会，先说这么多，她不急着要什么效果，算是先热热身。再说，她对自己也不满意，总说不出想说的，这个聚会前很长一段时间，她就在脑里组织了，努力想把一堆想法变成语言，可完全无能为力，这让她忍不住沮丧。

所有人散了，爬树的，摘花的，打闹的，聊天的……紧张的中考已过，一个暑假的放松似乎还不够，这群已上了高中的学生仍处于振奋状态之中。陈南仍若有所思，立在角落里，长久不出声，她看着这玩闹的一群，没想到"暗光"第一次活动弄成了郊游。

踏入高中那一天，陈南感觉一切都不同了，说不清是什么，但那些东西塞在胸口，一涌一涌的，弄得她一会儿莫名地兴奋，一会儿又变得莫名忧伤，她在学校里急匆匆地走，着急地想要做点什么，却又猛地停在一个偏僻的地方，或某棵树后，或某丛花边，长久地发呆。她觉得自己长大了，该做点大人的事了，又不知该怎样长大。她看着校道上来来往往的学生，他们也和自己一样吗？那些身影都那么年轻，头昂得高高的，腰挺得直直的。这么过着日子，多好。她感叹着，几乎想跳支舞。可很快会老，要像阿爸一样去奔波，甚至会像阿妈一样，对自己的身子毫无办法，那么躺着躺着，躺过去了……陈南无法抑制兜头而来的暗色，沮丧地瘫坐在花丛边，半天缓不过神。

纠结近半个月后，陈南行动起来，她四处说服学生加入一个叫"暗光"的团体，说这是个和学生会类似的团体，但学生会是学校里的官方组织，过于严肃呆板，"暗光"是学校里的民间组织，更有活力更好玩，重要的是，这个组织会有极好玩的游戏，有与众不同的活动。

陈南的口才变得极好,令那些初中与她同过班的同学大为惊讶,几乎无法相信这是那个埋头读书,在寨子里以干活出名的文静女孩,想不明白她怎么活动力变得这么强。她先是游说同班同学,接着跑到高一其他班去说,甚至高二的师兄师姐也敢说。开始,大家以为她是开玩笑的,但随着她不停地奔走,不停地说,不少学生渐渐对这个叫"暗光"的团体感兴趣了,竟也真有不少报名加入的。女生除了好奇,还有为了友情的,男生表示是被陈南说动,还有些甚至说因为"暗光"这个名字很酷。有些女生取笑他们是不忍拒绝漂亮的陈南。

确定了人数后,为了不引起学校注意,陈南将这些人分成几个小组,分批约到学校图书馆后的草地上,讲好"暗光"第一次聚会的时间、地点,更重要的是提了一个约定,要配合"暗光"的活动,要诚实。有人追问"暗光"主要做什么,有什么活动,陈南只说去了就知,问急了,她干脆坦白自己一时没法说清,"暗光"要做的事是难以概括的,反正去了就知道。很多同学被这种神秘弄得焦灼不安,恨不得聚会的日子快点到来。

"暗光"聚会,陈南准备了很久,同班同学刘官还帮了很多忙。刘官和陈南初三时一起分到重点班,一起考上镇重点高中,又分到同一个班。陈南只提到"暗光",刘官没多问就加入了,倒弄得陈南有些奇怪,刘官淡淡地笑,说没想到陈南会组织什么活动,既然组织了,肯定是好的。接着,陈南每劝说一个同学加入"暗光",刘官就帮着记录、整理,随着到学校后山转,帮着找地方,帮着通知"暗光"的成员集中。刘官打理了所有杂事,陈南一心一意研究"暗光"第一次聚会的内容。每天忙完一切后,她在被窝里开了手电筒,在纸上不停写,写了一堆。聚会前一天,和刘官谈起,她信心满满地说很有底了。

第一次聚会后,陈南跌入沮丧的深潭,完全跟想象的不一样,不单"暗光"的成员极不配合她的活动,也不明白她说的话,甚至连她自己也没法说出想说的,她觉得脑里有一片海,但没有人看得见一朵浪花,也没人想去注意。

近二十个人,在林中这小片空地上玩闹着,气氛热烈得令人吃惊,陈南立在一角,感觉身子慢慢缩起来,但她极力挺着,不让自己抱住双臂,不露出软弱的样子来。刘官走到她身边,轻轻拍拍她的肩,她感激他,但感觉更难过,刘官多么支持她,可他一点也不明白她。

不知谁提到,校门外那家新开的小卖店冰水很好喝,有各种水果味道,还卖一种小饼干,又便宜又香脆,几个带了钱的男生站出来,拍着胸口说请人,于是一拥而去。陈南仍立在那个角落里,刘官也没走,同学们叽叽喳喳的声音很快零散了,像被后山密密的树叶吸收掉。陈南喃喃说,这就是所谓的活动。

他们要走之前跟你打了招呼,等你宣布这次活动结束才走,还是记得活动规则的。刘官安慰。

他们还是记得"暗光"的,第一次是适应期,会慢慢好的。陈南安慰自己,告诉自己多点耐心。她让刘官随他们去喝冰水吃饼干,刘官摇头,我陪你走一走。

陈南在心里苦笑,她是想走一走,理理思路,这次"暗光"聚会她准备得很用心了,怎么还弄得一团糟,下次要怎么安排,怎么让大家明白她的意思,就是明白一点点也好。但她不想让刘官走在旁边,刘官为"暗光"的成立出了很大的力,但他不知道"暗光"是什么。

第二次聚会在一个星期后的周六,刘官让陈南专心准备,他一个一个通知"暗光"的成员,细细交代好时间,并学陈南的口气,让他们这次活动用心点。有男生拍着刘官的肩膀,笑说刘官是陈南的秘书。

这次很快让大家围成一大圈坐下了,比上次省力许多,但大家开始往外拿东西,爆米花、饼干、炒麦粒、花生米、瓜子,甚至有带油条和萝卜干的,他们把东西摆在面前,互相交换着吃起来,谈笑着,完全当成了一次郊游。有很长时间,陈南呆呆立在圈子中心,发不出声音,刘官喊她她没听见,直到一个女生往她嘴里塞了一块饼干,她吐掉饼干,尖声地喊了一声。所有的人停下来,也安静了。

陈南压住胸口那团即将爆发的火团,高声说,活动开始,等一会儿再吃吧。有人感到不好意思,几个男生看看陈南的脸色,相互对视了,笑着耸耸肩,他们觉得陈南这种认真劲儿怪好玩的,就配合一下。他们开始收拾起东西,也让其他人收起。

终于坐定,都看着陈南,陈南深呼口气,高声说,今天话题是,以后想做什么?

一片安静,似乎都对这问题没法反应。

以后想做什么?陈南重复,我们上高中了,以后幸运的会上大学,上不了大学的就要出来了,离该选的日子不远了,还没想吗?

一个叫陈立平的男生挥了下手,我们又不是来上课的,问这做什么。

另一个叫刘自强的接口,没错,陈南你什么时候变成老师了。

这个问题太大?陈南绕着圈从每个人面前走过,脸色极严肃,被盯着的人不自然起来,最后,她立回圈子中心,说,那我们从简单的开始,今天要做什么,等一会儿聚会之后有什么打算?明天呢?

气氛顿时活跃,这两天是周末,这帮刚经过中考上高中的学生还在放松期,都有各种让自己放松的活动,比较沮丧的是大多数人得干完家里的活才能自由。陈南让大家先跟旁边的同学说,有好几个立即凑着去哪儿玩了。等说得差不多了，陈南挑几个人说，大同小异，干活，然后去哪里逛逛，找点吃的耍的。

后天呢？陈南问。

上学啊。这次出奇地整齐，带着无聊的口气。

大后天？

上学。仍是很整齐，有人用叹气的语调说了。

接下去星期三呢？陈南继续问。

上学！有人高声答，带着不解，有人懒得回答了。

星期四？陈南看起来有些不依不饶。

没人回答了，有人笑起来，伸手摸零食吃，有人生气了，说陈南在耍人，说弄些幼稚的把戏。陈南站了一会儿，要求所有人分成两组，大家莫名其妙，但陈南不停催促，终于慢吞吞地分了，照着陈南的指示，这个到那边，那个到这边，有男生很无奈地说，被陈南这样的漂亮女生指挥不算丢脸，看看她想做什么。刘官一直在帮忙，陈南点到哪个人，他就帮着或劝或拉，把人归组。归完组后，刘官发现陈南把开玩笑吃东西的同学归一组，生气不耐烦的归一组。

陈南立在两组人中间，让他们和旁边的人讨论，仍是刚才的话题，接下去一天天地问，准备做什么？

没人按她的要求说，吃东西的那一组在说笑，完全无所谓的样子，另一组显得更不耐烦了。

还是刚才说的那样吧，周一到周五上学，周末希望少干活，找好玩的好吃的，然后呢？一直到毕业吗？

没有人理睬陈南，连看都不看她，刘官着急了，陈南倒很安定，像很早想到了，她大声宣布，可以自由吃东西，边吃边聊这话题。

没人吃，有人准备要走了，几个人跟着要走。陈南拦住，示意刘官把她的书包拿来，她摸了一会儿，拿出一张纸，展开，出现了一幅极精美的画，要走的几个人看呆了，很多人挤上来。陈南退开，高举画，说那是她画的。除了刘官，没人相信陈南能画出这样的画，说肯定是背后请了高手画的。陈南不理睬那些质疑的人，只高声宣布，配合"暗光"活动的，会奖励这样的图画，这么多人做证，她肯定会拿出来的。

有人吹口哨，说陈南在逗小孩，也像老师那样给人发奖状，太可笑了。但奇怪的是，大家陆陆续续重新坐好，准备好好想一想谈一谈陈南那个问题的样子。

陈南把书包抱在胸前，拿出一叠纸，一把铅笔，要大家写下来，嘴上说的不够正经，轻飘飘胡乱几句就交代了，写下来才清楚，而且，写的时候人会静，容易写出心里的东西。

陈立平立起身喊，哟，我们是考试来了。

傻子才写。刘自强应和。

陈南不睬他们，说这个拿回去写，等"暗光"下次聚会再带来，她的画会准备好的，五张，最用心的五个人会得到。解散前，陈南宣布了"暗光"下次聚会时间，周三下午提前放学后。

离开时，暗光的成员纷纷讨论陈南，觉得这女孩越来越怪了，"暗光"到底怎么回事，但又忍不住好奇，陈立平说，看她怎么玩下去，反正没事，我陪得起。

人散去后，陈南坐在一棵树下，拿笔在纸上画着，她在总结，这次聚会她算满意的，上次聚会后她就想好了，话题不要杂，从一个话题深挖下去，真正挖出点东西来，看来这思路是对的。她感觉到身后有个影子，是刘官，他伸出手，递给她几块饼干。

陈南把刚才那幅画给刘官。

给我？刘官极惊喜，这可是你自己画的。

所以我可以再画。陈南起身收拾书包，她想跟刘官说谢谢的，不知怎么的,懒得说。刘官想再说什么,她已经走开了。

所有人都到齐了,更让陈南惊讶的是,几乎都或多或少写了些东西带来,她原本以为会有人缺席,有几个人写就够了。陈南绕着圈收那些纸时,很多人显得有些羞涩,把纸折起来。陈立平自我解嘲地说,想要混张画嘛,那张画还是不错的。

陈南坐在圈子中看大家上交的东西,气氛奇怪地紧张起来,怕陈南会把自己写的东西念出来,得到陈南保密的保证后,便都看着别人,担心哪个调皮的突然去抢陈南手里的东西。陈南暗自高兴,她就要这样的气氛,这才是适合"暗光"的。

有些人像完成作文,写了空话套话,什么要有理想,为社会做贡献,当什么有用的人,陈南看得厌烦起来,她知道这种话和写法从小学到现在没变,很多人几乎能很快背出一篇来应付作业和考试。另一些人知道这不是作文,写的倒是大实话,想现在帮父亲干活多挣点钱,以后自己出去找份好活,吃好点穿好点,想家里能在新寨买块地,建新房子,有的干脆直接写道,就是活好点,活长点。看了这些,陈南又很失望,她极想问,就是这样而已吗?陈南自己纠结起来,她说不清自己想要看到的到底是什么,但她相信,如果她想要的东西出现,她会一眼看出来。

陈南选了五个人,送出五张画,那是她用心画的,画得很不错,没拿到画的人有些懊恼,但那些东西陈南不能宣布,也没法对比,再说那些画是陈南自己画的,她有资格安排,也便没法说什么。

发完画,陈南要把大家写的东西收进书包,有人不太愿意,像有什么把柄握在她手里了,陈南要还,说她就是想让大家写,不是想藏大家什么东西。但又没人接,好像对自己写的那些东西感到羞愧。最后,东西被陈南收起,大家选择相信她会处理好。

今天有个好开端，很安静，陈南感觉周围的目光都在等待今天的话题，她直接抛出去，让大家两两成组，互问对方，你是谁？

短暂的停顿后，哄地一阵笑，气氛完全变了，陈自强大声喊，陈南你挺幽默的，这不是第一次聚会那话题吗？好吧，我配合你，我是陈自强。

陈自强？陈南走近他，陈自强又是谁？还有很多叫陈自强的。

莫名其妙。陈自强耸耸肩。

陈自强是什么样的人？陈南继续追问。

废话，当然是好人。陈自强想打哈哈，表情却不自然了，避开陈南的目光。

这么说，陈自强是一个好人，世上有很多好人，你和别人一样一样？

烦死了，做什么只问我一个？陈自强起身走开。

陈南转身，猛扑到另一个人面前，表情怪异地问，你是谁？

那人愣了一下，身子往后退，不回话。

陈南又问下一个，你是谁，想过吗？

陈南的样子让人发毛，圈子散了，纷纷躲开她。事后，有人说陈南那一刻像个巫婆。那天的聚会很潦草地结束了，陈南匆匆说了下一次聚会的时间，并特别交代要带一面镜子来。但有些人已经先走了，直接说受不了陈南的神经质。

接下去连续两次，活动内容一样，陈南让大家对着镜子，自己问自己，你是谁？是个什么样的人？有人觉得荒唐，不肯照着做，有人好奇，按陈南说的，连问几次，问着问着慌起来，有人甚至扔下镜子尖叫。

这两次，人走了很多，受不了"暗光"这种神神道道的活动，有人说回到家都不敢照镜子，站在镜子前就忍不住盯着自己问，你是谁？把自己问得毛骨悚然。一些原本打算走的人因为对带镜子感到好奇，又来了一次，但多数还是走了，说连续几次是同样的怪问题，受不了。

刘官不明白陈南为什么一个问题持续那么多次，陈南不出声，绕着树木一圈一圈地走，刘官默默跟了许久，终于忍不住，又问了一次。陈南立住，面对刘官，这个问题太重要了，你不觉得吗？

刘官不知怎么回答，他不明白陈南说的重要是什么。

陈南抑制不住地失望，后悔对刘官说，但又觉得自己过分了，刘官凭什么得明白她，她微微一笑，装出放松的样子，说，我觉得重要，所以这问题没过关就一直拖着，老想着要缠出个结果来。

事实上，那个问题永远没法说出结果，陈南决定先放下。但那问题留下很深的痕迹，"暗光"的成员走了近一半，只剩下十多个人。暗光再聚会的时候，气氛变得有点怪，很少再有人打闹玩笑，更没有人带零食了，时间到时人陆续来到约定地点，彼此招呼后就坐下。陈南不单安排了问题，还安排了活动，有些活动让人受不了，陆续又有人离开，但也有人听说"暗光"的奇特，专门来加入的。

关于"暗光"的事在学生中暗暗传开了，"暗光"的一些活动越传越怪异，特别是埋人的那个活动。

陈南让人带了短铁铲，那天聚会时她谈起了死，谈她奶奶对死亡的理解，她一个亲人临死前的艰难，她自己对死亡的好奇和疑惑，天色似乎转暗了，平地周围的树木有种沉重之感，暗光的成员感觉后背有暗色的冷气，男生让陈南换个话题，女生抱紧肩膀，像要把自己缩进某个壳里。这似乎达到陈南想要的某种效果，她点点头，将人带到一棵树下，指挥大家用短铁铲挖坑。

挖了个深二十多厘米的长形坑，她走到最高的那个男生身边，比画了一下，说差不多了。大家迷惑不解时，她说，谁躺下去？

没人应声，没人知道她什么意思。

陈南走到坑边，慢慢躺下去，她感觉泥土的凉意渗入后背，看见成片的脸围过来，开始解释，这是为了体验死亡，活着的人不知道死亡的样子，只能这样感觉一下，躺下来，身上埋上土，脸不能压土，就盖一张布，那时，你会远离这个世界，安静到自己都不知道自己存在……陈南像念着呓语，好像迷上那种感觉了，刘官把她拉出坑。

谁来试一试？陈南问。

刚才所有目光都凝结在她脸上，现在所有目光都避开她。

有人连县城公园里那间鬼屋都敢进，却不敢躺一躺。陈南冷笑着，但说完她就后悔了，不能这样对比，只会把大家的念头引到邪路上去，这个跟那个根本扯不上关系。但她的话奏效了，陈立平站出来，不就是躺一躺嘛，什么大不了的，这个游戏有点酷，我有点兴趣。

陈立平躺下去，陈南指挥着往他身上盖土，开始，铲土的男生嘻嘻哈哈的，说平日跟陈立平有仇的这回可报了，要把他埋得死死的，陈立平也很兴奋，甚至说泥土弄痒了他，但随着他身上的土越来越厚，周围安静了，只听见泥土打在陈立平身上的扑扑声。陈南问，这是最后的时刻，你还有什么要交代的？陈立平的脸渐渐白了。一个女生碰碰陈南的胳膊，让她别再问了。陈南继续，你有什么要跟我们说的？谈谈你的感觉。陈立平咬紧牙关不出声音。

最后，泥土把陈立平盖得严严实实，陈南从书包里摸出准备好的一条深色手帕，往陈立平的脸上盖去，那一瞬间，她看到陈立平发抖的目光，但她假装没察觉，狠心盖上去。一个女生突然尖叫起来，叫声玻璃般划破厚实的安静，几个女生跟着尖叫，陈立平猛地仰起头，吹掉脸上的手帕，但人被土压着，一时挣不起来，他大骂着，额头上冒着汗，其他男生慌乱地去扒陈立平身上的泥土，手在发抖。

等把陈立平从坑里拉出来时，他的脸已经失去血色，陈南也有些慌，觉得自己太急了，一下子把人拉进太深处。她让大家重新坐下，随意坐着，已经没法围成一圈。陈南将这个活动命名为体验死亡，是为了更深地理解生，感受日子的美好，将来更有力量面对黑暗……她几乎变成了演讲家，挖空心思说得光亮，但没人听得进去，所有人脸色都不对，有两个女生哭了，陈立平恍恍惚惚的，刘官递了瓶水给他，他好久才接过去，刘官提醒他喝，他便愣愣地喝一口。

有个男生立起身，指着陈南，质问她到底想做什么？"暗光"是什么玩意儿。说完他转身走了，几个女生犹豫了一下，跟在他身后走了。一个女生走到陈南身边，低声问她，陈南，你到底怎么想的，就不能跟大家说说。陈南看着她，难过极了，我想说，可说了你们不会明白的，得一点点去感觉。那女生盯着陈南，像盯一个怪物，陈南明白，她心中的失望肯定比自己更深。

所有人都走了，刘官没走，陈南很想让他也走。他收拾好东西，立在陈南面前，看看空空的树林，又看看陈南，陈南知道他想问她，"暗光"还继续下去吗？陈南也自问，他们还会来吗？

陈南被叫到政教处，暗中被喊去的。一路走去，班主任格外沉默，班主任是很欣赏陈南的，班里很多事情交给她，他完全不必操心，她设计的黑板报在学校拿了一等奖，这在高一年级中是极少见的，她组织班里的同学出了薄薄的班刊，在学生中传阅很广，连学校的团委书记也惊动了，这个有才华又乖巧的女孩怎么会惹事？他想不明白，希望只是误会，他想对陈南安慰地笑笑，但那笑出来成了苦笑,充满困惑。他交代陈南,一会儿好好说,说清楚就成。陈南猜到是什么事了,她很想告诉班主任,她没法说清楚的,就算真能把想法说清,会把大家吓坏的。她很想转头跑掉,心里却莫名地蓄了一股气,她自觉没做错什么,有什么好说清楚的,她应该是自由的。

政教处主任果然问起"暗光",陈南说是自己组织的一个小团体,像学校里绘画兴趣小组、歌咏兴趣小组之类的,只是规模更小,现在只有十多人。陈南口气尽量轻描淡写,但政教处主任的表情没有丝毫松懈,他问,你们做什么。又冷静又简洁。

我们……陈南不知怎么回答,照实描述,他们肯定会吓着的,不说他们会胡乱怀疑的,这一犹豫带到语气里了,陈南看着政教处主任猛地睁了睁眼,目光变得直愣愣,便胡乱说,就是研究一些问题,想了解一些我们不知道的东西。

了解什么?政教处主任直起腰,身子倾向陈南,追问。

就是一些知识。知识这两个字在陈南脑子里闪了一下,这是一个讨喜的词语,她突然有主意了,说,接下来,我们学一些科学知识,小组成员尽量去寻找,拿到小组里分享,交流各自的看法和心得,我们会更好地了解这个世界,世界上现在还有很多未解之谜,有太多我们不知道的,里面的真相可能改变我们很多习惯性的看法。特别是关于时间关于宇宙学方面的,世界有可能完全不是我们想象的那样,有时候,会颠覆很多人的世界观,我们不能困在狭窄的日常生活中……

陈南猛然意识到自己说的太多了,她合上嘴,但已经来不及,政教处主任和班主任表情怪异,暗暗对视。陈南本来想敷衍说一些的,但她后半截说出了真心话,在她的安排里,"暗光"接下来是想组织学一些东西,和课本完全不同的。其实,她对自己说的这段话理解还不是很透,很多是从书本里搬出来的,这些话吸引了她,印在她的脑子里,她感觉自己脑子现在像一个打开的口袋,正准备着往里装任何新奇的东西。

陈南用了半个下午的时间向政教处主任交代,她那些奇怪想法怎么来的,直到政教处主任认为一切是因为她太幼稚,被一些莫名其妙的书影响了,才放弃追问,开始给她做思想工作。陈南表现出接受的样子,政教处主任终于慢慢满意了。对于那些书的来源,陈南的解释是,寨里某户人家的城里亲戚带来的,如今已经带回去了。政教处主任放心了。

被政教处主任喊去谈话后的第三天,陈南让刘官通知"暗光"成员集中,准备解散"暗光"。刘官很惊讶,他很清楚陈南对"暗光"的用心,想知道是谁透露到政教处那去的,要替陈南调查一下。

跟那个没有关系。陈南笑笑,不是因为政教处才解散的。

刘官默了一会儿,安慰陈南,没关系,先停一段,"暗光"的成员想通了再聚,我是随叫随到的。

陈南冷笑,和别人都没有关系,是我自己失望了,以前我对他们期望太高了。什么都不知道已经够可怜了,他们还不够勇敢,稍微往人的深处捅一捅,要他们多看一点东西就害怕了。不单没有勇气,还懒,很多人还没有开始活就不想活了……

陈南收住话,她不该对刘官说这些的,他的表情果然有些不对了,陈南暗暗叹气,说出的话已经收不回。她冲刘官笑笑,像要缓和什么,说,反正没关系了,这样一来,我还少操心呢。

刘官感觉得到陈南的遗憾,但他抑制不住地松口气。他看着陈南,有些小心翼翼,他很想和她坐在一起,好好聊一聊,但他知道自己想聊的和陈南想聊的肯定不一样,对陈南,他突然有些害怕,他弄不明白,这个看起来秀气弱小的女孩怎么有那么多怪想法,他感到可惜极了。

陈南一直在看书，同桌碰了碰她的手臂，她知道老师走过来了，但她并不把书收起，一个是正看到精彩处，一个是不喜欢偷偷摸摸的感觉，她就是在看书，并不觉得有什么错。老师敲了敲桌面，陈南抬起头，看见老师绷得紧紧的脸，她的手在书上摩挲着，没有收起来的意思。老师做了个手势，让陈南站起来，靠近她说，立即把书收好。语气里带着压抑的怒气，陈南低声答，老师，我想看书。

老师顿了一下，往后退了几步，高声说，陈南，请你回答问题。班里所有目光黏在陈南身上。老师连续提了几个问题，关于正在讲着的课文，从课文拓展开去，都很有些难度，陈南都回答出来了，又流利又精彩。老师一时不知说什么，脸色发青。

老师，课本的知识我是要学的，有余力了就看书，我是想多学一点，完全没有不尊重老师的意思。陈南说得很诚恳。

也不能在课堂上看。

陈南开始和老师辩，老师的意思是，无论如何，课堂上应该听课。陈南的看法是，老师讲的知识她已经掌握，看书是利用时间，她安静地看，不影响别人，不算违反纪律。老师认定她起了坏榜样，陈南当着全班同学的面说，哪个同学像她一样把知识都掌握，看书也无可厚非。她认为班里其他同学程度一般，是应该好好听课，跟上老师的进度，而她已经走在前面，所以有自由选择多学一点。

陈南引起全班学生的不满，她几乎片刻间失去所有朋友。课后，刘官找到她，问她为什么说那么多，陈南耸耸肩，我说的是实话。刘官认为有些话不必说出口，不管是真话还是假话。

你真聪明。陈南丢下这句话后走开了。

陈南不想刘官老跟着她，这下也许把他推开了，但不知为什么，她有些说不出的难过。自"暗光"解散后，"暗光"的成员遇见她不是拐着道走,就是假装看不见她,特别是陈立平,人变得很安静,见她便怒目相视,好像她做了什么对不起他们的事,只有刘官还一直随在身边。

事后,班主任把陈南喊去谈了几次,但陈南似乎没有收敛。慢慢地,老师和同学习惯了陈南在课堂上看书,就像他们习惯班里成绩最差的那一个上课睡觉。老师把陈南的座位调到倒数第二排,刘官很难过,陈南一点意见也没有,说这是她该得的,再说,倒数第二排怎么就不好了。

以为陈南从此安静,没想到陈南还会"使反劲"。那天,上着课,老师不知怎么提起高考,几乎是习惯性地,说起高考的重要性,谈起要赢得高考得怎样学习。陈南突然放下书,立起来,抨击起当前的学习方法,说为高考而生背硬灌,根本算不上真正的学习,对人没有真正的提高,也没有自己的思考,这是无用学习,是浪费时间,这样的"学习"目光短浅……陈南滔滔不绝,没意识到变得格外安静的教室。

后来,老师插了一句话,一切为了你们的前途,这才是最重要的。

这句话引起班里同学的共鸣,很多同学开始附和老师,陈南如果识相的话,这时应该安静地坐下,刘官从前面转过身,朝她使眼色,陈南根本不理,继续她的理念,她甚至抨击起对前途的解读,说大家所关心的前途是功利的,没有内涵的,不是真正的前途。

一个男生站起来,指住陈南,你不想考就别考,别在这里废话,耽误我们时间。

那男生成绩很好,学习很努力,他一定很在意前途。陈南想,可惜他想的那个前途又短浅又庸俗。这么想着,她忍不住摇摇头,脸上现出轻蔑的神色。那个男生被激愤了,说她装模作样,自以为高深。

我只是说说不同的想法,你们这么紧张做什么。陈南说。

不想高考可以走。另一个女生站起来,其实不是不想高考吧,是考上了家里也供不起吧,不甘心。这个女生初中和陈南同过一个班级,陈南家里的情况是了解一点的。

刘官觉得那女生过分了,提这个做什么,他担心地看着陈南,但陈南神色不变,说,这跟我家有没有办法供我上大学没关系,我说的你们不明白。

陈南把头扬上去,全然不管一片愤怒的目光。

班里几乎所有同学都和陈南疏远了,包括刘官。私底下,刘官想和陈南走近,但只要周围有人,刘官就变得畏畏缩缩。陈南很不喜欢刘官这种状态,有一天干脆挑明了说,刘官,你也和别人一样跟我划清界限吧,你这样又为难又辛苦。

刘官满脸通红,陈南,你说什么呢,我是……

好了。陈南截断刘官的话,没必要这样的。

很久以后,陈南不止一次为今天对待刘官的态度后悔,是她自己没必要这样,而不是刘官。

几个科任老师不止一次跟班主任商议,要不要把陈南的事报到学校去,他们认为政教处会有点威慑力,"暗光"这个团体就是在政教处跟陈南谈话后解散的。班主任几次拦下来,对于陈南,他又烦恼又忍不住维护,他在这个女孩身上看到自己年轻时的某些影子,自己后来慢慢学"乖"了,成了一个"正常"的人,他不知道这是幸运还是悲哀,不知道陈南以后会怎么走,现在,他希望尽量先给她自由。他劝几个科任,陈南就是有点个性,没什么大错,她在上课看书总比那些睡觉的或说话开小差的强,再说,课堂上讲的那些她确实能掌握,考试又是前几名,有什么好说的。至于她和大家辩,说到底也就是谈了自己的看法,刚好那看法又跟别人不一

193

样，别的学生肯定也有些奇怪的想法，只是别人藏得好，没有说出来。这样去政教处说也说不出什么来。

事情就这样压在班里，班主任以为再过一段时间，教师和学生们都习惯她就好了，若她一直这样叛逆又这样优秀，班主任觉得挺好的。但接下来发生的事，让陈南不单在班里，在整个学校都变得孤立，班主任也无能为力，那几个科任老师摇头，说陈南不值得费心，自己倒捅到学校去了。

在月末全校总结会上，校长照例要讲话的，往常只是总结一下过去一个月的情况，提一提接下来的要求，说几句类激励的话。那天，不知因为一件什么事，校长拓展开去，说得远了，提到学校的教学理念，是多么用心良苦，说到激动处，他挥着手，扬高声音喊：一切为了学生，为了一切的学生。这时，陈南高高举起了手。高一级的队伍排在前面，陈南个子不高，又站得靠前，校长一眼看到她的手。

有人回应，校长很高兴，他指着陈南，用又宽容又鼓励的语气说，这位同学，有什么问题尽管问。他甚至走下台，把话筒递给学生，让他们传给陈南。

校长，为了学生的什么？怎样为了学生？陈南握着话筒，一字一句地问，通过话筒的声音响得让人吃惊。

这个话题显然超出校长的预料，他四下张望了一会儿，似乎不敢相信陈南的问题，陈南已经走上去，把话筒递给他，他清清嗓子，说，当然为了学生的未来，为了学生健康成长，这是学校一直强调的，也一直在做的，现在学校做的一切都是这个目的。

这个回答校长自己是满意的，但陈南不满意，她又举手了，校长只好又把话筒给她，陈南说，这样很泛，学校怎么做请您说一说。

校长的脸色说明他已经生气了，但在全校学生面前，他是校长，也是长者，他尽力保持笑容，谈了些理想、德育之类的话题，谈得挺有激情的。结束时，他盯着陈南，有自我满意的神色，也有警告陈南的意思。

陈南接收不到校长的警告，就那么和校长对着干，你一言我一语。

校长说了很多，陈南仍觉得抽象，想听一些细节，校长提到教师怎样用心教，学生怎样学习。陈南质问这种以考试为目的学习，是真正的学习吗？缺少选择和思考，有用吗？

没用吗？校长高声反问，他面向所有学生，这样学习没用？想想你们该怎么毕业，到时拿什么资格到社会上去。

陈南在心里冷笑，这时所谓的资格是什么，一个证吗？但她压着，告诉自己，她是想好好说理的，她告诉校长，或许可以多学点什么，在现在这种学习之外，更开阔的，是让学生可以讨论或交流的，对高考不一定有用，但可以试试，有可能会是更有价值的学习……陈南感觉和校长对上话，她的话不知不觉也变得有板有眼了。

说到不一定有用，学生们议论纷纷扬扬了，开始他们只是静静地听着，甚至有些期待事情的发展。有人冲陈南喊，谁有时间陪你试，高考考砸了你能负责？又有人喊，别当教育家了，就你有思想？

议论声越来越响，校长看着陈南，陈南脸色平静。校长说，有什么问题，可以继续问的。陈南听出了挑战的味道，她接过话筒，声音里也带了挑战，他们自己都愿意这样，我无话可说。

学生中几乎翻起浪来，校长安抚下去了。

散会时，本来可以休息，但课间操时间已经过了，陈南耳边是密集的抱怨声，说陈南真要提就提些有用的，比如在学校里设个小卖部，中午可以出校门，食堂的菜多加点肉之类的，提学习做什么，好像就她懂得多，想上好大学的自会拼命读，不想上大学的自有混日子的办法，这学校是镇重点高中，老师自是镇里最好的，自有办法，轮不到陈南来操心，敢情是做了梦，把自己当教育专家了。

他们没弄明白陈南说的学习，更不理解她提到的价值。陈南想回话的，但她最终抿紧了嘴，她明白，自己说着东，别人听的是西，只会越来越远。

也有支持陈南的，走到她身边，悄悄竖起大拇指，夸她说出他们的心声，陈南一时高兴，邀他们一起，成立一个学生委员会，好好商量这事，跟学校争取一下，说不定真会有改变。那些支持者立即散开，不是没时间就是没心情，陈南冷笑，是没想法没胆量吧，就因为都这样，学校才不在意什么不一样的声音，我是白费心思了。没人回应陈南，很多学生觉得她又怪异又可怜。

陈南还被喊到校长室去了，这一次，她极为警惕，一路把开会的事理个清楚。刚进校长室，陈南就开口了，校长，我没犯校规，就是提点自己的看法，学校不会不允许这个吧。

校长张了张嘴，看得出他原本准备了一通话的，他调整了一下，说，陈南同学，今天让你来不是要批评你，只是提个建议。

陈南稍稍放松了些。

提看法当然是可以的，但学校希望在适当的场合提，你完全可以找你的班主任，或找我，私底下说。

我觉得我提的不是私事，跟所有同学都有关的，所以想让大家都听，如果别人也有看法，可以一起提。

那他们跟着你提了什么看法？校长看着陈南，口气里嘲讽的味道很浓了。

陈南不出声。

这两天，陈小勤一直闷闷不乐，陈南因为校会上的事，也没多在意，直到傍晚，两人一起回家，陈小勤半路突然停下自行车，一只脚支着地，上半身趴在车把上，陈南问了句怎么了，陈小勤哇地哭出声。陈南忙把她拉下来,牵了自行车,把陈小勤带到路边,在草地上坐下,好容易安抚得她慢慢止住哭。

陈小勤一直是陈南最好的朋友,现在则是唯一的朋友,在几乎全班冷落她,连刘官也有些避嫌时,陈小勤和平时一样,大大方方挎了陈南的胳膊,和她一起去食堂吃饭。陈南不止一次和她谈自己的想法,她听不懂,耸耸肩,摸摸陈南的脑袋,说这个美丽的脑袋要戴上花儿才好,不要装怪东西。说完咯咯笑。弄得陈南又好笑又好气。陈南组织"暗光"时,陈小勤喊,那是什么怪团体,你嫌家里的活不够忙?学校里作业不够多?她表明了绝不参加,摊开双手说如果是郊游她就去。别人把陈南当怪人,她说陈南好得很,长得又好看,成绩又好,在家里干活还厉害,更重要的是每年给她织的围巾美死了。她的简单反而成了一种个性,成了陈南最特别的朋友,陈南在她面前,一点也不怪了。

陈小勤和陈南隔寨,每天两人一起上学,很多时候,陈南家的自行车父亲得用,陈小勤就用自行车带她。

他不知怎么了,这两天爱理不理的。陈南安慰半天,陈小勤终于抽噎着说。

和陈南猜的一样,她手指按着太阳穴,不知怎么跟陈小勤说。

他到底怎么想的,陈南,我一点也弄不明白他。

你要弄明白他做什么,随他去好了,不值你这样。陈南愤愤地说。

陈小勤再次大哭起来,陈南忙揽住她,却不知怎么安抚了,她突然觉得自己是不是做错了,自以为是,她后悔起来。

那个男生叫李武定,隔壁班的,篮球打得好,陈小勤喜欢看男生打篮球,看的次数多了,认识了他,陈小勤评论篮球很有自己的看法,李武定很惊喜,两人谈得越来越多。某一天,陈小勤收到一封信,李武定写的,陈小勤拿来向陈南求助,她想回信,既想让李武定知道她对他也有意思，又不想太明显，陈小勤说一想到写信就头晕，更别说这种信，要陈南帮忙。要不是陈小勤一直恳求，陈南不肯帮忙回那封信，用她的话说，那封信甜得流油，假了。陈小勤完全听不进去，她将信压在书包深处，没外人的时候就掏出来看，痴痴发笑。她已经收到李武定不少信，后来收到的陈小勤不让陈南看，说不好意思，但她说个大概意思，让陈南组织成文字，给李武定回信。

从收到第一信开始，李武定就把陈小勤脑子里所有东西挤掉了，陈小勤无心学习了，干活不用心了，动不动走神，陈南不喜欢陈小勤这样子，还很担心，不止一次劝陈小勤别丢了自己。陈小勤笑陈南傻，我好得很，怎么就丢了自己。

在陈南看来，李武定不成熟，而且有点假，在她看来，陈小勤和李武定间只是相互欣赏，像一些书里写的，是青春期的好感，而不是像陈小勤想的，会一直走下去。

陈小勤越陷越深，李武定反而越来越不在意，陈南很生气，她决定教训一下李武定，让陈小勤看清他的"真面目"。那天，她一个人去找李武定，直直走到他面前，问，你觉我怎么样？

李武定半天回不过神。

你会写一封信给我吗？陈南盯住他，男生写给女生的那种信，你愿意吗？

李武定满脸通红，张着嘴发不出声音。陈南想，陈小勤要是看到他这样子会怎么想。她喉头冷笑着，转身走开。

一个星期后，陈南收到李武定的信，甜得出油的那一种。她呆了，她对李武定印象不好，但没想到他真会做出这事。陈南决定找个时间好好跟陈小勤谈谈，让她认一认李武定。

收到信后，陈南一个人的时候总会遇到李武定，他看着她，眼光异样，有时会没头没尾和她说几句话，又垂着头急急走开。看着李武定的背影，陈南满是轻视，果然试探出来了，她越来越强烈地感到，得尽快让陈小勤清醒，看清这个李武定，但一直没找到机会，这段时间，陈小勤心情极差，说李武定不怎么理睬她了。

面对痛哭的陈小勤，陈南突然后悔了，感觉自己做错了什么。

陈南让李武定写信的事陈小勤还是知道了，陈小勤和她绝交了。陈南是极力想挽回这段友谊的，她解释自己的用心，陈小勤根本听不进去。

离开之前，陈小勤冲她喊，你以为你是什么，凭什么安排别人。

陈小勤一句话也不跟陈南说了，碰见了就把目光掉开，陈南没想到自己会这么在意，她胸口一揪一揪地痛，陈小勤的声音老在脑袋里撞，你以为你是什么，你以为你是什么……

一个人的时候，陈南也不停问自己，凭什么，有什么权利认定自己就是特别的，是有想法的。问不出结果，那段时间，她变得格外沉默，上课也不看课外书了，总是发呆。几个科任老师挺满意她现在的状态，对班主任说，还是学校处理有效果点，进了赵校长室，安分了很多。班主任却有些担心，他想找陈南谈谈，但最终没有，凭直觉，陈南不会随便跟他说什么。

陈南真的变了，开始周围没人相信，但一个星期，两个星期，陈南一直极守纪律，除了上课有点呆，成绩照样好，也不向老师提什么问题，碰到别人，她甚至主动点头微笑，但别人感觉她笑得怪怪的，除了回一个浅淡的笑，没人和她搭腔。直到她又帮忙出了黑板报。

刚上高中时，班里的黑板报几乎是陈南包的，设计、找材料、画主题，其他人只是帮忙抄写，每次设计的黑板报都令人注目。"暗光"解散后，她再也不插手办黑板报，说没法按她的心意设计，没意思。

那天，轮到陈南值日，她扫完教室后，看见两个同学立在黑板报前发呆，黑板报上空着一角，陈南之后，班里的黑板报都是他们负责的。那期板报出的实在是呆板无趣，没有一点灵气，但陈南抿着嘴不让自己的话说出口，告诉自己，出口了，板报还是继续无趣下去的。她走近前，问怎么了。

对于陈南主动询问，那两个同学很惊讶，指着那一角，说不知写什么了，找到的材料极少，字写得很大，又多画了些图案，仍补不满板报。陈南很不喜欢那个"补"字，很想告诉他们，板报不是补的，而是整体设计的，她忍住了，说，这一角我试一下？她惊讶自己的口气。

那两个同学更吃惊，他们对视了一眼，你来补？

陈南听出他们的担心，拿过粉笔，说，放心，你们要觉得不行就擦掉。

陈南看了一眼主题，稍稍顿了一下，开始写。陈南自己都没想到会这么流利，一句接一句，充满了我们应该……必须……将……这样的字眼，让人发酸的套话就那么从粉笔下流出来，陈南以恶作剧的心态写着，边写边忍着不笑出声，她感觉自己在编一个冷笑话，在故意捣蛋，所有人都明白那些话的假，但所有的人都一本正经。

写完后，陈南突然难受起来，这样的话自己怎么写得这样流利，她还以为这种话从未影响过自己，这些话什么时候藏在她心里的。她扔了粉笔，恐慌地盯着自己的身子，好像要找到这些套话的痕迹。

衣服干净得很，没沾上粉笔灰。出板报的同学说，陈南你厉害啊。

陈南想擦掉，那两个同学拦住，表示这样很好。陈南突然有些后悔，想再说什么，两个同学已经满意地收拾东西准备走了。

第二天上课时，陈南发现有点不一样，很多同学的目光在黑板报和她身上跳。陈南明白，这对他们来说，是她妥协的标志。陈南抑制住自己才没有喊出声,这可不是妥协,只是觉得无聊。她看见低着头的陈小勤,突然被自己的狂妄惊醒。

班主任看了黑板报,说实话,他有种说不出的难过,但表面上是高兴的,还在班里表扬了陈南,班里竟响起了一阵掌声,这掌声刺得陈南头皮发麻。

陈南和陈小勤和好了,除了真诚地道歉,陈南亲自找了李武定,说明事情的经过,虽然她不喜欢李武定,还是道歉了,说她无权捉弄他。李武定最初一阵生气之后,却又突然给陈南写信,并说他和陈小勤之间是误会,希望陈南好好考虑。陈南无奈地回应,我和你不单是误会,还是笑话。

陈小勤想通了,没有陈南,她和李武定也走不远,两人再次又同进同出。

班里的同学对陈南的态度也在慢慢缓和,因为陈南变了。陈南上课不再看书,她端坐着,盯着老师和黑板,几乎整节课保持同一个姿势,老师提问,她老老实实回答了。

你受了什么刺激。陈小勤问,虽然你这个样子规矩,可我老觉得怪怪的,你不会又想什么歪主意吧。

我还是很不规矩。陈南笑,我上课时不看书了,也坐得很好,可我的脑袋不在。

陈小勤吓了一跳。

我想自己的东西,有时比看书还要紧的,小勤,你知道吗……

好了。陈小勤不想听陈南的长篇大论,又说疯话了,你不会又在想什么歪主意吧?再来一次"暗光"那样的,还是再来一次大辩论?

陈南摇头,不会了,做了也没用。他们喜欢黑板报那样的事,喜欢愿意"好好"听课的我,以后知道怎么做,想想我以前挺幼稚的。

陈小勤惊讶不已,你后悔了,陈南会后悔?

不是后悔,你不会明白的。陈南拍着陈小勤的额头。

我想不明白,你累不累呀。

陈小勤说的是大实话,没有人想明白的。

对陈南的变化,连别班同学也感觉得到,对班里同学说,你们班那个叫陈南的冷美人不那么冷了,刺也好像少了。自上次校总结会后,陈南就在学校出了名。

陈南主动和同学打招呼,带了极亲切的笑,时不时帮人替个值日,或打点水打点饭。有一点,还有些格格不入,那就是闲时总抱本书躲在角落看,下课、课间操、自习课、午间休息,她几乎要把自己看成一本书了,有人说她认真,她伸个懒腰,打个长长的呵欠,还不是因为懒,什么都不想做,包括作业,看书也不用动。这个回答是令人满意的。

总之,陈南完全放弃叛逆,重新融入班里,和刚上高中时不一样的融,那时她活跃而又积极,还有出风头之嫌,现在她成了极合群的一个。她甚至充分发挥她优美的文笔,暗中帮同学写情书。

正值高二,比起高一的懵懵懂懂,高二似乎成熟得多,不少学生胸口有了莫名的悸动,又还没有感受到高三的紧张,学生中流传一句话,高二是最美好的青春时光,过了这村就没那店了。在这句话的鼓励之下,没有感觉也要找出一点感觉来。

不少人来拜托陈南,他们大概讲一点意思,陈南自会组织成很飞扬的文字。托她写的人不用提收信人,陈南写完之后,他们会自抄一遍,写上名字送出。陈南也不从问收信人,这个习惯让人放心,她说这是最基本的底线,谁要稍有质疑,她便放弃不写。

写了一段时间后,陈南厌烦了,开始以为应付一下就成,没想到越来越多。有时,写着写着,她感觉荒唐至极,嘻嘻地笑起来,笑完又眼皮发酸,很想哭。她对陈小勤说,我说的谎话越多,编得越离谱,他们越高兴,托我写信的人高兴,收信的人也高兴。

陈南抱住脑袋,把自己缩成一团,极想不通的样子。

也许是经过与李武宁的事,陈小勤对陈南帮人写情信很是看不上,此时,她对陈南冷笑,这还不是你自己领来的,真弄不明白,你干吗总把自己七拧八扭的,你初中的时候不还好好的。

陈小勤这话戳中陈南身上某点痛处,她突然抬起脸,瞪着陈小勤,对呀,我怎么把自己拧成这样,你说我该怎么办?我想多活一些,是不是贪心了。

我随便说说的,陈南你别乱想。陈小勤吓坏了,别说不吉利的话。

陈南及时收拾好自己的状态,陈小勤不明白的,她摇摇头,我也是随便说说的。陈南突然意识到,帮人写情书当初几乎可以说是自己主动的,有戏弄人的成分在里面。到头来不知戏弄了谁。

再有要求代写信的,陈南开始推了,理由是这事让老师察觉了,老师已经暗中批评过,她不能再干这事,免得连累别人。闹到老师那儿去,这事有些严重了,没人再敢让她代写信,但毕竟有些不甘,觉得这事比起以前的"暗光"和校会辩论,算极小的事了,也隐蔽得多,陈南却不敢了。他们说陈南现在变得听话了。陈南不置可否。至于与"暗光"相关的一切,她提都不愿再提了。

本来代写信的事已经安静了,但没想到一个女孩闹出来,还闹到学校去了。男孩是陈南同班同学,给邻班一个女孩送了无数明信片无果后,求陈南帮他写了一封信,加上一张极美的海报,给女孩送去了,女孩竟交到学校政教处去。

男孩被喊到政教处,没多久,把陈南也喊去了。刚进政教处,陈南看见男孩猛地低下头，心里猜中了好几分。她又看到，自己代男孩写的那封信放在政教主任办公桌上。

政教处主任让男孩当着陈南的面再说一次，陈南侧了下身子，正对着男孩，直直看着他，男孩仍是不看她。他开始说，说得极流利。

男孩很冤枉的样子，说那封信根本不是他的意思，他知道女孩学习好，原本只是想请教几个问题，是一种欣赏。信是陈南自作主张写成这样的，他相信她，也没多看就寄出去了。

陈南差点当场笑出声，这样的话政教主任也相信？请教几个问题，让陈南代写信是什么意思，陈南代他写的信他自己没有过目？鬼才信。当初，男孩央陈南写信时，好话说尽了，信是按男孩的意思写的，写完后男孩看了又看。陈南没想到，男孩连再抄一遍都没有，直接将信送给了女孩。

陈南相信，自己想得通的道理，政教处主任肯定也想得通，现在重要的不是什么是非曲直，而是陈南代人写情信的事实，这次，陈南是确确实实违反校规了。

陈南很快承认所有的事，男孩说的所有都承认。政教处主任倒有些惊讶，让她想好了再说，他看看男孩，把男孩看得脸色发青。陈南又想笑又难过，她说，证据都在这了，这信就是我写的，字是我的笔迹，我该为这个负责任。说到"责任"这个词时，陈南故意去看男孩，男孩的目光一直是游离的。

政教处主任要求陈南交代，她还替哪些人写了信，陈南不肯说。最后的处理结果是，在学校大会上，陈南当着全校师生的面做了检讨。陈小勤为她不平，大骂那个男孩，也骂陈南怎么不会辩解，她说，你的口才都丢啦，碰到这个倒不敢吱声。

不是不敢。陈南耸耸肩，争辩这种事很无聊，我烦透了，再说，我做这么无聊的事，活该得到惩罚。学校没要求请家长，陈南很满意了，那是她真正的软肋。

那次检讨之后，同学对陈南的态度出奇的好，不单是同班，连不同班不同级的学生见到陈南，都热情地招呼。陈南想，我终于无聊到人人喜欢我了。

陈南变得极乖巧，是老师喜欢的那种学生。班主任曾几次喊她去，想跟她好好谈谈，但陈南什么也不说，回话又小心又客气，班主任摸不透这女孩的心思，最后结论是，陈南越过了某个阶段，长大了。他松了口气，又莫名地叹了口气。直到后来陈南参加一个演讲比赛后，班主任发现再次想错了陈南。

那场演讲比赛陈南没想过要参加的，但班里推荐了她，她应付任务般参加了，没想到在学校初赛里得了第一，被推到县参加比赛了。陈南跟学校推，希望让第二名去，理由是她怯场，怕会搞砸，没法给学校争光。校长看了她一会儿，说，只要你不想搞砸，就不会出任何状况。

演讲主题是：我的理想。陈南的演讲激情又真诚，理想崇高又动人，几乎毫无悬念的，她夺得了第一名。

领奖之后，陈南跑到洗手间，吐得厉害。陪同她来比赛的主任是女的，跟进来，无比心痛地拍打她的后背。她说，可能是昨天吃坏了肚子，今天又坐了汽车，很不舒服。主任对陈南在比赛的时候忍着身体的不适，没有掉链子非常感动。陈南说可能因为比赛紧张，一时忘了不舒服。

主任说刚才陈南的演讲太激动人心了，她揽着陈南的肩，半拥着陈南，是真的被打动了，眼里闪着泪光。陈南想挣开她的怀抱，可她抱得更紧。

陈南突然哭起来，大哭。

姐姐去哪儿了，连刘明德也不知道，她居然没有对他透露半点，这太出乎我的意料了，刘明德可是要成为我姐夫的人。刘明德对姐姐怎么样，我清楚得很，总之，我很怀疑我这一辈子会对一个女孩这么好，但刘明德做到了，我不明白对于刘明德，姐姐究竟是怎么看的，我只能从刘明德那里了解他们之间的事情。了解之后，我似乎明白了姐姐，又似乎更糊涂了。

绕枝三匝

姐姐不见后，我和姐夫刘明德的来往多了——姐姐不许我喊刘明德姐夫，说他们还没结婚，而刘明德极力鼓励我这么称呼，我也喜欢这样称呼，这让我说不清的安心。我不停去找刘明德，希望能得到姐姐的线索，但刘明德状态很差，不是沉默就是摇头，开始，我念他伤心，没敢追问太紧。慢慢地，对姐姐去向的各种猜想把我的脑子搅乱了，我揪扯不住思维了，开始怀疑刘明德和姐姐间发生过什么，甚至怀疑他欺负姐姐，把姐姐气走了，他和姐姐快结婚了，而姐姐不可能有什么错。

一个午后，我和刘明德对坐良久，终于提出这疑问。

我欺负你姐姐？刘明德把茶杯猛顿在茶桌上，声调扬得有些变形，直直看着我，欺负她？

我知道自己过分了，刘明德对姐姐怎么样，我不会不知道，不单是我，家里的亲朋好友，甚至整个寨子都知道——但姐姐怎么不跟他交代一声就走了？

你姐姐跟你交代过什么吗？刘明德哑着声问我。

我无言，除了让邻居阿婶交代锅里留着包子，抽屉里有存折，我没得到姐姐片言只语。

我对你姐姐怎么样？刘明德伸长脖子瞪住我，怎么样？

我还是无言。

我闭了下眼睛，努力理思维，问题应该不是出在刘明德身上，从奶奶和大伯母那里探听到的话都怪怪的，细想想，刘明德对姐姐是没得说的，倒是姐姐对刘德明的态度让人弄不清，我对刘明德突然多了份愧疚，也极想知道刘明德和姐姐到底怎么样。

我也不知我们怎么样。刘明德声音更哑了。

刘明德和姐姐间也许真有问题了，我得弄清楚，尝试着帮他整理。

细细考虑后，我提到乌头的大哥，我认为，男女朋友间，最严重的问题一定是因为第三个人。

乌头的大哥鹏飞哥和姐姐同岁，我很小时就知道他对姐姐好，帮姐姐干活，时不时拿东西给姐姐。他家有南洋亲戚，算寨里过得好的人家。姐姐有时收下鹏飞哥的东西，有时不收，若是收了，总想法回送一些，自己画的一幅画，自织的水壶袋，自烤的花生之类的。那时，我自以为看明白了，对乌头说，鹏飞哥和我姐姐以后要谈对象的。乌头不这么认为，说他大哥见了姐姐后总叹气，朝他乱发火，他总结，要是我姐姐对他大哥好，他大哥不会那样。

谁知道呢？反正鹏飞哥送东西的习惯没停过，就是后来有女朋友还是那样。在姐姐面前，他的眼睛像点了灯，亮极了，对他，姐姐总是笑着，笑得很好看，谁知道会不会也有点喜欢他？鹏飞哥高，眉目眼鼻都很耐看，我不得不承认并不比我差，加上他家过得不错，衣服总比别人整齐干净些，和寨里别的年轻人很不一样。说实话，若不是刘明德确实不错，我觉得姐姐嫁给鹏飞哥最合适。

夸完鹏飞哥后，我看着刘明德，怕他有什么过激反应，他端着茶，摆摆手，说，肯定与这个无关。

鹏飞哥对姐姐很好，从小到大。我莫名其妙地重复。

刘明德笑了笑，脸有些苍白，怎么讨好都没用的，你姐姐，我知道。

刘明德哪来的信心，姐姐走了，没给他留一句话。我不知怎么的，突然有了气，他知道姐姐？知道些什么。像为了打击刘明德，我拼命搜寻，没想到真的搜寻到姐姐那段往事，当我说出那段往事后，突然感觉自己早已意识到这段往事的重要性，若不是刘明德对鹏飞哥不放在心上，我无法确定会不会说出这事。

姐姐初三时，认识了一个男同学，从大城市转学来的，父母要出国考察什么的，把他托到亲戚家，他在镇上念了一年书。自他来了以后，常第一名的姐姐变成第二名了，但姐姐很高兴，说人家是真厉害，就算不上课也能考第一。我印象极深，那年，姐姐经常提起那个男同学，不只是因为他成绩好，用姐姐的话说，他见识太大了，不单和他爸妈走过很多地方，还看过很多书，加上他出国的爸妈讲的，简直不得了。那男同学来到这儿很闷，除了姐姐，没人说得上话。我记得姐姐说这话时骄傲的样子。

直到现在，我仍疑惑，为什么只有姐姐和他对得上话，姐姐有什么不一样的见识。但那段时间，姐姐确实讲了很多外面的事，都是从那男同学嘴里听来的。一年后，那男同学转走了，姐姐经常和他通信。我渐渐长大，姐姐很少再谈那个同学，我不知他们是不是还通着信，但我知道，那男同学是极特别的存在，姐姐会突然提到他，等我问，她又不说了，我猜她是不小心说漏嘴的。她这种不小心让我感觉到不寻常。

刘明德感觉不到，他抹了把脸，含含糊糊地说，初中同学？转学一年？小孩子间的事。他手胡乱地挥了一下，连连端杯，把我沏的几杯茶都喝下去，好像那是酒，他甚至现出了醉态，不停用手掌抹脸，眼神变得迷离，与普通醉酒不同的是，他脸不红，而是一层层灰白下去。

刘明德开始讲述他与姐姐的事，毫无征兆的，之前，我怎么探问，他都不愿说。讲述时，刘明德表情飘茫，但语调平静，像讲述的是别人的事，提到姐姐时，直呼"南"，提到自己时，直呼"刘明德",但又时不时插上自己的话,那些话有的极私密,他似乎忘了我在场,只管喃喃自语,倒弄得我有些尴尬,但他不看我,他极清醒又极糊涂,我是无关紧要的了。

一

那天,刘明德去舅舅的面店帮忙,遇见了南。真是很巧的事,早一天或晚一天他都不可能碰见她,南几乎不进面店,那天去是有原因的,而刘明德去帮忙前跟母亲说好了,只帮一天,他一想到端面洗碗,就想起电视里的店小二,肩上搭条油污的布,点头弯腰的,头都大了。

刘明德舅舅的面店开在镇中学斜对面,舅舅和舅妈手艺好,面店小有名气,价钱又公道,因此客人总是很多。那段时间,舅舅决定在店门前再支个小摊,专炸豆腐,舅妈负责豆腐摊,舅舅负责煮面,这样一来,表哥得收钱、端面、收碗……表姐正在坐月子,一时未请到帮手,而刘明德没有正式工作,每天待在家里捣鼓录音机,总之,刘明德不去帮忙简直天理不容。

刘明德干得两眼发黑时,南来了,带着弟弟。开始,刘明德只是觉得南长得挺好看,目光在她身上多停留了一会儿,像她那样的女孩,被男孩多看两眼很正常。但刘明德忍不住又看一眼,发现南很特别,店里闹哄哄的,她周身却像绕着一团静,给人又清凉又安心的感觉。刘明德猜她会坐在最角落的小桌前,那是临时加的,在屋子最里角,果然,南走向那里。

南要了一碗汤面,看着弟弟吃。刘明德假装收拾盘碗,凑在小桌附近。弟弟让南吃一口,说是世界上最好吃的面。南笑,你吃,姐姐吃过了。

弟弟很疑惑，这面好贵，姐姐会来吃？

和同学来。

等弟弟吞下大半碗面，南突然说，对了，这家肉丸也好，加几个你尝尝。

南加了几颗肉丸，仍只让弟弟吃。

后来，刘明德脑里一次次回放南看着弟弟吃的样子，他很努力才忍住没往南面前放一碗面，加肉丸的，他请她的。

（刘明德讲的这节我记得，我第一次跟姐姐上镇子，她带我去了那家有名的面店，我独占一大碗面和八颗肉丸，我会永远记得面和肉丸，记得姐姐笑看我吃面的样子，认定那是我们两人的事，没想到有个刘明德看着姐姐，莫名地有些不快。）

从那天起，刘明德主动要求在店里帮忙，舅妈和母亲惊讶地议论了一下午，结论是，刘明德懂事了。

在面店里，可以清楚地看见进出学校的人，上学放学时段，刘明德的目光守着校门，忘了关于店小二的想象。他看着南每天骑着旧自行车进学校，像了了什么心事，安心当舅舅的下手，择菜、切肉、揉面，等待放学。中午，南在学校吃炊饭，运气好时，刘明德会看见她和同学出来，到街上走一走，多数时候，中午是守不到南的，只能等下午放学。几年后，刘明德得出一个有趣的规律，开始上高中时，南每次出校门周围都是一团人，她扬头仰脸地说笑着，高一快结束时，她独进独出，就是有人招呼，也淡淡的，再后来，她时而一人，时而随了两三朋友，显得亲切了。刘明德曾就这个问过南，南笑而不说，问得紧了，她抛出一句，我那些岁月，你没法参与。后来，刘明德怪自己脑子太方，应该继续追问的，说不定后来会了解更多，但就算真能问到什么，他不敢确定自己能理解。

南的朋友中，有个女孩特别喜欢吃面，时不时光顾面店，南高一时常和她在一起，就算后来独来独往，与这女孩还是偶尔一块走的，后来刘明德知道，女孩叫柯思虹。柯思虹吃面时，喜欢让刘明德拿碟拿筷，喜欢盯着他看。

　　那天，刘明德主动和柯思虹说话，问她怎么不带同学来，比如扎着长辫子的那个——说的就是南。他问得明目张胆了，柯思虹脸色难看了，冷冷地说，她不在外面吃的。

　　拉来照顾我生意嘛。刘明德对自己的低声下气很惊讶。

　　她很省的。柯思虹简单地说。

　　刘明德想象南会吃些什么，照柯思虹说的信息，很省，无非炊饭、青菜、腌制萝卜、豆子之类的，刘明德觉得太乏味了，甚至隐隐心痛，他想象和南一起吃饭，他的饭菜也是她的饭菜，她会吃吗？

　　刘明德等来了机会，那天，南很晚才出校门，一个人，他追出去，立在她面前。南歪下头，用目光询问他，似笑非笑，后来刘明德对这行为很懊恼，肯定有不少男孩这样冒失地站在南面前，她把他看成那些男孩中的一个了吗？

　　去吃碗面。刘明德说。

　　我回家吃。

　　我舅舅家面不错。

　　我知道。南侧身推车。

　　我请你吃面。刘明德话一下子流利了，每天请一碗，一直请。

　　南认真看了刘明德一眼，说，谢谢，我回家吃。

　　刘明德木木地看着她推车走开，她忽然转过脸，笑，你不用请我，不用费心。

　　后来，这样的机会刘明德又得了几次，每次都上前请南吃面，他认定，这样，他和别的男孩就区别开了。南总是像第一次那样微笑,总要说那一句,你不用请我,不用费心。

(刘明德默了,自沏了茶不停地喝,喝了好几杯茶后,他开始喃喃自语。)

刘明德喃喃自语:

我一眼看见南是有道理的,不单因为她长得好,她是长得好,但长得好的女孩我见过不少。南和别人不一样,衣服不一样,镇上服装店没见过那样的,电影电视里都没见过的,我第一眼就觉得是她自己做的,款式有点怪,可穿在她身上刚刚好。她的笑与别的女孩不一样,好像老含着什么想法,我想弄清那些想法。南目光不一样,好像看过我没看过的东西,她眼睛老像说着什么。还有……我说什么哪,我因为这些喜欢南的吗?噢,不是。该怎么说?

每次南都让我不用费心,我还以为她是客气,甚至是女孩的小考验,后来才知是警告,我是个笨蛋,连南的样子都说不清。

二

第一次约南时,南高一快念完了,刘明德把字条塞在她手里,飞奔回面店,看了下时钟,十二点半,从此,他很喜欢中午十二点半这个时刻。

放学,南总是最早离开学校的那群,她随人流拥出校门,刘明德的字条找不到机会,期末将至,若不是南那天例外地推迟回家,他有进学校找她的冲动了。

字条塞到南手里后,刘明德听到后面有喊声,她似乎想把字条还给他,刘明德急急离开。直到第二天约定时间前,他惴惴着,怀疑南不会赴约,他再次懊恼不已,觉得自己和那些还在上学的男孩一样，幼稚而好笑。

　　第二天刚放学，刘明德放下择了一半的菜，往约定地点奔去，他选的地点和时间该是不错的，学校左侧围墙边，一列民居背对围墙，隔出一条安静的小巷，刚放学，不会有学生。南已经等在那里，刘明德满脸欣喜。

　　真快。刘明德喘着气说。

　　南说从学校后门拐过来，很近。

　　刘明德不迭地点头。

　　南说，我来是不想让你等。南将字条还给刘明德。

　　哎——刘明德张开手掌，不接字条，好像那样就能留住南。

　　南随手拿着字条，耸耸肩。

　　我有话说。刘明德说。

　　南说，我没话。

　　刘明德展开双手，半是挽留半是阻拦，语调急了，开始讲述大半个学期来怎样暗暗看着南，背得出南上学放学的时间，吃完午饭的时间，说得出南的自行车每星期打几次气，记得她补过几次车胎，甚至说出南穿哪件衣服最好看，骑车时长辫子习惯拨在胸前……他絮絮说着，像从小认识南，南的眼睛和嘴巴慢慢睁大。后来，她问过刘明德，什么时间观察这些的，记这么多细细碎碎，不烦吗。刘明德睁了睁眼，烦？你怎么会想到这个？

　　你不知道我的。等刘明德说完，南说，这些是你看到的。

　　刘明德木住，南的回答在他无数种猜想之外，比任何一种猜想都更重地打击了他。南笑了笑，他弄不清那笑是抱歉还是嘲笑。

　　南走了。

　　别怕，就是请你看场电影，不会让你老师知道的。刘明德说。

　　南猛地住了脚，转身，看着刘明德。

说错什么了？刘明德想拍自己的头。

南走到刘明德面前，说，我不是怕。

我的意思是，不会……

什么时候看，最好先说定，我事情多。南说。

看？

电影，不是你说的吗。南拍了下手，现在去吧，中午我听说一会儿就有一场，今天我值日，交代弟弟煮粥了，我跟同学换一下轮值。南说完就跑了。她背了书包回来时，刘明德还没理清头绪。

走吧。

现在？

你改变主意了？

在这儿等我，我去骑车。刘明德说了一声，

校门边见吧，你牵了车再拐这里来，麻烦。

校门边？你的同学……

不就看场电影嘛。南皱皱眉。

南和刘明德说笑着，两辆自行车并骑着往电影院去时，身后黏了成团的目光和议论，这团目光和议论第二天哗地在学校散开，变成嘤嘤嗡嗡的网，南走到哪儿，网到哪儿，南脸色如常，没人知道她是毫无察觉还是毫不在意。

看电影时的南成了另一种样子，她瞪着眼，缩着肩，一副惊慌失措的柔弱样子，刘明德无法与之前那个南联系在一起。

电影是《妈妈再爱我一次》，那不是刘明德喜欢的电影，不是他想请姐姐看，但这时段就放映这一部，他没看电影，看着南。电影一开始，南的视线再没有离开银幕，凝神的样子让人不敢打扰。

电影院很暗，刘明德仍发现南的手在颤抖，感觉颤抖顺她的胳膊爬漫，覆盖她的全身。刘明德有一种心痛的感觉，但他无法否认还有欣喜，他试探着将手盖在南的手背上，南没有动，看着屏幕，刘明德握住那只手，轻轻地，南没有缩开，只是颤抖。

刘明德就那么握着南的手，南看电影，他看她。

当刘明德发现时，不知南流泪流多久了，他寻找着词语，小心翼翼地安慰，南没有任何反应，泪只是涌，顺双颊滑下去，借着屏幕闪烁的光，刘明德看见她下巴一侧挂着的泪，他极力忍住，才没有伸手去擦。

一直到电影结束，南的眼泪没停过，有那么一瞬，刘明德怕她把泪流光了。走出影院时，南跌跌撞撞的，拿手擦着眼抹着脸，泪仍无法忍住。刘明德扶着她走到角落，说，我带你转转。南没有出声，只是出神。

刘明德牵了自行车，冲南点点下巴，上车吧。南便上车。

南需要沉默。刘明德感觉到这个，往安静的镇郊方向骑，慢慢踩着车，感觉风从耳边轻轻拂过，感觉南压抑的抽泣和耸动的肩，南没让停，他就一直骑。

半路有人跟南打招呼，是南的同学，他们的招呼有些夸张，变着声调变着表情，刘明德忍不住往后转了下脸，怕南太尴尬，南却没什么反应。

（刘明德怎么知道，母亲卧床多年，那段时间病时轻时重，反反复复，连很小的我都看得到她浓重的忧愁。）

刘明德喃喃自语：

那是我最喜欢的回忆之一，心情差了，就钻进这段回忆里待一待。那个傍晚，我带着南慢慢转，日头顶在远远的山尖上，日光温温的，我想着在影院里握南的手，手心烫起来，出了汗。握着南的手时，我又心痛又害怕，很想弄清怎么回事，我不相信单单是因为电影，从小到大，我胸口第一次杂七杂八的，有很多话想问问南，或者跟她说点什么,但不知怎么开口。后来,我才知道南那时根本没感觉到我的手。

看过电影后,听说南被老师喊到办公室了,问了我的事,谈了很久,一个早上的时间,整个年级都知道了,她和一个社会青年去看电影,还坐社会青年的自行车,四处乱逛。我怕影响南,那天魂不守舍,想理出帮助南的办法。南那天下午却来找我,立在店门口,大大方方喊我,说要买点东西,让我一起去。那天,我和她的事全校都知道了。南到底是什么样的,我又糊涂了。

三

那天等南时,刘明德胸口堆着一团问题,但看到南后,一句也不敢问,南脸发紧发灰,皮肉像被什么牵扯住了。南几天没到学校,刘明德问柯思虹,柯思虹只是闷闷摇头,刘明德追问急了,她也急,天知道,南什么时候让人知道她的事?这是柯思虹第一次冲刘明德发脾气。

南说,我不想骑车,你带我。

刘明德把车一直骑到镇郊山坡边,停了车,南下了车,往山坡上走,刘明德跟着。山坡很缓,阳光很暖,但南的沉默让周围的一切带上不安的情绪,刘明德想喊南回去,南的沉默让他想念镇上的热闹,他希望南到面店坐一坐,吃碗面。

南走到一棵橄榄树边,靠树坐下了,双手抱膝,人缩成一团,望着远处,长时间一动不动。刘明德在她身边坐下,凝视她眉眼的侧面,希望看出蛛丝马迹。南突然转身,仰脸看着橄榄树,手在树身上抚着,说,橄榄树活得时间真长。她声音是叹出来的,有种灰凉感，刘明德轻轻抓住她的手，她轻轻抽出手，凝神于树，长时间保持一个姿势。天慢慢灰下去，刘明德怀疑南也变成了一棵树。

（我突然记起来，是那一晚，天黑了，姐姐还没有回，父亲催大伯母去找姐姐，大伯母不放心，父亲病在床上的样子让人害怕，我无数次跑到寨外，任夜色把我兜头罩住。姐姐终于回来时，大伯母已经开始托寨里人找她。姐姐头发很乱，表情也很乱，什么也没说。）

橄榄树的轮廓模糊了，刘明德碰碰南的肩膀，回去吧，天快黑了。

南猛地转过脸，哑着声，我要退学。

南？

我得退学。南说。

南，到底发生了什么事？

南极喜欢念书的，成绩很好，就连她和老师对着干，故意坐刘明德的自行车闲逛那一段，成绩仍是数一数二的。南心情好时，就愿意跟刘明德说话，那些谈话中，她不止一次提到大学，用想象力描述各种大学的样子，各种可能性的大学生活，弄得刘明德懊恼自己的年纪，若跟南同龄，就有上同一所大学的机会。

你会听？南突然说，我在阿爸面前得好好的，不能说，他已经病倒了。

刘明德不明白，但他知道这时最好不问，他等着南。然而南又不出声了，她想了想摇摇头，说，我明知你的意思，还老随性子，让你当车夫，让你听我说废话，听我胡说，让你……我自私了。

南，你不用说这个。

反正我要退学了，我只能退学——我们回去吧。

南不说，刘明德很失落，她终究不肯跟他说太私密的事。

到山坡下，刘明德把含得发烫的话说出口，南，有什么难处，我，我帮忙吧，继续上学，学费的事——

南停下,看着刘明德。

刘明德结巴起来,我的意思是,暂时帮,我自己存了点钱,接下来会找事情做,以后你上大学,我——

南笑了,笑得怪怪的,刘明德住了口,从此不敢再提这事。

刘明德坐在车上,一脚支着地,身后半天没动静,南突然说,我阿妈去世了。刘明德木了一下,停车,转身将南抱在怀里,南没动,目光盯在地上,刘明德紧了紧胳膊,南很瘦,比他想象得小那么多。

南跳了一下,我得回家,现在回。

刘明德飞快踩着车。

到学校前面,南跳下车,向刘明德挥了挥手,撒腿就跑。刘明德高声提醒,你的车还在学校。

不骑了。南说。

你这么跑回家?刘明德骑车追了去。

我自己回家。南声音冷冷的。刘明德看南往远处跑,很快在发暗的暮色中隐去。

南拼命跑,辫子散了,衣角凌乱地翻飞,像努力追着什么,又像极力甩掉什么。刘明德悄悄跟着,直到南跑到寨前。

(我插了话,对刘明德说,谢谢姐夫,那时我阿妈刚去世,阿爸病倒,姐姐在阿爸面前装得好好的,也不让我在阿爸面前哭。那天姐姐那么晚回家,车也没骑,又那样子,我长大一点后,曾有过无数可怕的想象。现在,知道她后面有人看着,好受多了。)

刘明德喃喃自语:

南那么跑,吓着我了,她为什么不哭,我不敢跟太近,跟远了又看不见,那时,我怀疑她会那样跑下去,把自己跑消失掉,幸亏她回了寨子。我那样看着她,她一点也不知道,知道也不会放在心上,你明白这种感觉吗?我想的和她想的完全不一样,她的事也不让我分担，我没一点办法。南直接跟我说过，你没办法的。

四

刘明德等在镇大桥桥头，南下了自行车，很惊讶，怎么知道我今天上镇子？

你七天前领的活，我估摸着这几天该交活了，连等几天，总有等到的时候。刘明德有些得意。但南显然不喜欢这主意，皱皱眉，这是为什么？

在面店总等不到，你不眨眼就过去了。刘明德说。

南退学后，刘明德见她的机会变得很少，不敢到寨子找她，见她得靠运气，他变得着急，老想找机会跟她说清楚什么，虽然她早知道他的意思，但他得说清楚，好像那是个什么仪式。

刘明德的话题刚提到两人身上，南就转换话题，她不想谈这个，听都不听，刘明德愈来愈焦灼，尽力寻找和南见面的机会。

退学后，南一边照顾父亲，一边绣花，乡里也有绣花活可领，但她跑到镇上领，差不多每星期领一次，交活时顺便领新活。得知这个，刘明德曾半真半假开玩笑，到镇上领活，是想跟我见一见吧。

镇上的活高档，工钱高得多，我绣工好，绣这个赚得多，乡里的绣活零零碎碎，工钱也低。南说，我忙得很。

南最后一句话和说那话的语气让刘明德透心凉。

南领绣花活经过面店，刘明德刚要跑出来，南已招呼一声过去了，有时，刘明德追出去，喊着让她停下，说有事情。南停下，等他走近，看着他。刘明德努力平着喘，张开嘴一句也说不出来，南等着，越等刘明德越着急。南说，我先忙了。骑车顾自走了。刘明德骑着自行车，远远跟着，直到南进了领活的工地。

看刘明德垂头敛声回来，舅舅就生气，你这么跟着做什么？

刘明德摇头，他也不知要做什么。

舅妈说，有什么用。

不是有用没用这么说的。

相个亲用得着这样，窝囊。舅舅鼻子哼着气。

刘明德急了，这跟窝囊有什么关系，不懂别乱讲。

表哥拍手笑，找到治他的人了。

那天，在桥头上，刘明德忍不住提到南的母亲，若没法涉及南本身的事，他们间将永远不痛不痒，他说，南，你阿妈的事……

我阿爸最近病得厉害。南莫名其妙地打断他，声音极高，转身而去。

很长时间，刘明德完全没法跟南谈什么，他决定来点实际行动。许是受了谍战片的影响，刘明德采用迂回战术，他潜入南的寨子，打听南的情况，打听对象是小孩，重点是比南小八岁的弟弟，旁敲侧击地了解南父亲的病，生病时间、症状、看过的医生说什么……

（我想起来了，那年刘明德找过我，装成姐姐的同学，我毫不怀疑，在当时的我看来，刘明德干净斯文，就是个高中生。刘明德说他代表姐姐的同学，来问父亲的情况，是关心。于是我知无不言，言无不尽。刘明德交代我对姐姐保密，姐姐不想麻烦同学。因为一把奶糖，我愉快地答应，并提供更多关于姐姐的情况。）

刘明德找遍邻近的老中医，详述南的父亲生病的原因、症状，央人家开药，没见病人，医生多不肯开药，但他却问出各种休养方法，各种清凉滋补草药，买了药挂到南的车把上，这些可能不治病，但对身子有好处没有坏处。他又四处搜集偏方秘方，想办法弄这些，让南去尝试。

南推辞，刘明德很无奈的样子，药我已经买过了，要是拿回家，家里人以为我脑子坏掉了。有段时间，南的父亲吃了刘明德带的药，确实好了些，别的不说，脸色不那么吓人了，也睡得安稳些。南感谢，一本正经地说以后有能力会好好谢谢刘明德。感谢的话让刘明德龇牙咧嘴，像犯了牙痛病。南说，真的谢谢。刘明德失落更深，我不是想要这个，你知道。南把话题扯开，但她言语造成的疼痛不时拉扯着刘明德。

转机终于来了，刘明德认为那是南对他个人感觉的转机。

那天，南去镇上交活时，带了半袋花生，准备去市场卖掉，刘明德灵机一动，提出帮她代卖。南犹豫，刘明德把花生拖到脚边，一会儿来收钱，放心，我不用去市场，放店门口，人家想买就买，我不费事，这里人来人往，生意该是不错的。

南退学后不久，刘明德开了家小电器店，卖些录音机、电风扇、电熨斗、电灯、电吹风之类的，不知为什么，他突然感觉到立业要紧。捣鼓电器一向是他的爱好，他交了一帮喜欢电器的朋友，店面开张后，这帮朋友为他带来不少生意。

南交活领活回来时，刘明德已经把花生卖光了。

你做生意倒有一套。南笑。她不知道，大部分花生是被刘明德的朋友称走的。

以后，你要卖什么东西放在这儿好了。

我交点租金。南说。

这种话别说成吗？

南不出声地收着装花生的蛇皮袋。

刘明德说，南，你很不想欠我什么？噢，我说什么哪，这不是欠——南，你知道，我不是这意思。

南没回声，她弯腰看着一个录音机，极入神，轻轻问，声音好听吗？

那瞬间，刘明德灵光一现，扑进里间，提出一个录音机，这个怎样？

那录音机造型奇特，外壳是透明塑料板，里面零件看得一清二楚，外壳上用铁丝缠了一个造型，南手指碰了一下铁丝，问，不会导电吧？

放心。刘明德将手放在录音机上。

能发出声音？

刘明德装进录音带，按下一个键，歌声飘扬出来，南听得发了呆，眉眼漫着层笑意，音色真好。

我自己组装的。刘明德说。

南猛转过脸，看着刘明德。刘明德看到南的眼睛亮了一层，这是从未有过的——对他，那一瞬，他很肯定，自己在南眼里有些不一样了，给了他极大的希望。

你组装的录音机？南不知是询问还是自言自语，手轻碰着录音机，好像正想办法确认这事实。

我从小喜欢弄这些，上初中后，自己买各种零件、电线、电池，组装些奇奇怪怪的东西，会发声或发亮就很兴奋。录音机是我喜欢的，这台录音机我是用了心做的，比较满意。

南凑近录音机，半眯起眼，好像想看明白歌声怎么出来的。

对了，南，你阿爸整天躺床上，听听歌有好处。刘明德装出突然想起的样子，心宽了，身体自然好。

好想法。南笑起来。

这录音机送给你阿爸吧，我找些好听的歌，你阿爸轮着听——整天躺在床上闷，还容易乱想。

给我阿爸。南几乎喊起来，刘明德第一次看到她这样欣喜。

这，怎么好……南低了头，手在衣袋里捏着那卷钱，卖花生所得和刚刚交绣花活领的钱。

刘明德注意到了，忙说，拜托，这是我的作品，希望有人使用，就当试验了，实话说吧，零件什么的很便宜，录音机本钱很低的。

要还，以后我慢慢还。南红着脸。

刘明德呼喝着抱出一盒录音带让南挑，把她的声音打得零零碎碎。

五

南刚说了几句话，刘明德就把她的自行车拖进店，关了店门，让她坐自己的自行车，口气里几乎带了命令。南听他的，只是担心地说，店还是别随便关，做生意不能这样任性。

别谈做生意。刘明德用力踩了下脚踏，自行车滑出去一大段。

南坐在车后座，伸展双手，笑，录音机很好，但钱得缓点还，你抢我人也没用。

刘明德急踩车，自行车骤然加快，南一把抓住车座。刘明德大喊，我衣服很脏？拉住我的上衣会怎么样。

南揪住刘明德的上衣，她今天高兴，父亲前几天下床了，昨天还出门接了活，她上镇子给父亲买点衣物，让父亲新头新脸出门，经过刘明德小店时，她停车进门，和他分享这好消息，一是因为高兴，二是因为录音机，父亲确实很喜欢那台录音机，她相信歌声能让父亲心情开朗，三是因为这一年在刘明德店门口托卖了很多东西，让她勉强把日子维持出个样子……

南进门就一条条列着理由，刘明德挥手截住，你不就是想看看我么——别不好意思，理由越多越奇怪。刘明德本是开玩笑，但他看见南的双颊红了一下，再认真看，南已经恢复平常的样子，不过他能肯定，刚才没看错，他涌起一股欣喜，把南的自行车拖进店里。

还是他们常去的镇郊小山，橄榄树下，刘明德立在南面前，南，我有话要说，今天日子好。

说句话用得着这样？我们没说过话？南玩笑着。

南，你看着我。刘明德一本正经。

南看定刘明德，刘明德却又闪开目光，好一会儿，才抬起眼皮，长长吐出口气，我们把关系定下来吧。

什么关系？南仰头看橄榄树。

南，你知道我的意思。你快二十岁了，我们先定下，别的事情慢慢来，你说你还有很多事，我等，但我们先定。

定？南像疑惑不解，定这个字不要轻易说，以后还长着呢，事多得很，哪有什么说得定的。

别的事情我说不定，也不知会怎么样。刘明德目光努力捉南的目光，但对你这事我是能定的，会一直定下去——我的意思很清楚。

一直？说太快了吧？人是不知道别人的，连自己都不知道的，我就不知道我自己。

别的事情，我可能不知道自己，这件事我是清楚自己的。

南坐下，望着远处，下巴放在膝盖上。刘明德等着，许久。南没动一下，刘明德以为她睡着了，碰碰她的肩，她猛转过脸，我们说点别的好吗？

刘明德急了，要我怎么说，发个誓吗？

千万别……南不停摆手，我不是怀疑你什么，我说的是我自己。

能不能说个原因？刘明德小心地问，自己又接口，这样问很好笑吧。

你是好笑。南看着刘明德，说。

刘明德的表情瞬间变得复杂，他缓缓起身，慢慢后退，突然转身跑下山坡，拖了自行车，拼命踩踏，车往远处窜去。南起身，看刘明德消失在远处。就在她准备下山坡时，刘明德回来了，仍骑得极快，在山坡下猛地停住。

南坐上车后座，刘明德急喘着，伸着脖子，用力踩车踏，踩得整个人立起来，南紧抓车座，努力保持平衡。

直到刘明德的电器店，两个无话。南去拖自行车时，刘明德帮忙把车拉出去。南离开时，刘明德是背着身子的。

南回来时，在电器店停下，拿出一个玻璃壶和一包点心，刘明德笑笑，买这些干吗？我用不着。

不是用得着用不着的事。南说，是庆祝，我在镇上找了份活。

南走到店门口时，刘明德反应过来，以后你每天到镇子上班？

镇毛巾厂，上下班时间得准准的。

东西我收下，庆祝。刘明德眉眼舒展了。

刘明德自言自语：

我后悔太早说出那个"定"字，又太一本正经，从那以后，南对我变得小心了，还有种怪怪的客气。可怪我吗？几年了，我才说出那个字，哪个谈恋爱慢成这样？别说谈，我讲给别人听，人家都没心思听，说谁这样慢吞吞——那是别人不明白，没碰上愿意慢吞吞等的人。消除和南间那种怪怪的感觉，用了很长时间，后来，我更小心了，而且，南多了一个借口，说阿弟还在念书。这跟我们两个定不定有关系吗？

六

刘明德提出确定关系后，很长时间没和南见面，严格地说，是没有专门见面，南上下班经过电器店，自行车没停，若见刘明德就挥挥手。刘明德没出去，他跟她赌气，想看看南什么时候停车。两个月过去了，南仍挥手而过，轻松自在的样子让刘明德胸口发闷。

刘明德终于先走出店门，估摸着南下班的时间，等着，把她拦下，我这店太小，你不打算踏进来了？

南笑笑，好像这两个月的疏远根本不存在。

毛巾厂怎么样？刘明德问。

还好。

进来喝口水。刘明德将南让进店，按下桌上录音机一个键，让南听一首歌，歌调柔美，歌词千回百转的。店里很安静，两人没出声，歌声和茶香缭绕，有什么东西氤氲起来了。

歌曲终了时，南放下茶杯，刘明德问，好听吗？

很美。南说。

从这天开始，刘明德每天下午把南等进店，端一杯茶，按下录音机，让她听一首歌。这么天天听下来，刘明德感觉到某种类似柔情的东西，让他欣喜。然而，有一天，这欣喜戛然而断。

那天南进店时，带了柯思虹。

柯思虹一向不喜上学，高三毕业后就在镇上找活干。很巧，南进毛巾厂时遇见了她，两人又走得很近。刘明德知道，柯思虹家在镇子那头，根本不用经过这，是南带她来的，他脑子嗡嗡地响。

南将刘明德给她准备的茶递给柯思虹，按响他准备好的录音机，仍是一首柔情似水的歌曲，三人听着，柯思虹发现只有自己握了杯，想给刘明德和南沏茶，刘明德闷声接过水壶，柯思虹看着他，眼神让他不自在，他看南，南没看他，一副无知无觉的样子。

刘明德突然按停录音机，歌曲猛地断掉，断出一截尴尬的安静，刘明德说，我有事，要关店了，对不住了。

南看他,他不看她,做出往外请人的姿态。

用得着小气成这样?柯思虹不悦地说。

南拉了柯思虹出门,到了外面自己又匆匆返回,刘明德背着身,后背僵硬,南说,对不起,歌很好听,思虹她人……

提别人做什么?想说什么明说,这样什么意思。刘明德扬了语调。

这事是我不对。离开前,南说。

隔天,刘明德仍等在店门口,南仍是一个人,进店,接过那杯茶,歌声起,昨天的事两人没有提。

这事持续了近一个月。后来,提起这一个月,刘明德的朋友就现出崩溃状,谈个对象用得着这样,你们打哑谜?刘明德摇头,说外人不懂。

一个月,每天不一样的歌,但歌曲风格很像,歌词意思大同小异。那天,听完歌后,刘明德让南说说这段时间的歌怎么样。

说过很多次了,很好听。

没别的了?刘明德的失望很明显了。

南不出声。

那些歌的歌词很多是我想说的话。刘明德定眼看着南。

南将茶饮尽,默了一会儿,说,那是别人的话,不是你的话。

我想听听你的话。刘明德说,能不能谈一谈。

南想了一会儿,点头,好,我们找个时间谈谈,你要想好。

不用想了。刘明德手一挥,我要说的没什么好想的。

南只是微笑。

那时,刘明德万万没想到南说的是那些,和他根本不在一个思路上。那次对话糟糕极了,谈话后,他看到自己和南之间真正的问题,而那问题他无能为力。

(我忍不住好奇,打断刘明德,插嘴问,我姐姐和你谈了什么?刘明德胡乱地挥手,说不清,都是些怪里怪气的话。那些话鬼一样缠在我们中间,每次谈到,南说她的,我说我的,没一次说得清。刘明德呼了口气,换茶叶,不断沏茶,不断喝茶。我想着怎样套出他和姐姐的话时,他突然放下杯子,又自说自话起来。)

刘明德自言自语:

谁想得到南谈的是那些,尽说些神神道道的话,我听都听不明白,跟过日子全没关系,问我对日子的想法,我说了,又老问还有没有别的,日子就是日子,还有什么别的?她倒说什么日子还有很多层,很多人只在日子最外层活着,一辈子不能这样,命得尽量过满一点,她想过得多一些,知道多一些。多什么?她说的不是钱不是房子不是孩子,让她说清楚,她又摇头,说我们想的不一样,没法说。那些乱七八糟的想法到底哪来的?哪个跟她说这些?她着魔了?听她说那些,我气极了,因为我一点办法也没有,可我又被迷住了,南是不一样的,她有的很多东西我没有,我就是贱……

(我极好奇,是啊,姐姐那些想法哪儿来的,跟我印象里的姐姐完全不一样。姐姐,你到底在哪儿?在想些什么?)

七

有段时间,刘明德学电影里的主角,每天关了店门,等在南工厂外面。午饭后有一小段休息时间,刘明德央门房喊南出来——他时不时给门房一点礼物,门房很愿意效劳。南出来时,后面总立着一群女孩,谈笑着,指指点点。刘明德或给南带点零食,或带些绿豆爽之类的凉水,和南立在路边说几句话。傍晚下班,刘明德等南出来便迎上去,提些小点心,和南并行,身后女孩们哧哧地笑。

南的工友议论发笑时，刘明德细看南的反应，希望这些议论会造成某种压力，甚至变成某种力量，帮助他，但南毫不在意，有时和他一块走一段，有时说家里事忙，骑车先走。

去工厂等南这事，刘明德是仔细想过的。听南谈了那些他弄不明白的话后，他郁闷了好一段时间，后来突然认为是南年纪太轻，看了什么奇怪的书，生出些怪想法，他相信她会忘掉的，他应该成为矫正她的力量。这想法让他激动。

刘明德的策略是，让南感受他的好，从他的好想到日子的好，把她留在日子里。他相信，用心过日子的人，什么怪想法都会淡掉。

刘明德家里人不满了，等女孩等到关店门，这事不正经了，但刘明德这样用心，从未有过，家里人也不敢轻易议论女孩，说要见一见。刘明德摇头，他没把握让南来，当然，这意思不能跟家里人讲。家人有了气，说见面有几层意思，一是看看让刘明德这样的，是什么样的女孩，二是老让刘明德这么去等，女孩过分了，三是她很有可能要当刘家媳妇，家里人见见理所当然。

我自己愿等，跟南无关。刘明德分辩，但家里人第三个意思让他动了心，他想了想说，我去想法。

刘明德想了办法，但南不去。

我为什么要去？南说。

就是去我家吃顿饭，你来镇子这么久了，我请顿饭很正常。

不是吃顿饭而已。南说，意思你我都知道，我又没那份心思，还去就过分了。

南，你想太多了。

可能是。南笑笑，我倒希望都不要想太多。

请不来南，刘明德家里人对她的印象更差，动不动提她，说她不明事理，不值得对她好，时不时刺一下刘明德，好像这么刺着，总有一天会把他刺醒。刘明德的母亲和姐姐甚至四处打听别的女孩，年纪相仿的，只要稍有点可能，就在刘明德面前夸成宝，极力说服他相亲。他们相信，刘明德在成家的年纪碰上南，迷了心思，人见多了，眼界自然会阔。随着劝说失败次数增多，家里人对南的印象越加不好。

刘明德不睬家里人搭的那些线，但次数多，他也紧张了，母亲和姐姐是盯住他的事了，到处给他搭线，说不定消息哪天会传到南耳朵里，镇子这么小。那时，南更有理由离他远远的。

要紧的是南，她没想通，什么都是空的。刘明德突然觉得到厂门前等南确实有点傻，别的女孩还好，南要的不是这些。谈对象这"谈"字用得真好，他和南还是得谈，能深入彼此的谈。

刘明德说服南中午请几个小时假，他把饭菜买到店里，关了店门，两人边吃边谈。

在摆菜时，刘明德开始描述一种生活，极平常的那种，从一日三餐到一年四季，干活休息，吃饭穿衣，生儿育女，他将这些事递进地描述出来，渐渐有了某种动人的力量，充满凡常的安宁和希望。南忍不住插嘴，说这些也是她多年的梦想，这么多年守着病弱的母亲，她无数次想象母亲病好后的日子，也是这样递进着，一点一点地美好起来。

是的，日子就是这样过。刘明德给南夹菜，小心翼翼地，他摇摇头，说，不可思议，我快不明白我自己了，认识你之前，哪有什么日子概念，认识你后，我突然知道过日子，想好好安排日子。刘明德目光专注在南身上。

这种日子是不错。南若有所思，很多人都想要的，心再大再远一点的，无非是房子大一些，钱多一些，或官大一点，后代更有出息等等，可还有别的东西，很多人的好日子不用那些东西，可那些东西是在的。

南，你说的到底是什么？刘明德脑里嗡嗡作响，他极想问问南是怎么长大的。

说不完，还有很多说不明白。南说，我很想知道那些，不单单想日子。

人就是过日子，想那么多有什么用？

南陷入沉默，这沉默长得刘明德不安，他给南夹菜，想把她拉回日子里。

刘明德先忍受不了沉默，给南抛问题，我刚才说的那种日子不好？

好，我从小就想过那种日子。南说，表情变得迷茫。

想得太多，就过不好这种日子了。刘明德试探着。

很有可能，最少得放下一些东西——现在看来。

你真想放下？刘明德哑着声问，紧张得胸口发喘。

南放下碗，刘明德也放下碗，走到桌子这边，好像要守着她的答案，但他没给南开口的机会。南开口前一瞬，刘明德弯下腰，吻了她。南吓了一跳，极快地挣了一下，愣愣地看着刘明德。刘明德也愣着，像被自己吓住了，但很快回神，抱紧南，再次吻了她，这次笃定而又扎实。南回应了他。

刘明德自言自语：

我说的好日子，南是动心的，她也爱那种日子，这就好办。只是那些莫名其妙的想法扯住了她，就看哪种力量大一些，能拉住她。我该用力把她拉回日子，南不能变成怪人，想些和日子无关的东西会害死她。可是，天啊，我多想知道她说的日子外的东西是什么？是不是也中了邪？

八

（刘明德突然笑起来，笑得我莫名其妙，追问想起与姐姐什么趣事了，他点头，又摇头，是高兴的事，可也不算什么。他又开始说了，可讲的却是一顿饭。）

刘明德择菜洗菜切肉递送调料盘碗，南掌勺，安排菜式，荤素搭配，蒸煮炖炒，两人商量着其他人的口味，决定菜的搭配咸淡。

忙着，刘明德会断片般发愣，看着南，南挽了袖，围了淡绿色围裙，刘海半散在额前，目光专注在锅里，挥着锅铲。她太阳穴挂着一滴晶亮的东西，不知是汗还是水珠，刘明德极想擦一擦，为她擦拭的想象弄得他心慌意乱。菜下锅了，烟腾起来，她带了浅笑的脸隐在半朦胧中，刘明德手伸出去了。

明德。母亲立在厨房门口，四下张望，又要帮忙的意思。

妈，不用不用。刘明德堵住母亲，像他刚刚赶走姐姐那样。母亲和姐姐几次进厨房，说要帮忙，其实是不放心，甚至赌着些气，南就这么占了她们的厨房。刘明德无条件撑着南，嘴上却向着她们，妈，你和姐去喝茶，等着吃就是。

妈不情愿地回客厅，刘明德重进厨房，南正盛起炒好的青菜，刘明德忍不住傻笑，他觉得某些好事情正在开始。

南突然答应去刘明德家了。那天，刘明德不知第几次请南到家里吃顿饭，在他准备着南再次顾左右而言他时，却听到南回答，好吧。刘明德还未反应，南又说，饭我来做，明天我轮假，我们去买菜，你家里人爱吃什么。

刘明德的母亲和姐姐准备了打探、询问、旁敲侧击、劝说，她们的意思，那些话得绵里藏针，既不失礼节，又让南感到痛甚至羞惭，反思之前拒绝她们且对刘明德拿架子的行为。

她们准备好的策略没用上，南和她们想象的相差太远，包括长相，包括微笑、言语，刘明德的母亲甚至开始为她找借口，之前的拒绝大概与架子无关，而是女孩的羞怯，竟对南有了些怜惜。

　　刘明德认定那是他从小到大最好吃的一顿饭，在朋友面前感叹，反反复复的，朋友耸肩，南做的，能不好吃？刘明德竟急了，举母亲和姐姐的例子，说她们吃着菜，满脸的不屑和怀疑一层一层散掉了，一层一层浮上笑意。

　　朋友们笑，刘明德会写诗了。

　　如果会，我真想写诗，以前我怎么会笑电影里的人谈恋爱写诗。那顿饭后，南带刘明德去见了奶奶。

　　南将刘明德带进奶奶的小屋，简单说了几句，尽量委婉，但奶奶很快知道他们的意思，笑起来，笑得南差点呆不下去。奶奶不跟南说，开始问刘明德话，都是些家常，刘明德轻松了，南发现奶奶侧着耳朵，极仔细地听刘明德说。后来，她告诉刘明德，听你声音，就知道你是成的，南跟了你会过好日子的，你们的事不用再想。刘明德将这话搬给南听，很是得意，奶奶眼睛看不见，心里比哪个都清楚。

　　听了刘明德的话，奶奶摸索着找刘明德，刘明德手递过去，奶奶握了半天，又找南的手，也是握了半天，说，南，会有好日子的，很好的日子。

　　南羞恼起来，阿嬷倒成算命的了。

　　阿嬷见的事多了，还会有错。刘明德接嘴，这次会面比他想象得顺利，他再次确定，主要问题是南。

　　（你为什么不想想，问题可能在你身上？姐姐想法跟别人不同，就成了问题？我忍不住插嘴，虽然我也不明白姐姐说的日子之外的东西，虽然也觉得刘明德说的日子是好的，并万分希望姐姐能过上那种日子，但我对姐姐的偏心无法改变，也对姐姐说的那些东西着了迷。刘明德扫了我一眼，没把我的话当回事，却微笑着叹了一句，那段时间真是黄金期。)

南像想通了，扔掉乱七八糟的想法，总跟刘明德提日子，主动地提。她也开始安排日子，安排得极细，做什么营生，家里人怎样安排，什么时候做什么事，从一日三餐的小事到置房的大事，从家里的活到店里的生意。后来，刘明德后悔自己太傻，没有趁南的兴头，将两个人的事办了，组成一个家。他相信，南就是想得再多，也不会轻易丢掉一个家。

刘明德自言自语：

那时，南好像想好了，要跟我实实在在过日子，后来她又变来变去。其实不能怪她，她也不明白自己，以为能过好日子。她很长时间没提那些莫名其妙的想法，一定以为自己能藏好那些想法，我觉得她忘掉了。我们在一起，把日子过好多好啊，想那些和日子无关的，除了找罪受，有什么好处？可是，那时南有一点不太好，就是动不动提到死，她一提我就想吼她，我生气，也害怕，她提死和别人提死不一样，有种怪怪的正经，甚至说死有好几种，什么有可能日子死了，人却活着，什么死会让人不想太多，也会让人多想一些东西，说这些时，她好像变成另外一个人，我不喜欢她这样。

九

有一段时间，刘明德和南两人关系很稳定，谈着以后的日子，那些安排里以两人为主角，刘明德认为时机已成熟，把两人的意思告诉了家里人，也跟南的奶奶提了，一切可以开始的样子。按家里人的意思，也按风俗，刘明德向南要生辰八字。

生辰八字？南吓了一跳，看着刘明德，表情又惊慌又迷茫。

就是生辰八字呀。刘明德重复，南的样子吓住了他。

当地风俗，在男女定亲前，男方讨要女方的生辰八字，请算命先生合婚，看两人是否合得来，组成一家是否吉利，更谨慎点的人家，合婚前将女方生辰八字放在祖先神位前供三天，三天内家里一切平安，方可合婚。

南侧开脸。

这是风俗，我们肯定合得来。刘明德说，你别担心。

南默了一会儿，突然说，要不，这事先缓一缓。

刘明德觉得额头被人敲了一锤，他愣了愣，忙说，不用你做什么，把八字报给我，我妈自会去安排。

缓几天吧。南说。

缓几天做什么。刘明德劝，我们早说好的。

南仍坚持缓几天，那些天，刘明德一直没跟她好好说上话。南下班经过电器店时匆匆而过，刘明德的点心茶水她无心吃。刘明德便仍等到工厂门外，南敷衍着吃那些东西，却小心着刘明德的话题，只要稍稍涉及两个人的事，她的话立即打滑，扯到别的事上。

半个月后，刘明德等在南的奶奶屋里，他想借助奶奶的力量了，想让奶奶做个见证。看见他，南踏进门的脚缩了一下，但刘明德立在奶奶身边，盯着她，她半低着头进了门，在刘明德开口之前朝他使了眼色。

南将刘明德带出门，往寨后走，走向田野深处，在一片麻田边停住，南转过身退了两步，和刘明德拉开距离，明德，你听我说……

我不想听。刘明德截断南，走近她，双手抓住她的肩膀，几乎要将瘦小的她提起来。刘明德高大，俯着脸对南说话，看起来似乎盛气凌人，实际上，他脸上满是恳求，语气满是怯意，他对这个女孩毫无办法。

南还是说了,对不起。

说点别的。

我们的事算了吧。南咬了咬牙,挣开刘明德的手。

刘明德按住太阳穴,别开玩笑了,这不是儿戏。

我说正经的。南退开几步,像要逃开。

刘明德突然扑上去,半拥住南,将她推进麻田,两人立在两列麻之间,挤着,刘明德手掌按着南的后背,南挣脱不得,他另一只手捏住她的下巴,直直看着她,张了张嘴,不知说什么。

对不起。南几如耳语。

刘明德掩住她的嘴,半天,头垂在脖子边,喃喃,南,是不是我太急了,那件事……我是真的……

跟那件事无关。南说,那不是你的事,是我们两个人的事。

两人静下来,关于那件事的画面蜂拥而来。

河边竹林,竹子那么密,仰头只有厚实的竹叶,草那么高,人弯一弯就被挡住了,刘明德和南半隐于草丛中,世界虚空了,只剩下彼此的身体,他们用身体感知另一个身体,用最直接的方式感受对方。那一瞬,所有的想法远离了南,只有感觉,纯粹的,所有的风景远离了刘明德,只有她的身体,变成至美。

你舍得吗?刘明德说,凑近她的眼睛。

像害怕自己改变主意,南转开脸,猛地退开,退出麻田。

我们是要在一起的。刘明德追出,扯住南的胳膊。

两人顺着田埂,绕着稻田,绕来绕去地走,刘明德在等她冷静,给她理清头绪的时间,他没想到南是在想着如何开口。

南终于站下,说,我们不能结婚,结了就没法改变了。她抱紧胳膊,像对这个结果感到害怕。

刘明德瞪着眼睛，半天出不了声。

我跟你不一样，跟我结婚对你不好。南小心地走近刘明德，小心劝着，这样对你不公平，我确实喜欢你安排的好日子，可我不只要那些。

刘明德转身，肩膀抖着，不知是在控制情绪还是在发泄怒气。

你，你重新找个人吧。一旦这话出口，南胸口一阵疼痛，可也骤然轻松，找个合适的人，好好过日子，有很多人等着，都比我好得多……

够了！刘明德吼，脸通红，眼里蔓着血丝。

南一点一点往后退，给刘明德退出空间和时间。刘明德回神时，南的背影已经模糊了。

事后，刘明德才想起，走之前，南说了些怪怪的话，不知是感叹还是说给他听的，她突然说古代女子其实也不错，不用想太多，想了也白想，婚事听由父母安排，时候到了，眼睛一闭，披上红盖头，结果怎样听天由命，这种顺其自然倒也省心省力。但南很快又甩甩头，冷极似的抖抖肩膀，太可怕，这算什么话。

刘明德自言自语：

只有那种时候，在南面前，我才觉得自己是真正的男人，她完全属于我，作为一个男人，那不是够了么。我能肯定，那种时候，南是幸福的，我怎么能放弃？要是别的女人，早安心了，可南不是别的女人，她不安心，我有什么法？

十

南把一张红纸递给刘明德时，刘明德半天回不过神。

我的生辰八字，不要？南挑了挑眉毛。

为了说服她拿出生辰八字，刘明德想尽办法，劝说、讲理、恳求、各种讨好、搬出南的奶奶，两人经过试探、冷战、火热各种阶段，南就是不松口，提到这事，不是装聋作哑就是干脆拒绝，刘明德原已做好了打持久战的准备。

我去合婚？刘明德接过红纸，疑疑惑惑地反问。

我们定亲吧，越快越好。南说，一定得合婚？若合不来，我们的事就算了？

定亲，越快越好。刘明德点头不迭，肯定合得来，合不来也让算命先生想法，只要使点钱，没什么合不来的——不可能合不来，只是走程序，老一辈的风俗。

南突然着急了，刘明德很奇怪，但不愿深想，他催家人连夜去合婚，刘明德的母亲问，你们没事吧？她的目光让刘明德羞恼，扯着嗓子，想什么呢？不是整日催着我成家？

是催，但这是成家，不是儿戏。母亲愈加疑惑。

后来，刘明德认为母亲带着疑惑帮他们合婚，才会有那让人疑惑的结果，甚至怀疑母亲不想成就他和南的事，故意给他那样一个结果。

母亲将合婚结果给刘明德时，刘明德长久地盯着那张红纸，之后又长久地盯着母亲，怎么也想不到是这结果，怪自己没有与母亲同去。母亲说，算命先生给的，这个算命先生是有名的。

乱来的。刘明德说，这个算命先生不准。

（我忍不住又插嘴，姐夫，合婚结果到底怎样？你和姐姐八字不合？刘明德默了一下，又顾自讲下去。）

南给生辰八字后一个多星期，没等到什么动静，刘明德甚至回避这话题，南很干脆地问了，合婚结果怎样？

再等等，我妈迷信，说得看好日子再合婚。刘明德支吾。

又过了几天，刘明德拿出合婚结果，两个八字极相合。

刘明德自己重找算命先生合，确实得出极好的结论，刘明德没私下使一分钱的。刘明德的母亲不认第二个结果，但拗不过儿子。

算命先生择了定亲日期，在两个月后，南沉吟，拖这么长时间？

南似乎很着急，但不知为什么，刘明德高兴不起来，反有种莫名的疑虑，他很想和她好好谈谈，理理两人间的事，但南回避，只是反常地热情起来，立即要准备定亲的事，她不停地和刘明德商议定亲的仪式，需要准备的东西。

南，这些不用你操心。刘明德揽住她，我妈会安排。

南表情有些飘，我这边也得准备，我得自己安排。

你大伯母早说了，她会安排好。刘明德害怕南那样的表情，他拍拍南的肩，好像要把南的魂从某个地方带回来。

我自己来。南固执地坚持。但她不知该做什么，问刘明德，刘明德耸肩，说都是母亲在忙，他只管两个人的事，其他形式不在他的考虑范围内。问大伯母，大伯母笑，哪有女孩子给自己忙这个的，我办事你不放心？定办得妥妥的。

南有些没着没落，刘明德找了个机会，想和她好好谈谈，像怕自己改变主意，他开门见山，南，你到底紧张什么？能不能和我说说？以后要在一起了。

紧张？南笑起来，笑得怪怪的，我有什么好紧张的，难不成怕你改变主意……

南猛地住了口，刘明德猛地起身，他不想再谈了，拉着南出门，找各种小吃，四处乱逛，玩得热烈的样子，说话时却尽量不对望。自那天开始，两人一起时很少静静待着，总要找事情做，越热闹越好，好像静待着会不小心谈起什么，不小心捅破什么。

找不到事情干，南就给自己设计衣服，准备定亲当天穿。找到这件事，她一头扎进去，一次次修改衣服图样，在碎布料店碎布堆里半天半天地翻找，半天半天地待在仙湖寨金剪婷裁缝店里。

半个月后，南着上自己设计的新衣，闪亮了所有人的眼，刘明德绕着她走来走去，感觉到一种从未有过的味道，不是平日感觉的"好看"，有某种说不出的妩媚，他甚至想起电影里听过的一个词，妖娆。这词让刘明德吓了一跳，在他和南融合成一体时，也有这种感觉。

（刘明德停下来，我突然有些愤怒，他竟这样谈论姐姐，这不是我认识的姐姐，姐姐到底是什么样的？我脑子嗡嗡作响。刘明德连喝两杯茶，又开始说了。）

南很美，说不出的美，刘明德没法放弃她，有些时候，他甚至埋怨上天，让南的脑里有那些乱七八糟的想法，可南那些想法又让她那么迷人，刘明德觉得自己有些不对头了。

试了衣服，南说得有鞋子配。刘明德带她去买鞋，逛遍镇子，终于买到和衣服相配的鞋子，南很满意，高兴得有些夸张，回到电器店仍没法平复情绪，穿着鞋来来回回走，要刘明德评价，但又不怎么听，自顾自评价起来，滔滔说着。

说着说着，南突然停了，盯着鞋子发呆，脖子渐渐垂下去。刘明德最怕南这种状态，他走路也小心了，想着拿什么话岔开，南抬起脸，说，以后的日子，类似这种事就算值得高兴的事了吧。

你不高兴？

我知道，选这种日子，有些东西最好再不要想，可是想和没想，做人是不一样的，想还是不想，谁安排得了？南摇摇头，说到底，人的想法……

刘明德拉起南，用唇堵住她的嘴，抱了她，走向电器店里间。刘明德将南轻轻放平，凑近她的脸，看着她的眼——这种时候，他敢和南对视了，他自信有某种力量——说，日子不是想的，是过的，就像我们一起，别想……

在南的奶奶的老屋，几个人谈他们俩的事，听着刘明德讲述的小日子，奶奶暗色的脸有了亮，好一阵之后，刘明德感觉到南的沉默，转头，她已经走开，在外间小炉前烧水。奶奶喊她，她噢了一声，一块一块往炉里添柴，动作冷漠机械。刘明德振奋的心往下一沉，又是另一个南了，和早上在电器店里那个完全不一样。

刘明德自言自语：

那段时间，我被南的情绪化弄得发疯，知道她为什么忽冷忽热，又没法完全明白，有时，我真的烦了，很累，几乎要对她说重话了。现在想来，南定比我难过得多，我要过的是她的关，她要过的是自己的关，可我没体谅她，我一向觉得她那些想法离谱，我活该失去她……

十一

那天中午，南到电器店找刘明德，刘明德有种怪异的不安感，他疑惑地看南走进店里，这个时候，南该待在厂里，她极少误厂里的活，身体不好也不请假。但南说，我请了两小时的假。

什么事不能下班后？刘明德试图说服她，我一直在这店里。离他们定亲的日期只有十来天了，刘明德希望两人正正常常地过，为以后的日子预热。

南开始说了，她谈起刘明德的好，各种各样的好，从性格谈到人品，从他的样貌谈到他的家境，赞他勤勤谨谨经营电器店，夸他对日子的安排条条理理，在年轻人中多么难得，总之，他几乎是无法挑剔的，该有好日子，配个好女人，和他一起把日子经营得风生水起。

刘明德等她说，说完了不出声地看她，南低头喝茶。

你请假就跑来说这些？

我不是那种好女人。南抬起脸，和刘明德对视。

我要什么自己明白，不用别人教。刘明德说，既然请了假，中午到我家吃饭，还是上次那样，你亮手艺，上次你可让我妈我姐眼界大开。刘明德相信，一块做一顿饭，聚一起吃那样一顿饭，会让很多事情改观。

不要。南的回答干脆得让两人吃惊，南愣了一下，讪讪地补充，那样太麻烦了，我请假时间不长，随便吃点什么就好。

刘明德提议两人去街上走走，顺便吃点什么，时间到了他送她去厂里。南没动，却换起茶叶，换得极慢，煮水、洗壶、加茶叶、洗杯、沏茶……刘明德看着她每一个动作，猜测她在想些什么，想象她将说什么，自己将怎样回答。但南开口时，却超出刘明德所有想象。

南谈起了柯思虹。柯思虹自高中起就是她同学，在她几乎和所有人疏远的那段时间，柯思虹还和她比较近，她退学后，仍经常和柯思虹往来，进了毛巾厂又巧遇柯思虹，两人再次走得很近。

刘明德说，我比你先认识她，用不着你来说这些。

南继续说，柯思虹是个好女孩，长得好，性格好，家境挺好，很会过日子……

南，你怎么了，和柯思虹吵架了，要我帮你们劝和——我做不来这样的事。去吃点什么吧，我饿了。刘明德去拉南。

南不动，反让他坐好，柯思虹一向对你有意思，上高中时就有，她去你舅舅面店吃面，攒下的钱都花在面店了，就为了看你——

跟我有关吗？想说这个请你离开。

这是事实，你害怕听这个？南缓着声说。

我有什么害怕的，我的意思你会不明白？刘明德耸耸肩，好吧，你说。

我们的事，柯思虹都知道。南咽了唾沫，可她对你——她是好女孩，配得上你这样的……

南！刘明德拍了下桌子。

南抿住唇，咬咬牙，说出后半句话，你们是合适的。

刘明德抓住南的双肩，你又想什么了？我们有什么问题，你直说，你过分了，把我们的事当什么？刘明德有些声嘶力竭，他转身，手一挥，将一台录音机扫落在地上，那台录音机他组装了几个月，准备在定亲当天送给南，按他无数次想象过的，以后的日子，这录音机将放在他和南共同的屋子里，他们的日子将充满这录音放出来的背景音乐。

我没信心。南突然哭起来，对自己没信心。

你把我当什么？刘明德哑着声，一步步走近南。

南仰起头，双手捧住刘明德的脸，动作极轻，像捧一个易碎的贵重物品，她发现他眼角有一汪湿润，用唇碰了碰，想弄干那半滴泪。她的嘴动了动，是想说对不起的，终说不出口，只捧着刘明德的头脸，将他一点点拉近。

南想跟刘明德在一起，又不甘和他在一起，这种纠结变成一种怪异的激情，将刘明德弄得无措又迷醉。

刘明德自言自语：

那段时间，我一夜夜失眠，想着南，想像摆弄录音机一样，把南一层层拆开，再组装，彻底弄明白她，想些什么？是个什么样的人？结果越弄越糊涂，某些方面，南单纯极了，可她怎能想出那样的主意，说不好听的，有些卑鄙了。那次，她让我寒透心了，她骨子里看不起我，在两个人的事情上竟想补偿我，拉来个柯思虹，像欠着我什么。南想要我安排的日子，又舍不下日子外的东西，我是明白的，这给了我希望，认定这两种力量半斤八两，只要我再使使劲，就能把她拉到我这边，问题是，我快不知道怎么使劲了。

十二

一个多月了，南的镇定让刘明德心虚。

定亲的事取消了，刘明德自定亲日期前一天和南待在一起后，再没找过南，南每天经过，他没招呼她，南不停，若和刘明德目光相遇，就挥手打个招呼，若刘明德故意不看她，过去了，像刘明德是一个普通老友。

连续一个月，刘明德努力抑制找南的强烈愿望，决定给她足够的时间冷静，希望想清楚后，南会来找他。这个决定有他一帮朋友在推波助澜，他们帮刘明德分析，认为他过于主动，把南宠坏了，南习惯把两人的关系扔给他去推动，这样一来，她不会懂得这种关系的珍贵，当然不懂得看重，得冷她一冷，清醒了，就会知道你的好，女人就是这样的……刘明德知道他们在胡说，他们不明白南，甚至不知道也不相信有南这样的女人，但他采纳了他们的意见，希望南有一天在店门前停下，进来拥住他。

一个月过去，南没有半点表示，甚至没问过半句，他刘明德为什么和之前不同了？没有问两人接下来该怎么走。他甚至感觉，这种冷处理正合了南的心意，她正一点点冷漠起来，有种让他害怕的轻松。

结果是，南又在奶奶屋里遇见刘明德，南在门槛边顿了一下，有往后退的意思，刘明德忙打招呼，奶奶听见了，招南进去，南很多话没法出口了。奶奶问起两人的事，南找话敷衍，奶奶严肃起来，南，这事别儿戏。奶奶还有很多话说，南找个借口，把刘明德拉出来。

你打算就这样下去？刚出门口，刘明德就问，口气激动起来。

南急走，刘明德紧跟，到底是什么横在我们中间，像该死的情敌——要是情敌我倒还知道对手，还有办法。

南，你不可能不过日子吧？想得再多有什么用？

南猛地站在，盯着远处，长久发呆。

我老实说吧。刘明德碰碰南的肩膀，这一个月来，我说服过自己放弃，可我没有办法，那些飘着的想法你没法放弃，我们的事你能放弃？

我们定亲吧。南转过脸说。

嗯？刘明德绊了一下。

需要重选吉日就去选，不过需要的话就尽快订下。南不动声色。

南？

你今天不是来说这个的？

当然。刘明德疑惑，嘴上却忙应答着。

刘明德的家人不许，要刘明德放了这事，相一个好女孩，正正经经过日子。南留给他们的好印象荡然无存，拿这事当儿戏，这种人怎么过日子。刘明德的母亲联系到第一次合婚结果，摇头不停，算命先生还是准，你们是不成的。

这次，倒是南催问刘明德，问他是不是怕了上次的事，要是怕了，两人立即分开。这么说着，南转身背对刘明德，好像想这么走掉了。刘明德急扯住她，他感觉到南不是女孩子赌气，倒像拿这个当什么借口，他只要稍落了什么口实，南立即当成什么证据，消失无踪。

刘明德小心整理着词句，告诉南，他只是想做得更好，上次的事，家里人很在意，他想给南最好的日子，不想留任何芥蒂，这段日子他正想法解开这个结。

这是我结下的，我来解。南说。也不理睬刘明德的再三追问，径直跟着去了刘明德的家。

刘明德的母亲脸色不好看，南像没有察觉，放下点心，客气几句后，请求和刘明德的母亲单独说话，刘明德拼命使眼色无效，刘明德的母亲将南带进房间。刘明德在客厅绕着茶桌绕圈，其间，无数次将耳朵贴在门上。

半天后，刘明德的母亲和南出来，刘明德母亲脸色已大好，说下午去选日子。

刘明德探问多次，没问出南和母亲说了什么，南只简单提了几句，意思是两人是想过好日子的，夸刘明德是难得的年轻人。刘明德耸耸肩，倒像长辈在夸我这个后辈，不会用夸我的方式给我妈灌迷魂汤吧。南不置可否。刘明德喃喃，你要真想好好过日子了，不知能过得多好。

南没听清，再问，刘明德不说了。

那天的对话，刘明德的母亲也不提，说提不全了，只有结论是清晰的，上次取消定亲是年轻人任性，没有过日子的概念，可以理解。而在她看来，任性的肯定是刘明德，从小到大，刘明德有怎样的性子，她心里有底。

刘明德对南苦笑，闹到最后好像我的不是，我妈不会说我一大堆丑事吧。

南微笑不语。

刘明德自言自语：

那次，我以为南真想通了，那些奇怪的想法毕竟不是日子里的，谁想那些鬼想法有那么大力量，我脑里也有鬼念头了，觉得没有南，就没有以后的日子了。

十三

刘明德和南定亲了。

（刘明德停下，眉眼漫着喜意。他们定亲那天我是在的，那时，刘明德脸上就带着这种表情，持续了整整一天。我相信自己当时的表情与此接近，姐姐这么大年纪未成家，我认为与自己有关系，姐姐放不下我。就在那天，姐姐对刘明德说，亲定了，结婚的事别太急，得等我阿弟上大学。刘明德一直在等我考上大学。）

定亲后，南有时连续几天不跟刘明德好好见面，像很无所谓，有时两人在一起，感觉极好，特别是——是那种时候，一起做饭吃饭，像夫妻那样过日子。这样的日子持续了很长时间，刘明德觉得他们已经过着日子了。

两人的关系似乎很稳定了，都等着南的弟弟上大学，一切照刘明德的意思走着，只有两次，南让他有些不安，但都很快过去，刘明德认为只是以前那些想法的残留，像炉里的余烬，闪一闪就没了。

一天，刘明德和南在电器店吃午饭，南炒的饭，刘明德夸得找不到更好的言辞。南突然说，日子为什么是这样的？说到底还是人定的，大都这样，就说这日子是好的是正常的。其实，日子可以有很多种，不都是人过的吗？哪个规定这样过就是好的？只是习惯了，很少人想到改一改……

刘明德舀了一勺饭塞进南嘴里，他提起有部新电影上映，极精彩的武打片，让南下班了一起去看。他大谈特谈起某个武打明星，南的话题再没有接下去。

另一次，两人在刘明德舅舅面店吃面，吃了半碗面后，南停住了，望着面摊上蒸腾的锅出神，刘明德碰了碰她的手背，她没头没尾地说，做什么一定要结婚？结婚就是正常的？这话最开始是哪个说的？

加一份肉丸！刘明德高声喊，走向舅舅。

刘明德端了肉丸回桌时，南没再继续刚才的话题，只是让刘明德把肉丸留着，要带给阿爸和阿弟。离开前，南又说了句怪怪的话，我理解你。

对南偏离日子的话，刘明德采用装聋作哑、忽略、转换话题等方式，南果然自动断了相关的话题。那时，他暗暗得意过。可南走后，刘明德悔极，忽然意识到，那时南是想跟他好好谈谈的，可他错过了机会，若谈一谈，说不定能留住南了。

第一次合婚的算命先生说得对，南没法安心过日子，勉强成家，会很纠结。

刘明德自言自语：

定亲后，我以为一切定了，不会再有变故了。但是，偶尔的，我会突然不安起来，南好像踏实得有些过分。不过，我尽量不让这念头缠住，认为是自己敏感过度，过段时间会习惯的，南习惯，我也习惯，日子过成习惯就好了。什么日子之外的想法都是空的，之前该是因为年轻，年轻难免不甘心。我让自己忘掉南身体内还有另一个南。

十四

刘明德结束讲述，陷入长久的沉默，又不停喝茶，边抹着眼皮，抹得满脸发红，我觉得他要哭出来了，想劝他休息一下，他却又开始说了，这次他记起了我，话对着我说。

南就这么走了，一句话也没留，她到底想做什么？刘明德红着眼,盯着我。

姐姐也没告诉我。我垂下头。

那个算命的真准,南没法安心,这是命的事。刘明德喉头带了哭腔。

我想找到姐姐。我说。

对了,南初三时那个极要好的男同学叫什么?刘明德声调突然尖起来,手在桌面上一拍,城里转学的那个!

我刚要张口,刘明德又拍了下桌子,南跟我提过一次,谈他的口气很不一样,当时我没在意,初中的同学,只同学一年,我怎么可能在意。

姐夫,你什么意思?

南的出走可能跟他有关。刘明德声音猛地往下沉,像喉咙被堵住了,你不是说了,那人会和南说些莫名其妙的话——说不定南那些乱七八糟的想法就是从他那里来的,一定是。

我不相信,姐姐虽然对那个同学印象很好,还通信,可说他影响了姐姐,夸张了。

就是那同学跟南说些乱七八糟的。刘明德咬着唇说,很显然,这种猜测让他痛苦万分,他们之间会说那些日子之外的话,可南不会跟我说!

刘明德起身,揪着头发,他大概正想象姐姐跟那个同学一起,谈着他和姐姐间从未谈过的话,姐姐的想法,那男同学完全明白。

我突然觉得,刘明德要不是极爱姐姐,到了无法用理性去了解她的地步。要不根本不爱,因为他完全不了解她,甚至不想了解,对于姐姐,他只是好奇,姐姐向他展现了生活的另一种可能。

《往事的可能性》是我找到的姐姐的另一篇小说,我看不懂姐姐这部小说,但我觉得,这小说对于姐姐肯定是很重要的。

往事的可能性

奶奶你伸手，我说的没错吧，暖。女孩扶着老人，用手细心引领老人的手，尽力想使老人的身体前倾，和自己一样，倾向有阳光的天井中心。

嗯。老人的手和身体往回缩。

奶奶，我们在日光里了，舒服吧？今天日光好，暖得软软的，你再摸摸。女孩让老人的手掌摊开，朝上。

傻女仔，日光哪摸得到，有什么软不软的。老人侧了下身，要回屋的意思。

女孩拉住老人，奶奶你再等等，能摸到日光的，回屋能做什么，又潮又暗。

老人想张嘴，感觉身边一空，女孩蹦跳着进了屋，搬出竹靠椅，放在天井中央，硬拉老人坐下，奶奶，我给你讲日光的样子。

日光有什么样子。老人喃喃着，表情又迷茫又空洞，她的思绪又变成丝絮状，飘飘悠悠要离她远去。

女孩倚着竹椅椅背，指着天井沿，努力搜寻描述日光的词语，奶奶，日光从天上流下来，地上印了屋檐的影子，屋檐边那丛草样子清清楚楚的，影子看着凉凉的，日光又黄亮亮的，比书里的画还惹人喜欢，要是印在纸上，贴在床头肯定好看。

嗯。老人有些昏沉，孙女的话也变成丝絮状，和思绪缠混在一起，她无法把握话语和思绪的意义。

女孩晃晃老人的肩。

老人垂下了头，把脸朝向女孩。

女孩蹲下身，半靠着老人的膝盖，奶奶，你知道日光照着叶子的样子吗？很好看的，我天天站在树林边看。站远一点，日光就变了，有时一片片的，有时一粒粒的，在叶子上跳来跳去，我老觉着要是拿竹枝敲一敲，会玻璃片一样响响的，奶奶，树叶子变成玻璃叶子，有多么好玩。女孩又看见那种情景了，仰脸笑起来。

好。老人胡乱应着，身子动了动，又想回屋了，日光晒得她脑里的事情模模糊糊。

奶奶，整个林子成了玻璃叶子你是看过的，对吧。女孩轻摇老人的膝盖，对老人的回应不满意。奶奶的眼睛是几年前才坏的，看过的东西一定很多，她希望奶奶讲一讲。

噢，看，看过——吧。对孙女的疼爱让老人有些愧疚，她努力回想女孩说的满树林玻璃叶子的情景，但越想越没底，日光下的树林她肯定看过无数次，但真看了吗？她恍惚了，睁了睁眼睛，努力在回忆的碎片堆里扒拉起来。

越扒拉越模糊，她记得以前走路总戴着草帽，扣得低低的，看得最多的是双脚，砂子地面在脚下一截一截往后退，除此之外，注意最多的是身上的东西，一对箩筐，一捆柴火，一捆青菜，背上的孩子……

扒拉着，老人丝絮状的思绪敛成一束，伸进自己的空间，孙女的声音浅薄成羽，被风拂远，日光照在身上那种不适的暖意消失了，思绪终于自由了。

老人又开始想象那个世界，忘记是从哪年起坚信并期待那个世界的。那个世界在人世之外，不，在人世尽头，是人世的退路和归宿，漫长的岁月里，这已成为一种信念，她每天重温并巩固这个信念，每次重温和巩固都让她现出游离的微笑。女孩一看到老人这种梦幻般的笑，就想跟老人说话，想把老人拉到外面去，但她又不敢动，蹲在老人面前，长时间盯住老人，试图进入老人的世界。

老人无数次描述过那个世界。只要到那里就都好了。老人总是这样开始她的叙述：可我还得等，时间到了才能去，不知道得等到什么时候。老人轻轻叹口气。

在那个世界里，老人仰起头挺着腰，可以一直一直地走，什么也不要想，不，是什么也不用想，也不会去想。

女孩不明白这有什么特别的，但仍被迷住，问老人，奶奶现在看不见东西，走不了远路，才老想着走吗？

到那个时候就看得见了，不，不用眼睛了，什么都知道，可什么也不用知道，没什么要知道的。老人喃喃着，不用怕夜里，不用怕天气不好，不用怕一个人。想象到这，她总是不小心回到人世，与晚上相关的某些回忆又回来了，那些夜晚的暗色染黑了漫长的岁月。丈夫一向不在家，她知道他在外面拼命，这个家会在他的奔波中往前迈步，她要做的是将家稳住，她应该早就习惯了，却仍在那些晚上号啕。她想不到那些晚上的暗色会渗进另一个世界的想象。她皮肉紧缩，双手神经质地抖颤。

那儿没有晚上。她对自己强调，甚至说出声，好让自己更加坚信。她不用再从噩梦中惊醒，对着窗外的黑暗睁大双眼，逃避另一场噩梦；不用怀抱得了肺炎的孩子，在风雨里寻找原本熟悉的路；不用强迫自己入睡，假装不是守在丈夫骨灰盒前，假装一觉醒来，丈夫会踏入门槛，一身风尘……

讲述那个世界时，老人的叙述充满没有和不用，人世织成厚重的尘埃，把她埋到时光深处，她在想象里一层一层扫掉，变得轻灵与自由。待在老屋的几年，她就在这样的打扫里一层一层地安静。

奶奶，那个地方有什么？某一天，女孩终于打断老人，问出长久以来的疑惑。

有什么？老人愣了一下，去了那里还要什么呢？

什么都没有？女孩凑到老人面前，似乎要把惊讶盯进老人失明的眼睛里。

人世的苦难和折磨都没了。老人声音又虚又飘，不用再活着，不用再熬日子，不用再牵挂。你以后就明白了，到了最后，人都会活明白的，活明白时日子就快到头了。不过，到那边才算开始，那边没有日子。老人松了口气，这口气从骨头和皮肉里挤压出来，她觉得自己又轻薄了一层，一阵欣喜，离人世远了些，往那个世界又近了一步。

什么都没有？女孩起身四下望着，想象生活里的东西一样样消失掉，开始，眼睛被好奇撑得大大的，接着，好奇成了迷惑，再接着，迷惑淡去，成了浓重的恐惧，最终她蹲下去，抱紧双肩，以确认身体没有消失掉。

什么都没有，不好。女孩坚定地下了结论，奶奶，那是什么样的？能干什么？

奶奶摇头，吃喝拉撒，生老病死，牵牵缠缠，都没了，不用怎么样了。老人表情和失明的眼一样空洞，声音涣散，但脸上有笑意。

老人变得陌生，女孩不喜欢这样的奶奶，努力想反驳，想把她从那个怪异的地方拉回来。

女孩也有个想象的世界，和老人相反，她的想象充满对现世的渴望。在描述想象的世界方面，她和老人有着同样的耐心，想象的世界里，她总是已经长大了，现在的她被困在日子里。在那个世界里，日子还是在的，不一样的日子，她将安排日子。

我要坐飞机，飞得很高很高。女孩踮起脚，双手伸长，天上面有什么？还是天吗？奶奶，你说有九重天，九重天是哪里？到时，飞机带我去，看看上面能不能住人，到时就知道是不是真有神仙了。我还要坐会钻水的船，大君姐的老师讲过，有一种船能钻进海里，一直钻一直钻，很深很深，会看到什么？

我要去很远的地方，见很多很多人，那些人也过日子吗？日子和我们不一样的吧？奶奶，除了像我们这样过日子，日子还可以怎么过？奶奶不想知道？

再大一些，我就能看书了，看很多很多书，奶奶讲的古①书里也写着的，书里有过去很多事，我想知道过去的人怎么过日子，和我们一样？我不相信，从以前到现在，人就不想变一变？奶奶，你说以后的人会怎么过日子？老像现在这样？我也不相信的。大君姐的老师说，有很多人在想以后的日子，都写成书了，说那叫作预言。奶奶，那些预言里会说什么呢？可惜我识的字还那么少，也还不知道去哪里找那些书，可我会找到的。现在还找不到，我就自己想。奶奶，大君姐的老师还说，现在科学很厉害，会越来越厉害，以后能让人不愁吃不愁穿。不愁这些的时候，日子是怎么样的，人还用过日子吗？

一旦叙述起这些，女孩很难停下，她绕来绕去，很多时候是老人摆摆手打断她，说听累了。女孩的描述搅得老人头昏，她说女孩胡思乱想，要把脑子想坏的。第一次听女孩说起这些，老人震惊得半天无声，伸手摸索，将女孩的头搂进怀里，这个脑袋怎么会有那样离奇的想法。听的次数多了，老人淡定许多，认定这些是女孩胡乱听来的，特别是大君的那个老师，老说些有的没的，把孩子带迷糊了。后来，女孩一谈，她总拍拍女孩的手背，你的日子还没开

---

① 古：故事。

始,以后就不会这么想了。

奶奶说的是真的?女孩不服气,她还有很多好玩的事没说,觉得奶奶要是知道了,肯定不会这么闷。

我说的怎么能是假的。老人微微笑了,孙女还小,人都是这样,没法教没法劝的,只能自己去熬,弄明白的时候又太晚了。她缓缓闭上眼睛。

奶奶讲的那个地方什么也没有,不好。说到"没有"两个字,女孩有种凉飕飕的感觉。

东西是拖累,因为什么都不用了。老人身子往后靠,她希望这具苍老的身体快点消失,可惜她什么也不能做,只能等,若她对这身体做点什么,加快走向那世界的速度,那个世界即刻对她关闭。

人也没有了吗?女孩问。尽管问过多次,声音仍在发抖。

没了。老人脱口而出,话出口才意识到又忘了顾虑孙女的感受。

果然,女孩很久没出声。老人伸出手,半晌,一只小手放进她的手里,冰凉。

人都埋在坟山上。女孩喉咙哽着,我知道的,奶奶。

埋在坟山的是皮肉。老人握紧女孩的手,真正的人还在,去了我说的那个地方。

虽然不相信,女孩仍得到一些安慰。她靠坐在老人膝盖边,陷入长久的沉思,尽她最大的努力理解这件事。以前,这样的沉思往往没什么结果,今天她突然跳起来,嚷,奶奶,我明白了。

女孩一把抓下头发上的头巾,塞在老人手里,兴奋地说,就像这条头巾一样。

这是女孩最喜欢的发饰,一方三角形的花布,布上绽满亮黄色的向日葵。当初,邻居少丽姐从镇上买回这样一方发饰,女孩就喜欢极，四处寻找青草，等五老伯到镇上卖菜时托他把青草卖出去，得了钱央少丽姐帮她买一条。女孩每天将它系在马尾上，系成一个蝴蝶结。女孩对老人描述发饰，奶奶，这是向日葵，像日光开成的，听说真花会跟着日头走，我想，这种花一定是有日光味的。女孩无数次让奶奶摸那条发饰，手指在老人的手心划拉向日葵的样子，描述向日葵的颜色，和日光一样的颜色，又比日光浓得多，她的解释是，向日葵天天吃日光，吃成这种好看的颜色。为了不让女孩失望，老人会摸一摸，但女孩看出她的敷衍，很难过，可惜我们这里没有向日葵，有的话，奶奶以前就能看到。老人毫不遗憾，她认为花都差不多。

现在，女孩让老人和自己一起握住这条发饰，我明白奶奶说的了，像这向日葵，真的向日葵花谢了，没了，可花画在这布上，很久很久都这样好看，我记得花的样子花的味道，我知道世上有这些花，我⋯⋯

女孩很激动，为找不到词语着急。

老人若有所思，女孩这样说倒有些意思，她点点头，那你就这么想吧，跟向日葵谢了烂到泥里一样，人去了身子也这么没了，向日葵印在布上，样子和味道留在人的脑子里，人的魂会去那个世界。

去了那里奶奶能见着爷爷吗？女孩突然问。

老人默然良久，缓缓点头。

可爷爷身子不见了，奶奶身子也不见了，你怎么看见他？

我⋯⋯老人双眼睁了一下，脖子垂下去，半晌说，没有身子也认得出来。

奶奶说到那里，什么都不想要了，会想认爷爷吗？爷爷会想认奶奶吗？女孩追问。

老人陷入长久的沉默,女孩绕在迷惑里,老屋安静地退入时光深处。

女孩给老人送饭,饭盛好,碗放于老人手里,拉张矮凳坐老人身边,开始讲屋子外的世界。老人吃得很慢,细细嚼着花生米和萝卜干,其间,女孩可以讲很多东西。她讲来的路上经过竹林,从火烫的日光下走进竹林,多么舒服,风长出手,在脸上身上摸来扫去,汗很快干了,可也把头发弄乱了。她碰碰老人的胳膊,竹林里有碎成片的日光,一跳一跳的,我踩也踩不住,我敢打赌,奶奶小时候一定踩过。老人嗯嗯敷衍着,没有打捞回忆的念头。

女孩已经习惯老人的淡漠,兴致不减,继续讲,和伙伴垒小窑烤番薯、上树下溪多么有趣,黄昏时寨里人端碗蹲在巷头吃饭多么舒心,寨里人和外寨人吵架多么惊人,成熟的麦子多么香,早上的露水多么好看……讲得声音飞舞,老人喝着粥,说知道知道,但女孩觉得奶奶是不知道的。她还是讲,认定终有一天,奶奶会侧过耳朵听她说,还会跟她一起说,她真想听奶奶的过去,可惜奶奶从来不讲,好像她一出生就这么老,以前没有过过日子似的。

女孩讲得最多的是城市先生的事。看见城市先生那一刻,女孩挪不开脚了,和寨里其他孩子一样,一路随着城市先生,和其他孩子不一样的是,其他孩子除了好奇,最想要的是城市先生衣袋里的奶糖,女孩更好奇城市先生这个人。

隔寨的许顺顺在城里的小舅来做客,带了一个朋友,这个朋友从脸面到衣服,从表情到走路方式,和电影里那些城里人一样有派头,不到半天,许顺顺家围满了看他的人,城市先生这个外号很快喊开了。

城市先生和别的城里人不一样,他不跟许顺顺的小舅四处去人家里喝茶，发糖发烟对寨里人讲城市，他四处走，绕村寨的巷子走，仰头看看屋檐墙角，屈起手指敲敲木门和老墙，去寨后的田里走，把皮鞋提在手上，赤着脚踩着路边的草，走得一缩一缩的，寨里的大人说城里人脚底嫩，经不起青草咬。城市先生走着走着，半蹲在一片田头上，盯着远处的田野和山头发呆，手里捏着草叶和野花，凑在鼻子边，一吸一吸的，好像要把花草的魂吸走。有一次，他猛地倒在田埂上，随在后面的孩子吓坏了，以为他累倒了，但他突然抬起脸，说，泥土是有声音的，这是泥土的心跳。

　　孩子们说城市先生疯了，女孩却越来越喜欢他。几天后，城市先生糖发完了，行为也失去新鲜感，孩子们散去，只有女孩仍跟着他，询问城市的样子，问东问西。城市先生则向女孩询问乡村的一切，两人互相佩服。后来，女孩想出一个主意，她画一张乡下的画，城市先生画一张城市的画，两人交换，听到这个主意时，城市先生抱起女孩转了两圈。城市先生提供又大又好的纸张和彩色笔，喜欢画画的女孩第一次画得那样畅快。很多年内，城市先生那张画成为女孩想象城市时的背景。

　　女孩告诉老人，城市先生许诺过，只要女孩有机会进城，肯定带她走遍城市。这话成了女孩对城市向往的某种靠山。

　　在对外面世界的叙述中，女孩很容易激动，但老人没什么反应，女孩想各种办法，抱来晒得发烫的被子，要老人闻日光的味道；摘沾露的叶子，让老人感觉早晨的凉意；拿了带泥的花生，要老人嚼一嚼。老人照做了，但风轻云淡的样子，从不评价，更不讲述她以前曾有过的感受——老人说她没注意过这些，女孩不信，叹，奶奶，你活过那么久，不会不知道的。

　　没办法将老人拉进外面的世界，也没办法在她回述过去中跟自己一起感受，女孩突然想了个法子，试着走进老人的世界。

整个早上，女孩都闭着眼睛，让自己待在黑暗里。像老人一样，她静静坐着，慢慢摇竹扇，但很快坐不住了，想睁开眼。她摘下向日葵发饰，蒙住眼睛，摸索着收拾碗筷，到天井舀水洗碗，扫地，折衣服，拌糠饭喂鸡，去鸡窝掏鸡蛋，还试着摸到门外，扶住屋墙，顺巷子慢慢走……一切都摸索着进行，很多次，她失去了头绪，失去方位感，一种失重状态和不确定感攫住了她。她有些慌乱，无数次想摘掉眼上的布，终于忍住了。

这是奶奶的世界，全是黑的，奶奶的说法是，连黑都没有。只有半天，她感觉已经忍受到顶点，奶奶这几年怎么过的，她老是一个人，老是坐着，在想些什么，只想以后要去的那个地方吗？可是照奶奶说，那个地方什么也没有，什么都是没用的，有什么好想？在黑暗里待的半天，女孩不单没有走进老人的世界，反觉得离老人更远，感觉老人更模糊了。

老人说过，眼睛看不见以后，听力好了很多，想事情清楚很多，操心的事情少了。女孩蹲在老人面前，发呆，除了听声音，想事情，吃东西的味道，摸东西的感觉，奶奶还有比别人强的其他感觉吗？会是什么？奶奶自己知道吗？从她试了半天的经验看，看不见是太难受的事，日子少了好多东西，可奶奶好像不这样觉得，一点都不可惜的样子。有没有一种东西，是人感觉不到的？肯定有的，大君姐的老师说过，科学家发现了很多人类原先不知道的东西。那么多东西人感觉不到，可是一点都不伤心，不像看不见或听不见会难过，是因为所有人都不知道吗？要是所有人都像奶奶一样看不见，是不是就不会因为看不见伤心了？

女孩被自己的怪念头搅得又混乱又害怕，她拼命想理清思绪，想弄明白那些怪异的想法。她想说给老人听，说不定会帮她理一理，可她发现，嘴一张，什么也说不出，她不知怎样把那些念头变成话。

奶奶，你不怕黑吗？女孩又提起这个问了无数次的问题，手无数次地在老人眼前晃动。

老人摇头。

看不见，东西好像都不在了。女孩替奶奶忧伤。

在也这样，不在也这样。老人淡淡笑，再说，东西是在的，只是看不到，有时这样更好，不是有句话，眼不见心不烦嘛。

看不见就没有光了！女孩的声音尖起来，每次提到，她都像第一次一样激动。

要光做什么。老人说。

每每这时，女孩不出声了，她毫无办法了，她和老人间隔了层厚厚的墙，墙那边老人的世界又黑又冷，还闷，墙这边有亮灿灿的光，有太多她说不清的好，可没法把老人拉到墙这边来。

女孩默着，老人反而开口了。

看不见不算暗，真正的暗才怕人。老人悠悠说，声音被屋里的光线弄得暗淡发凉。

奶奶又要讲守灵的事了。女孩想。女孩不喜欢那些事，奶奶越讲那个，离她越远，可奶奶好像只喜欢讲那些。

那年过年，我等来等去，等到你爷爷的骨灰。老人垂着眼皮，陷进岁月深处，把那件久远的事线头一样拉出来。丈夫的骨灰是隔寨一个阿伯带回的，只说是很严重的病，躺了半个月，去了。骨灰带回家是幸运的，阿伯算极有心的了。人是在外面没的，进不了祠堂，那几天，她在家里给丈夫守灵，和几个孩子列跪于骨灰盒前，寨里一堆女人随在身边，劝着，她只是跪，不起身不出声。夜深人静，看看柜上的骨灰盒，想想床上深睡的几个孩子，她身子一歪，跌进黑暗里。黑暗是浓稠的，她一挣扎，手脚被粘住牵住，黏性的黑暗堵住五官，很长时间，她找不到呼吸，看不见前路，感觉不到暖凉，尝不出酸甜。从那天起，日子就蒙着一层暗色，怎么拼命擦拭都无法再透出光泽。

第二次守的是一个棺材。她跟逝者的家人提出守灵时，逝者的家人才知道逝者生命里有她这么个人，其重要性超出所有人的想象范围。那天夜里，她央求逝者的家人给她留出一夜时间，逝者的家人虽然疑惑，还是答应了，后来，说是因为她的目光，让人无法拒绝。所有人走了，她起身，扶着跪得发硬的膝盖，慢慢走向棺木。未曾盖棺，逝者脸上盖着纸钱，她犯着极大的忌讳揭去纸钱。逝者的脸苍白极了，但出人意料的安宁，那份安宁让她无端地生气，就这么留她在人世，一点一点零碎掉。她揪紧棺木边沿，才抑制住想跳进棺木躺下的冲动。

从这一晚起，暗色一层一层渗入她的皮肉，在胸口处凝结成胶状，半世以来，晃荡着，不融不退。

对老人提到的这个逝者，女孩极好奇，曾不停追问过，但老人总闭口不言，女孩只从她一些零星言语中知道，那个逝者是女的，老人称为安姐。

这才是黑。每次讲完，老人总一再喃喃着，一黑到底。

这怎么是黑呢。女孩不解，因为那时奶奶在夜里守灵吗？

跟夜无关。

奶奶，这不是黑。女孩觉得老人有点怪，有点糊涂。对于过去，奶奶只讲这种事，她不喜欢，这种事会让她和奶奶之间越来越远。

老人不再言语，女孩又想把老人拉到天井的日光下了，老人一讲起这些事，身子就变得很冷，接着，老屋也变冷了。

奶奶，四老婶说你娘家寨子在隔乡，荔枝可出名了，寨子后有满山荔枝。女孩给老人安排好饭菜，又开始探问。

自蒙着眼睛学老人熬了半天后，女孩想方设法走进老人的世界。多年后，长大成人的她对自己惊奇不已，不明白当年小小年纪怎么会想到这个主意的。她甚至对一个朋友开玩笑说，那应该是一个女人的本质意识，所有女人从娘胎里带来的，但幸运的人才感觉得到并能将其所用吧。

那不是我的寨子。老人嘀咕一句。

奶奶别骗人，四老婶说你就是那个寨子的，她和你扯起来还有一点亲戚关系，奶奶小时候吃过很多荔枝吧。

荔枝？老人顿了一下，筷子悬在碗上空。

女孩注意到这细节，碰碰老人的胳膊，四老婶说你们寨子的荔枝出了名的甜，核那么小，肉那么厚，荔枝熟的时候，整片山好看极了，寨里的孩子梦里都有荔枝的甜味。

老人发愣。

奶奶？

那不是我的寨子。老人快速扒起饭。

女孩有些失望，但仍追着问，那奶奶的娘家寨子在哪儿？也是隔乡的？没有荔枝，那有别的东西吗？

老人不语，女孩轻碰她的膝盖，带了撒娇的口气，奶奶——

不是在这儿吗。老人含糊一句。

您是这个寨子的人？奶奶从小在这里？

嗯。

奶奶在这个寨子里出生的？这是奶奶的寨子？奶奶嫁同一个寨子？女孩问题一个比一个追得紧。

这也不是我的寨子。老人否认得很干脆。

奶奶的寨子在哪儿？女孩揪住这个问题不放。

老人吃饭，不再开口。女孩在屋里绕来绕去。

这是我的寨子，我知道，奶奶为什么不敢说你的寨子。女孩突然立在老人面前。这是她下意识出口的话，没发觉老人微微一震。

我早没寨子了。老人嘟囔一句，女孩没听见。

我的寨子没有荔枝，可寨子后有好看的竹林，寨子前有金溪河。女孩沉浸在自己的骄傲里，奶奶，你去金溪河洗过衣服吗？

还用说。老人这次很干脆，挺高兴女孩转移了话题。

金溪河离寨子还有一段距离，要去河边得翻过高高的堤坝，穿过密密的竹林，平日若不是有闲时间，寨里的女人很少去金溪河，就在寨子侧面几米宽的水渠边洗衣。女孩却喜欢瞒着母亲到河边洗衣，金溪河那么宽的河面，水清极了，能凉到骨头里。女孩喜欢河水一直流一直流的样子，常常衣服洗着洗着就停下来，看着河水发呆，想象河水从哪里流来，会流到哪里去。

金溪河可好耍了。女孩兴奋起来，开始描述金溪河种种趣处。

老人停了筷，放下碗，静静听着。

奶奶，你去金溪河就是洗衣服？洗了衣服就走？

不就是去洗衣的嘛。

好可惜，奶奶没好好耍耍。

耍过金溪河的沙。老人突然说，那时还很小。

女孩意识到什么，急问，怎么耍？奶奶怎么耍河边的沙？

没什么心思耍，有很多活要忙。老人语气又闷下去，重新端起碗。

女孩拉住老人的手，不会只耍沙子吧？

老人的碗再次缓缓放下，说，还有跑。

跑？女孩疑惑了。

就是跑。老人浮起某种沉思的表情，弄得女孩更加困惑。

那些奔跑的日子蜂拥而来，老人还那么小，比女孩现在大一点。她也爱跑到金溪河洗衣服，或极早去，或极晚去，这些时段河边没什么人，安静极。瞅着四周没人，她扔下衣服，在河边的沙面上跑起来，赤着脚，散着发，展开双手，跑得极拼命，想象自己跑成一支箭，一窜一窜地往前射，跑着跑着身体成了一阵风，渐渐失去重量，变得轻飘，获得极大的自由。这样的奔跑不到累极倒下，是不会停的，奔跑一回，接下来好几天她会胸口清朗，无忧无虑，似乎这样的奔跑可以暂时把她带出黏腻沉重的日子。

回忆愈来愈清晰，多年没有这种回忆了，老人猝不及防，她双手摸索了一会儿，找不到安放点，拉住女孩，让女孩扶着在屋里走一走，说是吃急了，肚子不太舒服。

奶奶在河边跑？怎么跑？女孩极好奇，她无法想象奔跑着的奶奶，那时奶奶还很小，很小的奶奶！她的好奇燃成了火。

老人立住，摸索着椅子坐下，你回去吧，家里很多活要干。

早上我喂了鸡，洗了衣，扫了地，熬了猪菜，择了番薯藤，整个下午都要待在这的。女孩笑，就听奶奶讲小时候怎么耍的事。

小时候？老人对这个词很陌生，早忘了，哪有什么小时候。

我不信。女孩腻在老人身上，所有人都有小时候，奶奶又不是一直都这么老的。

一直这么老？老人喃喃反问，不知问孙女还是问自己，是啊，我早就老了。老人对突然涌起的忧伤惊讶不已，她以为早老得很安心了。

后来，老人一直想不起孙女是怎么绕的，使她记起那么久远的事，并讲了出来。

那时，她太小了，人事不懂。她喜欢待在树上，寨子不远有个小山坡，她选中山坡边临路那棵树，树很大，有粗粗的树杈，密实的叶子，她坐在树杈上，藏在枝叶里，透过叶缝将外面看得清清楚楚。她带着弹弓，两个衣兜装满小石子，坐定了，拉起弹弓，对准山坡边路边某棵草、路上某个点、路对面某堆田埂。哥哥告诉她，这样练着，一天又一天，总有一天会练出一双神手，变成特别厉害的人。她听寨里老人讲过很多神的故事，那些神有很多就是厉害的人变成的，她告诉哥哥，她也要变成神仙，厉害极了的那种，那时，想干什么就干什么，想去哪里就去哪里。哥哥哈哈大笑，让她赶紧练，成了神仙能变出很多好吃的好耍的，分一些给他。她严肃地表示，当了神仙要先把父亲的病治好。

事情刚讲完，老人就后悔了，她说得太多了。女孩双手一拍，说，奶奶小时候真好玩，和我一样，也爱想这想那的，我还要听，再讲再讲。女孩声调亮闪闪，老人莫名地想象孙女发亮的眼睛，和自己当年听到神仙故事时也许一样。

奶奶，是哪片山坡哪棵树，我要爬上去坐一坐。

老人突然意识到那是生活在另一个寨子的事了，她模糊了界限。

某些回忆不是老人能控制的。当年，在树上打弹弓的女孩以为日子总是维持原先的面目，她会那样一天天练下去，直到梦想成真。某天，她被大哥喊下树，要她回家，立即。她发现大哥脸色很差，但不敢多问，大哥把她带回家后扭头走掉。

她被领走了，母亲转过身，背对她的哭喊。她还没真正认清出生的寨子，就被一双陌生的手牵住，随着一个陌生女人的背影，离开了，恐慌又迷惑。女人牵着她一直走，走了那么久，那时的她，觉得已经走到老人们讲的天涯海角了。终于停在一个陌生的寨门前，进寨子后走入一扇陌生的门，从此，门里的世界成了她的世界。很久以后,她才知道自己是以童养媳的身份来到这个家的,当初那个陌生女人成了她的婆婆。

走进那个家门的一瞬间,她就无师自通地懂得要乖巧,要卖力干活。开始两年是有动力的,她记得清清楚楚,母亲向她保证,待两年,家里好过了就接她回去。那两年每天夜里,她都在想象父亲身体一点点强壮,家里的日子一点点变好。第二年中秋,她正想着母亲往年包的绿豆软饼,有人给她未来的公公婆婆带了一个消息,那个消息进门后,屋里的人都默然不语。后来,未来的婆婆拥住她,把她圈在怀里,以支撑她接受那个消息:她的父亲去世了。未来的婆婆是很善良的人,给她的怀抱忧伤而真诚,然而她感觉不到半丝暖意。从那以后很长一段时间,她都感受不到暖意。

不久,她又得到一个消息,母亲病了,挺严重的。这消息她是无意中听到的,别人背着她说,想保护她的意思,她也背着别人,墨黑的深夜在床铺里流泪,用牙齿咬住哭声。母亲的病时重时轻,折腾几年后,随父亲去了,她彻底断了回家的念头。

是的,她就是那时候变老的。老人突然清晰了,老去之后她总忘记自己的年龄。

女孩还在缠问。

没什么可说的了。老人说,我早老了。一阵倦意袭上来,老人感觉累极,几乎没法迈步了,腰也直不起来,她不明白另一个世界为什么还不接纳她,她这辈子小心翼翼,用尽全力,上天不给半分奖赏?

女孩不甘心,奶奶开始说了。虽然说得很少,但女孩已经感觉到完全不一样的奶奶,让她又惊讶又欣喜。她相信会让奶奶把以前一点一点捡起,拼出新的奶奶——不要老想着另一个世界,喜欢想这个世界的奶奶。

女孩认为，奶奶不愿讲过去一定是有些苦，要干很多活。后来，老人对她说，那完全不是干活的关系，苦不苦跟活有什么相干。说这些时，女孩已经长大。小时候的女孩安慰奶奶，要是换个想法，干活可以变得不那么苦。

女孩也要干很多活，弟弟没出生时，为了建房子，父亲长年在外干活，母亲忙完田里的活，还要挤时间绣花换工钱，自女孩会干活起，家务活几乎全包。弟弟出生后，母亲身体变得很差，除了原先的家务活，女孩还要照顾母亲和幼小的弟弟。给老人送饭时匆匆忙忙的，老人怜爱，抚她的额，告诉她，会好的，很快会好的。女孩用力点头，她当然相信会好的，然而老人的忧伤却愈加浓重。这种忧伤有时惹得女孩反过来安慰老人。

就是这段时间，女孩经常看见小时候的奶奶，年龄和她差不多，也是整天干活，可和自己很不一样，奶奶脖子总是软着，头撑不起来的样子，她则喜欢看这看那，老能看见新奇的东西，寨里的大人说她的头拨浪鼓一样，像上辈子没见过人世，她觉得寨子人一点也不明白，像揣了了不得的秘密。

女孩在金溪河边奔跑，旁边跑着女孩的奶奶——小时候的奶奶。小时候的奶奶低着头，像用命在跑，要一头钻到什么地方去。女孩想拉住她，和她说说话，让她停下，试一试慢慢走，两人谈谈脚底的沙多么绵，河边的竹林多么凉快，和朋友在河边泼水有多么好耍……小时候的奶奶不睬人，只管跑，女孩还是很高兴，尽力跟上，她相信，这么跑着跑着，有一天，两人会说上一两句话，会慢慢成为朋友。

干活时，女孩想象小时候的奶奶也在，这有说不出的乐趣，烧着火，择着番薯藤，洗着衣服，熬着猪菜，扫着地……女孩有一搭没一搭地对小时候的奶奶说话，手里的活，寨里的小孩，大人们讲的事，心里奇奇怪怪的想法，随便扯，扯着扯着，活就干完了。有时，别人发现异样，问女孩在嘀咕什么，女孩抿嘴一笑，神秘地耸耸肩。等别人走远了，女孩对小时候的奶奶笑，别人什么也不知道。女孩得意了。

女孩把这些说给老人听，希望她替小时候的自己开口，可老人沉默良久，抚着女孩的脑门，你也是苦孩子，没人明白你，不过你跟奶奶不一样，你能让自己过得好，会的。

老人说，父亲去世母亲病倒，知道回去的路断了以后，她就老了，一直老到现在。女孩用尽所有努力理解这句话，结果涌起说不清道不明的忧伤，这种忧伤超出她的年龄范围，弄得她无可适从。她不停缠问，怎么就老了。老人神情恍惚，很久才给一个含糊的回答，你长大了就会明白。女孩不想等长大，像奶奶总是在等着去那个地方，老等来等去有什么意思。

奶奶，你小的时候，爷爷也很小吧。女孩为突然找到的突破口而兴奋。爷爷很早去世，她从小就有比别人少一个爷爷的遗憾，奇怪的是，奶奶从不提爷爷，以前她问过，奶奶偶尔讲几句，听起来和寨里所有的爷爷一样，反弄得她更加糊涂。提爷爷的小时候，是女孩之前没有想过的。爷爷奶奶和别人不一样，很小就在一起了，一起长大的，肯定不一样。

嗯，比我长几岁，也是小孩。老人随口应着。

你干活，爷爷呢？女孩紧追着问，你们老在一块干活吗？

老人愣了一下，没。她伸手摸索水杯，不想再谈下去。

爷爷不干活吗？女孩声音尖扬起来，活都推给你？

他也干活的。老人不得不回答。

你们不是住一个屋？女孩抓住老人的手，不在一块？

你该回去了，又待半天了。老人垂下眼皮，又要进入沉思的前奏。

女孩急了，摇晃老人的胳膊，使出撒娇黏人的手段，我要听爷爷的事，小时候的事。

他放牛，整天在外面跑。老人对女孩有点无奈。

事实上，老人无奈的是自己，这段时间，她不知不觉间顺着孙女的缠问答话，想起很多以前绝不会想的事。那些事本来好好地闷在身体某一角，在岁月里压缩、淡化，她相信早已成为面目模糊的烟雾，无从打捞，不，她从没想过要打捞那些。孙女不懈地寻找蛛丝马迹，竟被她挑到很多细微的线头，从那团暗淡烟雾牵出丝来。老人又惊讶又恐慌，某些线一旦扯出，再收不回去。

老人——那时还是女孩，随未来的婆婆踏入屋子时，他倚着门框，半歪着脑袋，看她进门。她在矮竹凳上坐下，他跟进来，在她身边蹲下，瞪大眼睛盯着她。半天后，她没怎么动，大人给的一把花生米捏在手里不晓得吃。大概觉得无趣，他耸耸肩退出门去。后来，他没怎么在意她，她不是干活就是安静地待着，几乎没有别的样子了，对他来说，家里多她这个人就像多了一只小猫，会干活的猫。

他的活主要在外面，平日负责放牛，偶尔到田里帮忙。在她的印象中，他每天很早牵牛去河边饮水，中午回家吃饭，饭后就不见了，有时未来的婆婆会骂，说他又四处去疯了，傍晚总要等到日落才回，浑身沾着日光和青草的味道。很长一段时间，她都不清楚他长什么样，只知道他眼睛大，嗓门也大。

她想不到他会邀她一起出门。那天，家里的大人去走亲戚，据说是个挺重要的亲戚，住在隔镇，家境不错的，家里庄重地准备了礼物，原要带他和她去的。他直接嚷嚷不想去，说跟着大人不好耍，还要正正经经穿上像样的衣服，烦。问她，她摇头，对去陌生人家她有种天生的恐惧感。未来的婆婆挺照顾她的,只要她摇头,看出她是真不想去,便不再多话。

整个早上,她待在家里干活。中午,她做了饭,他回家吃了,端了饭碗到巷口和伙伴边聊边吃。吃完返回来时,突然发现屋里静极,她正抹着桌子,他终于注意到她,惊讶地问,早上你一个人在家?

她点点头。

你就待在屋里?

她又点点头。

他绕着她转来转去,发现她和寨里那些大声说话大声骂人整天疯跑的女孩很不一样,他好奇了,决定做一件事情。

你下午跟我出门吧。

她猛地抬起头,盯着他看了好一会儿,再次摇摇头。

外面很好耍的。

她咬了咬嘴唇,仍不说话。

别婆婆妈妈了。他扯了她出门,转身把门锁上,你要闷在屋里发霉还是长芽?

出了寨,他让她坐到牛背上,她不敢,他扶她上去后自己也坐上去,在后面扶着她的胳膊,边不耐烦地抱怨她没用,在家里待坏了。她怯了一会儿,因为他的双手,慢慢安心了,发现在牛背上视野和平日完全不一样,欣喜地低喊一声。他对她的欣喜很惊讶,我以为你是根木头,都不会出声的。

她由他带着,坐在牛背上逛了整片山坡,尝了各种野果、叶子、花瓣,捉了各种虫子。后来,他从随身带的布袋里摸出一支竹笛,横在嘴边,笛声在风里飘扬开去。她忍不住转过头看他,很难相信他变得这样柔软。她明白他为什么可以整天待在这山上了。

把她带进那个秘密山洞,似乎是他一个艰难的决定。他咬着一根草,眉揪着,蹲了很久,猛地跳起身,拍拍手,去吧去吧。

他把牛拴在一棵树上,把她带到背山一个隐蔽处,掀开密密的长草,拉着她往草丛深处走,她往后缩,手心冰凉。他骂了一句胆小鬼,用力扯住她往前。山洞极长,大半天还没出洞的迹象,她感觉似乎无穷无尽,两人半弯着腰,胳膊肘触碰着洞壁,又凉又硬,四周浓黑,有种离开人世的错觉。她不明白山上怎么有这样一个洞,他讲了几个版本,一个是天然形成的,一个是神仙挖的,一个是以前闹日本鬼子时寨里人挖了躲鬼子的。她不知道哪一个更靠谱些。后来,她一直很奇怪,走过那样长黑的山洞怎么没有想象中的那么害怕。

今天,对女孩讲起的那一瞬,她猛地意识到是因为他。从头到尾,他拉着她的手,一直告诉她,这山洞没有岔口,只要一直走就能出去,走着走着会有亮光的,看到亮光就是出口了。这种对前路的肯定给了她极大的安全感。没错,那时的她知道,只要走,肯定会走到出口,出口很亮,一眼就能认出来。

意识到这点,老人又无法抑制地忧伤起来,她告诉女孩,那只是走山洞,人世哪有这样好,哪知道走着走着会到哪里去,没人知道洞口有没有亮。女孩听不太懂,说,奶奶又想多了。她对那个山洞极好奇,一定要老人说该怎么找到。

某年山洪暴发,山洞塌了。

女孩很是失望,但不忘提醒老人,奶奶,你小时候多好玩。

女孩无法理解老人的淡然,女孩不知道,老人这次是陷在回忆里了,如女孩所愿,是那种有亮色的回忆。

那天下午,她和他日落才回,未来的公公婆婆早已到家,晚饭也上桌了。她惴惴进门,未来的婆婆说亲戚给了红烧肉,让她多吃点，没提起家里一堆未干的活。

从那以后，他和她算有了交集，虽然还是几乎不说话，但他经常给她带回一些野果，一些草编的小玩意，骄傲地说让她见世面。

有一天，他给她带回一条鱼，装在一个挺好看的玻璃缸里，她不明白他怎么弄到这样一个玻璃缸。她极喜欢那条鱼，在屋外墙角用土块砌了个小坑，把玻璃缸放在里面，盖上一角破席子，每天干完活便掀开席子，蹲在玻璃缸边，给鱼喂东西，看着鱼游来游去，一待半天。他每每回家，看见她蹲在那儿，就耸耸肩说，这种鱼河里沟里多的是，用得着这样宝贝么。

这是我的鱼。她安静地回答。

那条鱼死掉时，她捧着玻璃缸发呆。后来，她把鱼带到寨外埋在竹林外。他跟了去，在一边说风凉话，说埋鱼这事很无聊，这样的鱼他可以再捉来一桶。

我不要别的鱼了。她说。把鱼缸也埋了，她的干脆让他吃惊。

老人突然意识到，很长一段时间，这成了她和他之间一个共同的秘密，因了这个秘密，他们每天照面虽不怎么说话，但从彼此眼里看到某种心照不宣。这么多年过去，老人第一次意识到这个秘密，好像从记忆里捡拾到遗漏的亮片，激动从胸口漫到手背，她微抖的手捉住女孩的手，突然有很多话想说，但不知怎么开口，慌乱了，好些年了，她一直安安心心等待另一个世界，以为人世的一切已经清理干净。

女孩仍对老人关于老去的话耿耿于怀，对她来说，老是多么遥远的事，当然，现在奶奶是老了，但她说当年跟自己一样大的时候就老了，这让她有种无法言说、无法处理的忧伤和焦灼。她一次次问，奶奶那时怎么就老了，明明很小，老了日子就要完了。她话里含了哭腔。

是日子完了就老了。老人说。

女孩猛地抬起头,为什么要让日子完?

握紧女孩的手,老人没有说话,不知为什么,她不大想和孙女讲她期待着的另一个世界了。

奶奶,人就是过日子吗?女孩问,她期待老人有别的答案。

人就是过日子。老人悠悠地说。

还有别的吗?

除了过日子,还能有别的什么呢?老人半仰起头,好像看到极远的地方。

我不要过日子把人过老。女孩赌气地说。几乎要流泪了。

老人无法安慰女孩,她轻拍女孩的手背,人不要想太多,会乱,你还小,更不要胡乱想些有的没的。你比奶奶当年好得多,这就够了。

女孩没把老人的话听进去,她在想老人小时候,下意识地感觉到,已经找到进入老人生命的路径,这种意识又模糊又陌生,但有一种难以抑制的欣喜。她要继续拉着老人寻下去。

奶奶,爷爷小时候长什么样?女孩追着问,好不容易讲起来,话不能断,关于怎样才是老的问题太难缠,她终于决定先放开。

你爷爷小时候……老人表情专注了,慢慢垂下头。

有个画面占据了头脑,她和他穿过长长的黑暗,终看见一片光亮,他拉着她,朝那片光亮奔过去,跳出洞口的那一瞬间,她看见他的笑和阳光融在一起,阳光落满他的眼睛。

你爷爷身子沾满日光。老人说。

身上沾满日光?

他整日在外面跑,专冲着有日光的地方跑。

女孩努力想了很久,觉得爷爷要是在的话,一定可以和她谈得很好，她也是很喜欢日光的。她真高兴，奶奶终于谈到日光了。

记忆扑面而来。之前压缩成团，深藏于身体某处的东西突然膨胀、发散，老人想不到，多年来以为已经掩压至消失的东西仍这样鲜活。

他跟她提那件事时是半夜，在此之前，他已经翻转了好几夜。他突然坐起身时，她也起来，胸口剧烈地起伏，预感到他要说些什么，极想止住他，或把话题扯开，后来长长的岁月里，她相信，如果她这么做了，后半辈子肯定不一样，她花了很长时间后悔。当时，她就那么望着他模模糊糊的脸，半咬着嘴唇，犹豫着要不要和他谈谈这个家，谈谈孩子，看得出，他也在犹豫。

时机已错过，他开口了，同时摸出烟纸烟丝卷着，躲开她的目光。他说要到南洋闯一闯，已经想了很久，也打听清楚了，隔寨大乌的母舅在那边，大乌下个月要过去，说好了带上他，大乌的母舅会给他一份活干。他举了很多例，某乡某寨某某下了南洋，找到不错的出路，家里的日子很快不一样了。她愣愣地想，以后家缺了一半，要倒下来了，还有日子吗？

他描述起下南洋闯出一条路后的日子，将是怎样的明亮，有着怎样难以想象的爬升。他的语调变得兴奋，眼睛在暗夜里闪光，她想，他的眼睛真亮，从小到大都这样，可惜跟她无关。他想象着前路一层一层亮起，他不知道，她看见的是路一层一层模糊灰暗。

走之前，他安静地看了她一会儿，拍拍两个孩子的脑门，转身大步离开，他故意将离别弄得轻描淡写。当他拐上去镇上的大路时，她双脚还是一软，瘫坐在地上，两个孩子的哭声很远，像隔着层膜。

爷爷做什么要走？女孩问。

日子过不下去。

日子过不下去？女孩沉思起来。

日子太苦了。

那时爷爷奶奶一家够吃够穿吗？

你祖爷爷祖奶奶勤快，去世后积下一点家当，把屋子修得妥妥的，家里只有两个祖姑姑和你爷爷，家当都留给你爷爷。你爷爷干活拼命，我也不敢懒，家里就两个孩子，分田到户后，家里没愁过吃穿，但也就这样了，没什么别的起色——那段日子过得算好的。老人抿着嘴，嘴边现出一丝笑意。

爷爷到南洋的日子苦不苦？女孩追问。

过去做工，哪有不苦的。老人不堪回首的样子，那边天热，去的人很多水土不服，干的是最重最脏的活。

那爷爷去南洋就不是为了挣钱挣好日子。女孩子下了结论。

嗯，你又胡想什么。

爷爷一定是想要另一种日子。女孩语气肯定，爷爷要是留在家，好好干活，有吃的有穿的，再想想法子，日子会愈来愈好的。跑到南洋去，又苦离家又远，他是想看看有没有别的日子。

乱说。老人几乎喝起来。

这里所有人都这样过日子，爷爷腻了，想试试另外的日子。女孩坚持自己的观点。

老人木住，双手揪着膝盖，不只想稳住身子还想稳住纷乱的思绪。她告诉自己，孙女还小，小孩就会胡想些不靠谱的，不用去睬。她摸索着要水杯，女孩递过水，她整杯灌下去，问自己，他下南洋真是想找另一种日子吗？家里的日子不好？没法和她安生过日子？

她发现他更模糊了，她和他之间一直隔着层雾，她看不清他，她没办法,他看不清她,该是没想过看清。难怪,他离开的背影刚刚模糊,她就觉得他人也消失了,从此退出自己的日子,干干净净的。

一股怨气从遥远的岁月穿越而回,将她兜头罩住,她咬紧嘴唇,喉咙嘎嘎响。他离开后那些岁月里,她经营着这个家,都是以他回来继续下去为背景的,坚信他只是暂时离开,她把日子收拾出样子,等待他归来。

当时他的安排是,等他在那边安定下来便把她接过去。她是不想过去的,那样天遥地远的地方,一片泥一丛草都是陌生的,但她点了头,他在哪儿她的日子就在哪儿。他走了,一段时间后,开始定期汇款回家,可是接她走的日子似乎越来越远。

现在,一个念头突然袭击了老人,当年,他为什么不说回家,只说接自己过去,早想好放弃这个家了?老人瑟瑟发抖,无法自制。

老人的表情让女孩害怕,觉得老人走进了另一条岔道,那岔道会让她更不爱人世的日子。女孩不明白,原本奶奶想得好好的,怎么又想起不好的事情了,她该把奶奶的念头往回拉。女孩已经看见老人生命里的亮色一点点透出来,有种她难以理解的欣喜,这种欣喜给了她自信,成为她乐观地面对未来的支撑点,虽然这不是她所能意识到和明白的,但她蛾子般趋向这种光芒,清晰地认定,不能让这光芒消失。

奶奶,爷爷走后你就过日子?女孩小心地问。

熬日子。

我是说,只干活吃饭?就一个人,也不交朋友?在女孩看来,好朋友会让日子变样,像她的守庙人朋友,她难以想象失去这个朋友的日子。

朋友？老人猛抬起头，脸侧向女孩，有那么一瞬，女孩有一种错觉，老人是看得见自己的。

朋友……老人低下头，沉吟着。

女孩靠近老人，几乎屏住呼吸，精灵的她感觉到，奶奶想起了别的故事，那个故事那么羞怯，她怕惊跑了它。

平姐。老人喃喃念着，一次接一次，开始时有些生涩，随着念叨，慢慢地，胸口涌起热气，干枯的眼睛湿润了。

她不记得什么时候认识平姐的，平姐在她极小时就抱过她，反正自她记事起平姐就在了，山上找青草带着她，溪边洗衣服带着她，到田里打猪草带着她。平姐家里有几个哥哥，她是最小的，家境在寨里算不错的，寨里人说她是小千金，她极生气，跳着脚说她不小，以后要当大将军，像赵子龙那样的。这成了跟随平姐一辈子的故事，连后来仅有的一次相亲也因为这个故事断掉，并截断了后面所有可能性的相亲，没有一个男人想娶一个想当赵子龙的女人。

平姐让她喊自己哥哥，她甜脆地喊了，在她看来，平姐这个"哥哥"比家里两个亲哥好得多。平姐抱起她，转了几圈，让她以后有什么事找平哥哥，保证帮她，平姐成了她的靠山，她成了平姐的尾巴。

她被未来的婆婆带走时，平姐追到寨外，伸展双手，拦在面前，嚷，别带走我妹。未来的婆婆转头，疑惑地看看她的母亲，她母亲猛地侧开脸，揉着眼皮。她挣脱拉住自己的手，奔到平姐身边，扯紧平姐的衣角。那时，她以为平姐会带她跑，像故事里讲的，跑到很远很远的地方。平姐没有，拉了她，走到她母亲面前，大声说，她是我妹，我养她，阿婶不要送走她。

母亲怎么回答她忘了，只记得她被未来婆婆拉走时，母亲垂着头转身进寨，平姐被几个哥哥围住，扬声尖叫。当时，随未来的婆婆离开那瞬间,她突然怪起平姐,怎么不敢带她跑,她觉得平姐的胆子变小了,平日都是吹牛的。

这份怨持续的时间比她想象的长得多,好些年后,她跟平姐提起这个疑惑,虽然那时已长大,明白这想法的幼稚和不靠谱,但她仍想知道,平姐那时候也小,为什么没有这样想,害怕了吗?那时,平姐可是她的哥哥。

跑?跑了大人不会追?我们跑得过?还有,去哪里找吃的找穿的?你家里就是不够吃不够穿才送你给人家当小媳妇,跑了你不是更惨?我才没那么傻。

那个时候平姐就能想这些?她不太敢相信,追问,真这么想?

还用说,可惜你妈不相信我家能养你,要是我缠着爸妈,我家也养得起你的,不过,长大后想想,要是那样,你可能就成了我家一个哥的小媳妇了,那样也不成。平姐耸耸肩,那时我想得好好的,留得住你就留,留不住让你婆家先养着,等我大了再接你回来,可大了你成别人媳妇了,我接不回了。

她冲平姐羞怯地笑笑,呼了一口气,有一种终于解开心结的通透。

她十岁那年,平姐从隔镇跑来看她,骑着自行车,车架上绑着一个鼓鼓的袋子。平姐的自行车停在门口时,她呆了,竟不晓得奔向平姐,而是转头看未来的婆婆。

平姐指着她,对婆婆说,丽芳婶,她借我半天,会好好还你的。

未来的婆婆让她回屋换件干净衣服,交代平姐骑车小心。

坐在平姐的自行车后架上,她忍不住仰起头,展开双手想抓住风,但很快收回,为自己的"放肆"感到羞怯,不知从哪年开始,她无师自通地认定自己没有疯闹的资格。她安静下来,想到平姐自己骑车越过一个镇子,简直难以理解。

平姐，家里大人肯让你来？

我用不着问他们，我有自行车就好。

你怎么借到自行车的？她挪了挪身子，这是她第一次坐自行车，有些兴奋，有些晕乎，又怕把自行车坐坏了，这可是稀罕东西。

我舅的，他敢不借我就偷。平姐耸耸肩，自行车晃了一下，忙稳住身子，虽然缠着舅舅学了好些天，还不是太熟。平姐的舅舅住在镇上，有点钱，也舍得买新奇东西。

你晚上回去……

回去又怎么样，我妈骂我不用睬，大哥敢打我，我就弄坏他的收音机。平姐嘻嘻笑。

这么远。

不远不远，我骑得快，吃过饭就出发，不用半天就到了。

你不怕路上……

怕什么怕，这也怕那也怕多没趣。平姐嚷着，要真有什么坏人，我拿车撞他。

自行车越踩越快，快得她喊出了声，搂紧平姐的腰，平姐大笑，踩得更卖力。

平姐把她带出很远，远得她惴惴不安，平姐不管，直到一个山坡边才停下车，解下车架上的袋子，往外掏东西：绣了小花的手帕，好看的珠串，亮色的头绳，炒好的花生米，装在盒子里的冰糖粒，半包碎饼干，刚摘不久的黄皮，叠得整整齐齐的花布，未熟的香蕉……她看着面前一堆东西，发呆。

都是你的，你自己的，不许给别人。平姐说，往她嘴里塞冰糖粒。她摆手，摇头。

平姐把东西一样一样装回袋子，装一样交代一句，用的教她怎么用,吃的教她什么时候当零嘴,最后再次强调,不许分给别人半点,不要让那家人的男孩抢去。她是不肯提那袋东西回去的,但平姐帮她送到家门口,她未来的婆婆帮忙提了,放在她床头。晚上,他放牛回来,未来的婆婆专门交代,不许动她的袋子。后来,他还是从袋里偷摸了几颗冰糖,但接下去好几天,每天捧着果子来给她,表示赔偿。

从那以后,平姐常来看她,每次都带一堆东西。

老人对女孩说,平姐带的东西总是我想要的。

女孩惊喜,奶奶果然有很多故事,这么有意思的日子,奶奶自己也忘掉了,不,奶奶以前想都不愿想。

奶奶,那个平婆婆是你最好的朋友,对吧?

朋友?老人晃晃头,我有些别的朋友,她跟那些朋友不一样。

就像我守庙人叔叔一样的朋友。女孩拍着手。

不是。老人摇摇头。

那是什么朋友?女孩的好奇已到极点,平婆婆算奶奶什么人。

老人不出声,表情茫然。

女孩紧张起来,不明白奶奶怎么又停了,故事又要断了,追着问,奶奶记得平婆婆的,以前为什么不说她?

为什么不说?老人疑惑地回问,又自答,我不想。

为什么不想说?

不管女孩怎么追问,老人都不再出声,女孩甚至没法让老人从茫然状态中回过神。

很长一段时间,老人不再回答女孩关于过去的任何问题,她对重新涌出来的那些事情害怕了,后悔没捂住。每天,接过女孩盛好的饭,她只不出声地吃,偶尔问问女孩家里的情况。放下碗,便进入空茫状态，女孩不甘心就这么回去，在一边坐着，有些纠缠的意思。老人则沉在自己的世界里，没有理睬她。

这么坐着，女孩变得从未有过的安静，她半靠着老人，闭上眼。这是她第一次真正走进黑暗，感受黑暗，前段时间蒙着眼睛过了半个上午，是在想法适应黑暗，或者说逃出黑暗。

不知过去多久，黑暗慢慢变成水，把周围的声音都洗过一遍，女孩听着老人的呼吸声，自己的心跳声，外面巷子间鸡的叫声，寨外风吹竹梢的声音，都干干净净的，有种湿湿的凉意。跟上次不一样了，女孩不再急于睁开眼睛，慢慢忘了是白天还是夜晚，忘了过去多久。她突然猜测，老人每天都一模一样，她难过起来，想，奶奶知道昨天、今天和明天吗？奶奶该怎么认出来？她碰碰老人，轻声问自己的疑惑。

知道也这样，不知道也这样。女孩的难过老人明白，她知道该安慰女孩，出口却成了这样，话里的凉意和无奈弄得她自己发颤。

每天一样？女孩不敢相信的样子，心里却明白这就是事实，声音有些变形了。

日子都一样，看得见也好，看不见也好，我这样还好些，连日子都可以不用管了。

这样不是和没日子一样了。女孩有些赌气，还有什么意思。

日子本来就没意思。老人脱口而出，意识到话太重时已经晚了，女孩扶着她胳膊的手抓紧了。而且，老人对自己的话也疑惑起来，若是早些时候，她是坚信的，但近段时间对过去抽丝剥茧般的回忆，惊讶地发现，同样是过去的日子，这一段的回忆与记忆里一直认定的完全不同，过去的日子现出陌生的面目，她凌乱，恐慌，无法分辨哪种回忆是真实的，她试过不去理睬，但已被缠在里面。

是我的日子没意思。老人摸索着抚住女孩的手，你别问这问那了，这么小点人，别老胡想些没用的。

奶奶的日子是有意思的。女孩肯定地说。

老人拍拍女孩的手背，笑笑。这种态度让女孩不满，她跳到老人面前，是奶奶自己不想有意思。

我不想！老人声调少见地扬高，哪容得我想，想也想不来的。

我要想。女孩大声喊。

老人叹气。

我知道了，奶奶太久看不见，都是黑的，黑得怕了，才觉得没意思。女孩自认为找到了症结。

看不见倒安静些，没什么黑不黑的。奶奶笑笑。

奶奶骗人，我闭了半天眼睛，黑得头都发晕了。

要走的人了，怕什么黑。提到走，老人再次沉进思绪。

老人又提这个，女孩脑门被什么击中，脑袋发烫，近来母亲身体又差了，女孩扶母亲起身喝粥时，不敢直视母亲蜡黄的脸，她会不小心想起奶奶说的走，在她强烈的排斥下，那个"走"字越来越清晰，她甚至感觉母亲像奶奶一样，不喜欢人世，奶奶身子还好些，母亲的身子都很难过日子了。

母亲会很快走进黑暗么，女孩无数次想象过那是怎样的黑，和闭着眼睛不一样的，一定又硬又冷，不单眼睛里是黑的，身子是黑的，连脑子里也是黑的，没办法喘气，鼻孔里塞满黑，没办法喊人，嘴里灌满黑，脑子没办法想事了，也记不得人和事了，只有黑。只能一直待在黑里，很久很久，直到整个人变成黑色的泥。女孩清明时上过坟山，见过人家挪坟，因为太久了，坟里只有黑得怪怪的泥。后来，这种黑时不时灌进女孩的梦里。

女孩大口喘着气，她极不想谈论，但还是问了老人，她想知道，奶奶怎么做到不害怕的？奶奶常常想走的事，一定会想到这种黑。

傻，我不是告诉你了，到时会去另一个地方。老人笑了，那个地方没有黑。

寨里老掉的人都在坟山上。女孩啰唆着。

我说过多少次了，坟山上埋的是没用的东西，在人世用废了的，还给人世。

老人是说过，女孩从未接受过，她抱着双肩，努力理解这个身体是没用的，理解的结果是，更加难受和害怕。

没了身子，去奶奶说的那个世界还是原来的人吗？

是。老人点头，很快又摇头，不是人了。

那地方有很亮的光？

很亮，但不是光，那时不用光了。

女孩的想象再次陷入困境，她顿了一会儿，坚持自己的意见，说，身子是好的。

这次，老人及时敛住悲观的话，但仍不知怎样安慰女孩。

刚才那段对话太飘，女孩需要一点实在感，她望向门外，门外日光很好，给了她极大的安慰，她又缠着老人出去晒太阳。老人不想出去，她正慢慢退回安静里，不想再搅和那些记忆。一老一小互相说服不了对方，最后商量的结果是，坐在门边，人仍留在屋里，但女孩可以看见满天井的日光。

想起以前的日子，奶奶又看见日光了吧。女孩忽然惊喜极了，这个念头是灵感式地闪现，她晃着老人的手，没错，以前的日子奶奶能看见所有东西，这样，奶奶就不在黑里了。

想以前的日子？老人愣了一下，随即又说，是看得见，可看得见也是暗的，说到底，那些日子里什么也看不见。

女孩不知老人在绕些什么，但她感觉到老人不喜欢日子，还害怕日子。

奶奶怕日子里什么？女孩问。

长久的沉思后，老人说，等。

等字一出口，老人忽然觉得把这辈子说透了，胸口涌起一股倦意，漫到四肢，她极深地呼口气，自己活得太长了，长得失掉了岁月。

她一辈子都在等，从很小的时候开始。

未来的婆婆去带她时，父亲躺在床上，握握她的手，保证身体会很快好起来，一好就去接她。母亲送到寨外，匆匆拥了一下她，像怕被她黏住，退后半步，半侧开脸，极快地抹去泪，告诉她，会很快带她回家。每天傍晚，她跑到陌生的寨门口，等待曾经熟悉的家人接回她。等过无数日夜，等来的消息是，她无法再回家。

她起了新的念头，等长大，在她看来大人又强大又自由，能做很多想做的事，想去哪儿就去哪儿，自己安排日子。可她等来另一种日子，这种日子由他维系着，看起来很安定，有着明明白白的方向。她以为就这么走下去了，可某一天，他对她说要远行了，让她等他，但没人知道归期。她等到了一盒骨灰。

她以为从此没有再等的念想，平姐出现了，想把她接走，她笑了，平姐还是小孩子脾性，她多羡慕平姐脾气一直没变。她把两个孩子拉在身边，告诉平姐，这就是我的日子，我自己是不会有日子的。平姐摇头，让她等，等孩子长大，等她们两个都成老人，就有自己的日子了。平姐的想法是，老人是没人稀罕的，到时两人从俗世生活退出，会有一间小屋，还有一段很长的时光。可平姐先走了。

平姐走的时候，她的眼睛还是好使的，那时，平姐枯瘦的手锤打着枯瘦的身子，骂自己不争气。她看着平姐，疑惑地想，那一身壮实的皮肉怎么就没了，连带着平姐生来就有的那股气也消失了，那股气原先蓄在哪儿？难不成是在皮肉里，随皮肉散掉了？她最后的总结是，我命不好，本来就没法有日子的。

奶奶傻，我不要像奶奶那样。女孩想。

奶奶，我也等长大，等很多很多事，可我等的是自己的事，奶奶老是等别人。

老人凄凉地笑了笑，这女仔，说了那么多傻话，这句倒说到点子上了，可奶奶自己能有什么事。

奶奶老不想自己，才不知道能有什么事。

可能你是对的，这辈子，是没想过自己。老人第一次承认孙女的话，她发现已不知不觉跟着孙女在走，以前的岁月重新翻卷，不时有令她惊讶的新东西出现，似乎已经过掉的日子还有自己不知道的样貌，甚至像重新过了一次。

女孩忘掉老人最后等待的另一个世界，向老人描述她自己的各种等待：烧火等饭熟的时候，可以唱歌，奶奶教的歌谣，电影里听来的主题曲，大君姐教的流行歌，各种不一样的好听；傍晚，等外出干活的父亲回家，蹲在地上画画，画跳来跳去的弟弟，画吃食的鸡，画远远走近的父亲；她等母亲身体壮起来，等自己长大，跟守庙人叔叔学各种东西，知道很多很多事情，守庙人叔叔告诉她，这些东西会成为她的翅膀……

人没办法长出翅膀，守庙人胡教。老人担心孙女想太多虚的东西，再次重复之前的劝告，日子还是要踏踏实实，一步一步过。

那样，我的日子就跟寨里所有人一样了。女孩摇头。

跟寨里人一样才好，顺顺溜溜的，只要别像我。

不好，我不要。女孩起身，跳出门槛，跳到大井去。

老人伸手摸索着，想拉住女孩，想太多，不好的。

不想，更不好。女孩赌气地大声回答，守庙人叔叔说人身上藏着很多东西，能发很亮很亮的光，很多人不知道也不想知道，一辈子就没意思了。

什么有意思没意思，你听那个守庙人乱说，日子平安就好，意思有什么用，也顾不上。

奶奶想过自己的，想过有意思的。女孩为有了新发现而欣喜。

老人笑笑，又胡说了。

平婆婆和奶奶约好的事不算奶奶自己的事？

老人极快地抬起脸，又极快地低下头。

那不算有意思的事？女孩语气里满是胜利的意味。

没好结果。老人声音极低，要没想过还更好些。

女孩不知是没听见还是故意不听，继续问，奶奶，你说平婆婆老来找你，你没找过平婆婆？

多年后，女孩长大，仍无法理解当年为什么那样关注奶奶那个叫平姐的朋友，毫无疑问，小小年纪的她感觉到奶奶和平婆婆间的特别，但多年过去，她仍无法明白特别在什么地方。

老人当然去找过平姐。

看见他的骨灰盒后，她的日子除了干活和孩子，只去找平姐，其他人似乎成了烟雾，在生活周围飘飘荡荡，看不清抓摸不着。他葬到坟山那一天，她将孩子托给一个婶子，独自去找平姐。走到平姐家（平姐没嫁人，一个人住着）的时候，天已经黑了。平姐什么都没说，让她洗脸洗手，让她喝粥，铺好床让她睡觉，她躺下去，合上连续几天未合上的眼，一层一层沉入睡眠。醒来时她很惊讶，她以为自己已经被睡眠困住了，再没法醒了。天黑着，屋里亮着一粒灯泡，满屋昏黄，平姐睡在身边，半搂着她。她动了动身子，平姐醒了，猛地起身，慌慌地下床，叨着，我怎么也睡沉了——我去热粥。喝过粥，她和平姐坐着，不出声，天蒙蒙亮时，她回了家。她和平姐后来从未提起这一夜，但这一夜后，她经常主动去找平姐。

平姐来到她所在的镇子，在镇上开了家裁缝店。平姐高大壮实，手却极巧，小时候绣花是一绝，长大了做衣是一绝，常翻着一双大手，骄傲地自夸，这才是拙里藏着精。但平姐自己不打扮，小时除了绣花挣工钱，闲来绣些手帕枕巾全是送人的，学做衣服时，她说除了挣钱，更高兴看到别的女人穿得好看。

她稻子种少了，多种了些菜——种菜是她干得来的活，带到镇上去卖，平姐让她把摊摆在裁缝店门口，说市场又脏又乱，她又拉不下脸皮吆喝，生意做不过别人。菜在店门前摆好后，平姐就把她拉进店里，要她坐着喝茶，有人买菜了再出去招呼也不迟。

时不时地，平姐在她面前抖开一件新衣，她刚要张嘴，平姐知道她要推辞，抢先说了，或说做衣服的布很便宜，进货时顺便买的，或说某个客人布拿多了剩下的，或本来想给自己做的，却发现花色只适合她，总之，她不穿是没道理的。她还是辞，平姐把她一推，推进试衣间。隔了一会儿，平姐走进试衣间，细细打量她，帮忙扯扯衣服，叹，谁想得到这是生了两个孩子的腰身。然后，轻轻拥住她。这是每次必有的，几乎成了一个仪式，平姐说衣服穿在她身上变好看很多，看着自己做的衣服变美，高兴，得抱一抱。她就那么让平姐抱着，有种说不清的感觉，这种感觉在她独处时总时不时重现，若有若无的，她享受着却不想承认。

她曾暗中观察过，别的女人试衣服时，平姐是不是也进试衣间，没有，平姐在外面，等试衣的女人出来，错开几步距离打量着，发现不妥帖的地方才近前拉扯，考虑修改的办法。这个观察让她又轻松又羞惭。

在裁缝店门口卖菜很轻松，裁缝店总有女人来来往往，定衣服的、拿衣服的、改衣服的，闲着无事来走走的，店里有那么多好看的布和成衣，女人的目光粘上去就很难扯开。她的菜好，女人们走出店时经常顺便带走一把。

平姐会帮着推销，这菜什么品色看看就知道，比市场里的不知强多少，就这么多，不买等着回家后悔吧。她觉得平姐夸张了，但平姐说的时候半像认真半像开玩笑，女人们竟很买账。

女孩对老人当年试的衣服很感兴趣，要她谈谈那些衣服。老人莫名地有些慌，平姐拥抱她时那种感觉又回来了，和当年一模一样，丝毫没有变淡，她原以为早没有影踪了。她不想再谈，敷衍地说，哪记得这些。

都不记得了？女孩很失望。

别问这些。

女孩谈起别的，但不知怎么的，绕来绕去又回到衣服的话题上了，老人竟被她绕进去，说出几件衣服的颜色，女孩忙追着问，于是，一些款式、布料的信息也清晰了，再细究下去，老人甚至记起做得最多的领子样式，袖子长短，腰身宽窄。女孩很高兴，表示要把这些衣服画下来。老人很紧张，不让女孩画，说不是正经事。女孩惋惜地说，可惜画了奶奶看不见。老人恍然，一阵轻松。

女孩走了，坚持回去要把老人当年的衣服画下来。屋里安静了，可老人再回不到安静里，与平姐拥抱的感觉越来越强烈。那样的拥抱什么时候开始的？年龄极小时平姐带她到合作社，把她抱起，让她看柜台上的冰糖罐？不，那个拥抱与大哥抱她坐上独轮车一样，和后来不是一回事。平姐十几岁那年第一次来看她，两人在山坡上看着远处的村庄，风很轻，平姐揽住她，许诺以后年年来看她，直到两人头发白了，腰弯了，那一次吗？好像是，又好像不是。老人起身摸索着，绕屋子慢慢行走，有气息随她行走，她立住，没有声音，但气息仍在，越来越清晰。

平姐？她极轻声地唤，声音颤抖。

老人摸着椅子，坐下，那股气息随在身后，慢慢裹住她。平姐又抱着她了，最后一次是她抱的平姐，但抱到的是一个陌生的身体，坚硬的骨架，感觉不到半点弹性的皮肉，她被硌得胸口发痛。不敢用力，平姐喘得极厉害，她难以相信那身体还有这样一股气，担心某一口气呼出来再吸不回去。平姐抬了抬双手，想回应她的拥抱，终重重地垂下去，悠悠地说，我没法了，以后都没法了。那一刻，她开始怪自己，以前没有好好享受平姐的拥抱。给平姐守灵时，她掀开平姐脸上的纸钱，看着平姐，悔得骨头发痛。

不知从什么时候开始，她在平姐的拥抱里变得羞怯，懊恼控制不住心跳，她从未按平姐的要求回抱一下，总是极快地想挣开平姐的怀抱，嘴里胡乱扯着不相干的事。有时，平姐故意抱得更紧，她便紧张极了，让平姐别闹。平姐严肃了，怎么是闹，这是我想做的，你不喜欢？她侧开脸。

你太累了。平姐抓住她要缩开的手，但很快放开，叹气，人就是怪，有时太美的东西反而让人害怕。她一直不明白平姐怎么会说出这样文绉绉的话，电影里学的吗？

她确实怕极了，怕平姐接着说下去，她不知这样的谈话会把两人带到什么地方，那个地方是超出她想象范围的。

平姐耸耸肩，没再继续，静静看着她，你为什么要过得这样苦？自己把自己绑死。

她胸口一颤，却笑着，苦的时候过去了，现在养得活家，孩子懂事，寨里人相帮衬的多，还有你帮这帮那，日子一天天往好里走。

平姐不出声,慢慢放开她,滴下泪来,她转脸避开。这不是往常的平姐,但她又深知这才是真正的平姐,只有她知道。

老人第一次意识到,她失去了什么,或者第一次敢承认失去的东西。她捂住脸,干枯多年的眼涌出泪,止也止不住。

第二天,女孩来送饭时,老人主动让女孩说说外面的事。女孩很兴奋,滔滔谈着,掺了很多自己对未来的想象。老人突然朝女孩伸长手,让女孩带出门走走。

外面?女孩喊着。

外面。

出门去?

出门去。

扶着女孩,老人一手摸索着巷边的屋墙,触碰到干燥的苔藓,透过薄薄布鞋底,感觉到巷面的石块,巷子中有一股微微的焦香,她知道,这个季节麦子熟了,小孩的兜里装着炒过的麦子。风很轻,从耳边顺过去,有股暖意,是被日头晒过了。她努力睁大双眼,好像看见了周围的一切,看见了过往的日子。